श्रीलाल शुक्ल

श्रीलाल शुक्ल का जन्म 31 दिसम्बर, 1925 को लखनऊ, उत्तर प्रदेश के अतरौली गाँव में हुआ। उन्होंने इलाहाबाद विश्वविद्यालय से स्नातक किया।

उनकी प्रमुख कृतियाँ हैं—'सूनी घाटी का सूरज', 'अज्ञातवास', 'राग दरबारी', 'आदमी का ज़हर', 'सीमाएँ टूटती हैं', 'मकान', 'पहला पड़ाव', 'बिस्रामपुर का सन्त' (उपन्यास); 'यह घर मेरा नहीं', 'सुरक्षा तथा अन्य कहानियाँ', 'इस उम्र में' (कहानी); 'अंगद का पाँव', 'यहाँ से वहाँ', 'मेरी श्रेष्ठ व्यंग्य रचनाएँ', 'ख़बरों की जुगाली', 'उमरावनगर में कुछ दिन', 'कुछ ज़मीन पर कुछ हवा में', 'आओ बैठ लें कुछ देर', 'अगली शताब्दी का शहर', 'जहालत के पचास साल' (व्यंग्य); 'अज्ञेय : कुछ रंग कुछ राग', 'कुछ साहित्य चर्चा भी' (आलोचना); 'भगवतीचरण वर्मा', 'अमृतलाल नागर' (विनिबन्ध); 'श्रीलाल शुक्ल संचयिता' (संचयन); 'बब्बर सिंह और उसके साथी' (बाल-साहित्य)। 'पहला पड़ाव' अंग्रेज़ी, 'मकान' बांग्ला और 'राग दरबारी' सभी प्रमुख भारतीय भाषाओं सहित अंग्रेज़ी में अनूदित है।

उन्हें 'ज्ञानपीठ पुरस्कार', 'साहित्य अकादेमी पुरस्कार', 'व्यास सम्मान', 'साहित्य भूषण सम्मान', कुरुक्षेत्र विश्वविद्यालय के 'गोयल साहित्य पुरस्कार', 'लोहिया अतिविशिष्ट सम्मान', म.प्र. शासन के 'शरद जोशी सम्मान', 'मैथिलीशरण गुप्त सम्मान' से सम्मानित और 'पद्मभूषण' से अलंकृत किया गया।

निधन : 28 अक्टूबर, 2011

सूनी घाटी का सूरज

श्रीलाल शुक्ल

राजकमल पेपरबैक्स

पहला सजिल्द संस्करण
राजकमल प्रकाशन प्राइवेट लिमिटेड द्वारा
1987 में प्रकाशित

राजकमल पेपरबैक्स में
पहला संस्करण : 1987
चौदहवाँ संस्करण : 2025

राजकमल पेपरबैक्स : उत्कृष्ट साहित्य के जनसुलभ संस्करण

राजकमल प्रकाशन प्रा. लि.
1-बी, नेताजी सुभाष मार्ग, दरियागंज
नई दिल्ली-110 002
द्वारा प्रकाशित

शाखाएँ : अशोक राजपथ, साइंस कॉलेज के सामने, पटना-800 006
पहली मंजिल, दरबारी बिल्डिंग, महात्मा गांधी मार्ग, प्रयागराज-211 001
1, अनमोल सोराबजी सन्तुक लेन, धोबी तालाव, मरीन लाइंस, मुम्बई-400 002
वेबसाइट : www.rajkamalprakashan.com
ई-मेल : info@rajkamalprakashan.com

विकास कम्प्यूटर एंड प्रिंटर्स
ट्रॉनिका सिटी-201 102
द्वारा मुद्रित

मूल्य : ₹299

SOONE GHATI KA SOORAJ
Novel by Shrilal Shukla

ISBN : 978-81-267-0041-7

प्रीत्या विजयदेवाय
धर्मवीराय धीमते।
अनेकाख्यैकभावाय
केशवाय समर्प्यते॥

परिचय

सड़क के किनारे-किनारे छायादार पेड़ थे। अप्रैल का महीना था। पाँच बजे शाम की धूप के पृष्ठ पर वह छाया बहुत गहरी-सी जान पड़ती थी। रामदास लड़ाई के बाद फौजी माल की बिक्री में खरीदे हुए एक झोले को पीठ पर लटकाए, उस छाया पर लगे हुए धूप के पैबन्दों को बचाता-सा, धीरे-धीरे आराम की चाल चल रहा था।

साथ में सत्या थी।

सामने सफेद कमीज और खाकी हाफपैंट पहने एक दुबला-सा आदमी चला आ रहा था। उसकी आँखें चमकदार थीं और बाल खिजाब का रंग उड़ जाने के कारण भूरे हो रहे थे। सत्या ने उससे पूछा, "यह सामने कौन-सा गाँव है? बता सकते हैं आप?"

वह थोड़ी देर तक इन दोनों को देखता रहा, फिर बोला, "आप लोग कहाँ से आ रहे हैं? कहाँ जाना चाहते हैं? आप लोग कौन हैं?"

"इस गाँव का नाम जानने के लिए यह भी बताना होगा?"

"नहीं-नहीं, मैंने तो, सा'ब, ऐसे ही पूछ लिया था। गाँव का नाम भटपुरा है।"

सफेद कमीज व खाकी हाफपैंटवाला वह आदमी कभी पुलिस का दारोगा रह चुका था। लगभग पाँच साल हुए, उसने पेंशन ली थी। अब गाँव में अनाज और आटाचक्की का कारोबार करके दिन बिता रहा था। उन दोनों के कुछ दूर

आगे निकल जाने पर उसने घूमकर उनकी ओर देखा और सोचा, 'लड़का भाग्यवान है जो उसे साथ लिये जा रहा है। लड़की बड़ी फारवर्ड है। दोनों बदमाश हैं। न हुए पहलेवाले दिन, नहीं तो दोनों को पहले हवालात दिखाता, फिर बाद में पूछता कि कहो मेम साहब, क्या हाल है? हजारों दफाएँ निकल आतीं। पर, दिन बदल गए हैं। अब के थानेदारों की यह हिम्मत कहाँ कि इनको बन्द कर दें! सब जमाने से डरते हैं। अब नौकरी का धर्म नहीं रहा। अच्छा हुआ, पेंशन मिल गई। नहीं तो दिन-रात मन मसोसता रहता, बाहर से लोग कहते कि थानेदार हैं, पर अन्दर से...।'

अन्दर से जो हो रहा था, उसको समझने के लिए उसने फिर मुड़कर सत्या की ओर देखा और पहले जहाँ से सोचने का क्रम प्रारम्भ किया था, वहीं से फिर सोचने लगा।

सत्या ने रामदास से चलते-चलते कहा, "जंगली कहीं का! कितनी उत्सुकता से पूछ रहा था कि हम लोग कौन हैं! मैंने इसीलिए उससे गाँव का नाम पूछा था? आश्चर्य है कि वह हमारे साथ मील-भर चलकर और हमारा नाम और पता जानकर क्यों नहीं लौटा?"

रामदास कुछ नहीं बोला। सत्या ने फिर कहा, "देखो, रामदास, सिर्फ बात करने के लिए और छुट्टी मनाने के लिए ही मैं आई थी। इस तरह चुप रहोगे तो मैं लौट जाऊँगी।"

रामदास ने कहा, "पता नहीं, तुम उस बेचारे पर क्यों नाराज हो गईं! उत्सुकता भी तो उद्बुद्ध मस्तिष्क ही में होती है। हमें देखकर..."

"यह किताबों की रटी हुई बात है। इसे कह देने से ही उसका व्यवहार न्याय-संगत नहीं हो जाएगा। उसे हमारा परिचय पूछने का क्या अधिकार था?" फिर रुककर और कुछ सोचकर, "परन्तु, शायद उसका कोई दोष न था। मैं तो सिर्फ ऊपरी मन से उस पर बिगड़ रही थी। हमारे-जैसे कितने लोग इधर से आते होंगे? वह सचमुच ही चौंका होगा।"

रामदास हँसने लगा। बोला, "मैं भी यही कहने जा रहा था, उत्सुकता सम्पर्क से ही मिटती है। नहीं तो उसका होना स्वाभाविक है। मैं जब छोटा था, और गाँव में रहता था, तब मोटर-तो-मोटर, साइकिल तक का नाम सुनकर घर

से बाहर निकल आता था और जहाँ तक उसका पीछा कर सकता था, करता था। अब मोटरें मेरे पास से निकल जाती हैं और मैं उनकी ओर ध्यान भी नहीं देता। तुम्हारी भी स्थिति इस तरफ वैसी ही है। तुमने गाँव की लड़कियों को देखा भले ही हो और अपने कुछ सिद्धान्तों की समीक्षा के लिए उन्हें प्रयोग-जैसा मानकर उनसे भले ही कुछ बातचीत कर ली हो, पर देखने में तुममें और उनमें बड़ा अन्तर है। तुम काला चश्मा लगाती हो। तुम्हारे बालों की दो चोटियाँ हैं। तुम्हारी साड़ी का पहनावा दूसरी तरह का है। तुम सिर खोलकर चलती हो। अपरिचित आदमी से बातचीत करती हो। यहाँ का रहनेवाला यदि तुम्हें देखकर रुक जाता है या मीलभर तक तुम्हारा पीछा करता है तो इसमें कुछ आश्चर्य की बात नहीं। इससे वह यही साबित करता है कि वह सचमुच यहीं का रहनेवाला है। क्यों, ठीक है न?"

"ठीक है।"

इसके बाद दोनों कुछ दूर तक चुपचाप चलते रहे। एक उखड़ा रेलवे-क्रॉसिंग का फाटक मिला। रामदास ने कहा, "यहाँ से मुड़ेंगे।"

मुड़कर वे लोग जिस मार्ग से चले, वह पहले एक रेलवे लाइन थी जो लड़ाई के दिनों में उखाड़ दी गई थी। वही अब रास्ते का काम दे रही थी। थोड़ी देर दोनों उसी रास्ते पर चलते रहे।

तब तक शाम हो गई थी। आसपास के ऊँचे-ऊँचे टीलों पर डूबते हुए सूरज की बहुत लाल धूप कुछ टिक-सी गई थी। उन टीलों के बीच छूटती हुई गहराइयों से अँधेरा धीरे-धीरे किसी एक अदृश्य परम्परा की भाँति निकल रहा था।

रामदास ने सोचा कि जब दो युग मिलते हैं तब ऐसा ही होता है। यह संधि-काल है। न जाने किस अतल से कुछ उभरता-सा है। तब नहीं जान पड़ता कि क्या हो रहा है। पर, जब सबकुछ धीरे-धीरे एक नए तत्त्व में ढँक जाता है, तब जान पड़ता है कि जो पहले था, वह अब नहीं रहा। तब लोग बाहर आते हैं और कहते हैं कि यह नया तत्त्व हमसे पैदा हुआ है। पर, वह न जाने किस अतल से आता है, किनकी प्राण-चेष्टाएँ उसे ऊपर उभारती हैं। उन्हें कोई नहीं जान पाता।

सत्या से उसने कहा, "इन अमराइयों के पीछे पश्चिमी क्षितिज कितना रंगीन हो गया है! मैं चित्रकार होता तो इन रंगों को हमेशा के लिए उतार लेता।"

वह बोली, "क्या सोच रहे थे?"

"बताया तो, यदि मैं चित्रकार होता तो...।"

"देखो, रामदास! झूठ न बोलो। तुम यह नहीं सोच रहे थे। क्षितिज की रंगीनी तुम देख भले ही लो, पर तुम उस पर सोच नहीं सकते। तुम्हारे लिए सोचने को बहुत-सी बातें हैं।" थोड़ी देर शान्ति, "और, चित्रकार होने से ही क्या होता है? मैंने भी कुछ रेखाएँ खींचना सीखा था। पर, ये रंग मुझे आकर्षित नहीं करते। इन्हें देखकर इनकी प्रशंसा करना मुझे बड़ा साधारण-सा जान पड़ता है। ऐसा सभी करते हैं, जैसे किसी के मर जाने पर सभी कहते हैं कि संसार असार है। ऐसा वैराग्य बड़ा ही थर्ड रेट है। वैसे ही जरा-सा हवा का झोंका आ जाने से, बादलों के रंगीन हो जाने से, जो भावुकता पैदा होती है, वह भी निकृष्ट कोटि की है—सी ग्रेड। बुरा न मानना, भावुकता की शक्ति इन रास्तों में खर्च करने से कोई लाभ नहीं।"

वह कुछ न बोला। सिर्फ मुस्कुराता रहा।

अब वे लोग एक ऐसी जगह आ गए थे जहाँ पहले कभी एक छोटा-सा रेलवे स्टेशन रहा होगा। कुछ क्वार्टर बने थे। उनकी छतें टूट चुकी थीं। आस-पास ईंटों के ढेर लगे थे। कुछ दूरी पर सीमेंट का एक मजबूत चबूतरा बना था। उसके आर-पार दो खम्भों के सहारे एक सड़ी हुई रस्सी अब तक झूल रही थी। यह स्टेशन मास्टर का ग्रीष्म-ऋतु का प्रमोद-उद्यान रहा होगा। इसी पर वह शाम के वक्त आकर बैठता होगा। उसकी पत्नी निकट बैठकर अपने संकटों की कथा सुनाती होगी—'यह मनहूस जगह है। साग-सब्जी नहीं मिलती। पानी भरने के लिए कहार नहीं आ पाते। पोर्टर और प्वाइंटमैन नालायक हैं। काम करने से मुँह चुराते हैं। भले आदमियों का मुँह देखना मुश्किल हो जाता है। पारसाल बनारस में थे। कितना भारी बँगला था! सहन में इतनी तरकारी होती थी कि खा लो और ऊपर से बेच लो। पर, डी.एस. के सामने तुम्हीं को भिड़ने की क्या पड़ी थी? तुम हमेशा ऐसे ही रहोगे। लोग तुम्हें सान पर चढ़ाकर किनारे हो गए, तुम जूझ गए। अब इस भुतही जगह में पड़े-पड़े दिन

बिताओ। यहाँ है क्या? चारों ओर टीले, ऊसर, बबूल, ढाक। सिवा चरवाहों के इधर आता कौन है...?'

रामदास इस वार्तालाप की कल्पना-मात्र से हँसने लगा; सत्या ने पूछा, "क्या बात है?"

"इस जगह को देखकर एक बात याद आ गई। आज से कुछ दिन पहले मैं लखनऊ से बाराबंकी जा रहा था। रास्ते में एक स्टेशन पर स्टेशन मास्टर को कोई ऊँचा अफसर डाँट रहा था और बार-बार कह रहा था कि अगर यह लाइन उखड़ न गई होती तो उसी समय वह उसकी बदली कंकराघाट स्टेशन पर कर देता, जहाँ उसका दिमाग ठीक हो जाता। यह जगह भूतपूर्व कंकराघाट स्टेशन है।"

वह भी हँसन लगी। फिर बोली, "अपने लिए लोग न जाने क्या-क्या संकट पालते हैं। मैं तो समझती हूँ कि यहाँ रहने के लिए चेष्टा करके आना चाहिए। रहने के लिए अच्छा हवादार मकान है। नियमित और कम काम। स्टेशन मास्टर के लिए तो बराबर पिकनिक-सी रहती होगी। पर, इसके विषय में यह धारणा फैलाई गई होगी कि यह जगह अच्छी नहीं है। फिर, इस धारणा को लेकर यहाँ आने पर लोग कष्टों को खोजते होंगे। सोसाइटी, फ्रेंडशिप एंड लव की कमी खोज निकाली जाती होगी। मुझे ऐसे काल्पनिक कष्टों की बात सुनकर बड़ी उलझन होती है।"

रामदास ने कहा, "इसी तर्क को आगे बढ़ाती जाओ तो उसी पुराने सिद्धान्त को दुहराने लगोगी कि सुख-दुख कुछ नहीं है। सब हमारी कल्पना है।"

वह तेजी से बढ़कर चबूतरे पर पहुँच गई। एक खम्भे का सहारा लेकर खड़े-खड़े बोली, "यहाँ थोड़ी देर बैठ लें। फिर वापस चलेंगे।"

रामदास ने झोले से एक पतली-सी दरी निकालकर फर्श पर बिछाई। सत्या उसी पर लेट गई। रामदास ने उसके पास बैठकर झोले से दो प्याले निकाले। एक थरमस की बोतल खोलकर उससे प्यालों में चाय डाली और फिर एक डिब्बे से कुछ बिस्कुट निकालने लगा।

चाय पीते हुए सत्या ने कहा, "अब तुम्हारी कल्पनावाली बात समझ लूँ। तुम यही कह रहे थे न कि समाज का, मित्रों का या प्रेम का अभाव यदि किसी को दुखी बना दे तो यह बड़ी अच्छी बात होगी?"

"मैं अच्छी-बुरी तो कह नहीं रहा था, पर यह मनुष्योचित बात है।"

वह चुपचाप चाय पीती रही। फिर बोली, "मैं तो, रामदास, वही कह रही थी जो वास्तव में तुम्हें कहना चाहिए था। इस प्रकार के मानसिक संकटों का अस्तित्व तो उसी को मानना चाहिए जो संकटों को स्थूल रूप से न जानता हो। पर, जो तीन दिन से भूखा हो और पेट भरने की चिन्ता में हो, उसे प्रवंचित प्रेमी का अभिनय करना अच्छा नहीं लगता।"

वह बोला, "यह भी विचित्र बात है। प्रेम पर भी तुम भरपेटवालों की ही 'मनॉपली' रहेगी? मुझ-जैसों को न प्रेम करने का अधिकार है, न उसकी असफलता पर शोक करने का?" इसके बाद वह दत्तचित होकर चाय पीने लगा।

चाँद निकल आया था। उसकी पीली रोशनी में आसपास के टीले और ऊसर, इधर-उधर छितरे हुए बबूल के पेड़—सब किन्हीं अस्पष्ट रेखाओं के उभार-जैसे जान पड़ रहे थे। कुछ दूर पर, जहाँ पहले स्टेशन भवन था, कुछ यूकेलिप्टस के लम्बे और पतले पेड़ दूर-दूर तक अपनी पेंसिल की-सी खिंची हुई छायाएँ फैला रहे थे। इस बियावान में इन पेड़ों के चंचल सुकुमार आकार एक असंगति-सी जान पड़ रहे थे। दूसरी असंगति सत्या थी।

चारों ओर निस्तब्धता थी। उसे तोड़नेवाली सियारों की आवाजें उसे बढ़ा-सी रही थीं। सत्या उसका अनुभव करती रही। रामदास अपनी बात कहकर सहसा चुप हो गया था। वह बोली, "चुप क्यों हो गए?"

तब वह कहने लगा, "क्या कहूँ? आज तुमसे कुछ कहनेवाला था। वही प्रेम-व्रेम की कुछ कहानियाँ सुनाने का मूड था। पर, तुमने हीरो पर रोक लगा दी कि वह स्थूल रूप के संकटों से अनभिज्ञ हो। यह अपना हीरो तो कुछ प्रोलेटेरियट टाइप का था। इसीलिए वे कहानियाँ तो दबी-की-दबी ही रह गईं। और क्या बातें करूँ?"

वह उठकर बैठ गई और झुँझलाकर बोली, "तुम्हारा सुधार नहीं हो सकता। तुम हर विषय पर मेरे विचार अच्छी तरह जानकर भी मेरी बातों का गलत अर्थ लगाना चाहते हो। यह तुम्हारी पुरानी आदत है।"

"यह भी कहो कि दिस इज कैडिश।"

"मैं यह कहूँ या न कहूँ पर तुम्हारी कहानियों को सुनकर उठूँगी।"

वह उठकर चबूतरे पर टहलने लगा। कुछ उदास आवाज में कहता रहा, "क्या कहानियाँ सुनाऊँ तुम्हें? मूड था, वह खत्म हो गया। तुम्हारे विचारों को मैं अच्छी तरह जानता हूँ। इसीलिए कभी-कभी तुम्हें गलत समझने का मन करता है। तुम्हारे विरुद्ध जब कभी कुछ कहना होता है तो तुम्हें गलत समझना आवश्यक हो जाता है।"

सत्या हँसने लगी। बोली, "फिर वही हीरो-वरशिप! कार्लाइल-युग की बातें!"

पर वह चुपचाप टहलता रहा।

सत्या उठी और रामदास के पास आकर बोली, "इतना गम्भीर बनने की क्या आवश्यकता है? आओ, तुम्हें तुम्हारावाला गाना सुना दूँ। फरमाइशी प्रोग्राम हो जाए।"

वह आकर दरी पर बैठ गया। थोड़ी देर रुककर, फिर बिना किसी प्रस्ताव के, सत्या ने रवीन्द्र का एक गीत गाया।

वह गीत 'मधु-गन्ध भरा, मृदु स्निग्ध छाया' 'हमराही' फिल्म का था। पर सुनाते समय सत्या ने उसकी लय की पूरी नकल नहीं की। धीमी आवाज में धीमी लय के साथ उस गीत को वह इस प्रकार गाती रही, जैसे वह केवल रामदाम के लिए ही गाया जा रहा हो और निकटवर्ती पेड़-पौधों तक को उसे सुनने का अधिकार न हो!

गीत समाप्त होने पर रामदास ने धीरे से कहा, "धन्यवाद।"

सत्या बोली, "तुमने मुझे इस धन्यवाद से बहुत प्रोत्साहित कर दिया है। अब तो 'ऐकला चॅलो' वाला भी गीत गाना पड़ेगा।"

रामदास ने बड़े अनुनय के साथ कहा, "धन्यवाद के लिए यह सजा न दो सत्या। ये उपदेश-गीत मैं नहीं सुन सकता। तुम भली भाँति जानती हो। अकेले संघर्ष करना चाहिए। चलते रहना चाहिए। इन विषयों पर उपनिषद् काल से लेकर आज तक न जाने कितना लिखा जा चुका है। पर, ये शब्द-जाल मुझे अच्छे नहीं लगते। केवल उपमाओं के सहारे अकेले चलने को या अपना पथ अपने-आप बनाने को आकर्षक और मधुर नहीं बनाया जा सकता। मुझे ऐसी हजारों उपमाएँ याद हैं। पर वे मुझे प्रभावित नहीं करतीं। उनको

पढ़कर चिढ़-सी पैदा होती है। इन उपमाओं को याद रखकर भी कभी-कभी मन करता है कि कोई करोड़पति मुझे अपना दत्तक पुत्र बना लेता तो उससे बढ़कर कोई दूसरी सिद्धि न होती। कोई भी 'ऐकला चॅलो' का अनुयायी मेरा सामना न कर पाता।"

"तो तुम मुंसिफी की परीक्षा क्यों नहीं दे डालते? मुंसिफ हो जाओगे तो लखपतियों के दत्तक पुत्र न भी बने तो भी लखपति-करोड़पति तुम्हें अपने साथ बैठाने को दौड़ेंगे।"

रामदास ने चारों ओर देखा। चाँदनी और उजली होती जा रही थी। लगभग आठ बज रहे होंगे। उसने अनमने भाव से कहा, "इन बातों को छोड़ो, वापस चलें, तुम्हारे चाचा जी हम लोगों के देर करने से परेशान होंगे।" कहकर वह सामान समेटने लगा।

सत्या के चाचा, लखनऊ से लगभग तीस मील की दूरी पर, फौज से पेंशन ले चुकने के बाद, अपने एक फार्म पर रहते थे। ये दोनों वहाँ दो दिन के लिए आए हुए थे।

रास्ते में सत्या ने कहा, "तुमने मेरी बात का जवाब नहीं दिया, तुम मुंसिफी की परीक्षा में बैठ क्यों नहीं जाते? तुम्हारे लिए इस वर्ष का तो अवसर है।"

वह बोला, "तुम स्वयं भी तो इस प्रकार के जीवन में आस्था नहीं रखतीं। ऊपरी मन से ऐसे सुझाव देने से क्या लाभ?"

"ऊपरी-भीतरी की बात नहीं है। मैं यह सुझाव तुम्हारे हित के लिए दे रही हूँ, अपनी आस्थाओं के प्रयोग के लिए नहीं। और, तुमने यही कब कहा कि तुम सदैव मेरी आस्थाओं के सहारे ही चलोगे?"

"तो, क्या तुम इसी बात से प्रसन्न हो जाओगी कि मैं अपनी आस्थाओं को भुला दूँ? अपनी सारी अनुभूतियों को, सारी प्रतिक्रियाओं को मुंसिफी के साथ बाँध दूँ?"

सत्या कुछ देर सोचती रही। फिर बोली, "रामदास, तुम अपनी प्रतिक्रिया की बात कर रहे थे, उसी से मुझे याद आया, तुमने मुझे अपने संस्मरण देने का वादा किया था। तुम कहते थे कि तुमने आत्मकथा-सी लिख डाली है। मुझे पढ़ने को कब दोगे?"

वह बोला, "वह मेरी बहुत ही व्यक्तिगत चीज है। तुम सचमुच पढ़ना चाहती हो?"

"विश्वास मानो, मैं सचमुच पढ़ना चाहती हूँ।"

"तब मैं तुम्हें पढ़ने को दूँगा। तुम मेरे अनुभवों को याद कर लेना और बहस करते समय मेरे विरुद्ध उनका उपयोग करना।"

दूर से कुत्तों के भूँकने की आवाज सुनाई दी, हवा में धुएँ की-सी गन्ध जान पड़ी। वे फार्म के निकट आ गए थे।

प्रारम्भ

तारकोल से रँगी हुई, काली, चिकनी, पतली-सी सड़क है। उसके दोनों किनारे घने अमलतास के पेड़ों से ढके हैं। हरे पत्तों के बीच से पीले फूलों के गुच्छे हवा के सहारे उड़-उड़कर ऊपर आ जाते हैं।

सड़क के किनारे-किनारे दूर-दूर पर बसे हुए साफ-सुथरे बँगले हैं।

एक बँगले के फाटक से बाहर निकलकर सत्या सड़क पर आती है। उसने हल्के सुनहरे रंग की साड़ी पहन रखी है। पाँवों में स्लीपर हैं। सिर के बाल खुले हुए हैं और पीठ पर छितरे पड़े हैं। उसके हाथ में कुछ अखबार और चिट्ठियाँ हैं।

दिन के दस बजे हैं।

सामने से एक मोटर आती है। ड्राइवर के पास सीट पर लगभग चार साल का एक बच्चा खड़ा हुआ है। उसने अपने होंठों को विंडस्क्रीन से सटा रखा है। आँखें फैलाकर वह सड़क की ओर देख रहा है। मोटर अपनी गति में सड़क को निगलती चली जाती है।

मोटर तेजी से सत्या के पास से निकलती है। वह पहले से ही बच्चे को देखकर मुस्कुरा रही है। हलकी-सी गर्द उड़ने पर वह नाक सिकोड़ती है, पर मुस्कुराती रहती है।

लगभग पचास गज चलकर वह एक दूसरे फाटक पर मुड़ती है। फाटक पर एक अन्धा भिखारी बैठा हुआ है। उसकी आँखें दूर से देखने पर स्वस्थ

और सुन्दर जान पड़ती हैं। चेहरा लम्बा और पतला है। नाक बड़ी है। दाढ़ी बहुत हलकी-सी उगी है। पर, शरीर पर विपन्नता के सब लक्षण दिखाई देते हैं।

दोनों हाथों को वह ऊपर उठाकर सत्या से कहता है, "मेम साहब!"

वह उसे देखकर रुक जाती है। कहती है, "मैं मेम साहब हूँ?"

भिखारी की आवाज बड़ी तीखी, पर सुरीली है। उसी मुद्रा में वह कहता है, "मेरे लिए आप सबकुछ हैं। महारानी हैं। मेम साहब हैं।"

वह हँसने लगती है और बँगले के अन्दर चली जाती है।

अपने कमरे में पहुँचते ही वह माली को पुकारती है। एक दुबला-पतला, मुरझाया, बुझा-सा आदमी उसके सामने आता है। पर्स से एक चवन्नी निकालकर वह माली को देती है और कहती है, "फाटक पर एक भिखारी बैठा है। उसे यह दे आओ और कह दो कि वह दुबारा यहाँ दिखाई न दे।"

माली चवन्नी को ललचाई आँखों से देखता चला जाता है।

यह पढ़ने का कमरा है। कोने में मेज पर पढ़ने-लिखने की व्यवस्था है। मेज के किनारे एक टेबल लैम्प हल्के नीले शेड के साथ रखा हुआ है। उसके बिलकुल सामने, मेज के दूसरे किनारे, एक फोटो-फ्रेम, अपने तीन भागों के साथ तिरछा-तिरछा टिका हुआ है। प्रत्येक भाग में एक-एक फोटो लगा है। जब लैम्प की रोशनी फैलती होगी तो बाईं ओर से दाईं ओर बढ़कर, मेज के मध्य भाग, लिखने के पैड आदि को आक्रान्त करती इन तीनों चित्रों पर जाकर टिकती होगी।

सामने की दीवार पर, कला की दृष्टि से साधारण, परन्तु आकर्षक एक बड़ा-सा चित्र लगा हुआ है। एक सूखे-से पेड़ पर निकटवर्ती हरसिंगार के झाड़ से कुछ टहनियाँ घने रूप में फैल गई हैं। उनके गहरे हरे पत्तों से सफेद फूल चमक रहे हैं। कुछ गिरकर नीचे बहती हुई धारा में प्रवाहित होते चले जा रहे हैं। नीचे, बंगला के किसी उपन्यास के नाम पर, चित्र का नाम दिया हुआ है—स्रोतेर फूल।

कमरे में एक और चौड़ी और नीची खिड़की पीछे के बाग पर खुलती है। खिड़की के नीचे पतले कुशन के सोफे से तीन ओर बैठने की व्यवस्था कर ली गई है।

सत्या अपने हाथ के कागजों को इसी मेज पर अस्त-व्यस्त रूप से डाल देती है। थोड़ी देर खड़ी रहकर खिड़की के बाहर देखती रहती है। फिर आकर लिखने की मेज के पास बैठ जाती है और कुछ लिखने का उपक्रम करती है।

कोई कमरे के बाहर दरवाजे पर खटखटाता है। सिर उठाकर, बिना पीछे देखे, वह कहती है, "आओ।"

दरवाजा खोलकर अन्दर एक स्वस्थ, कुछ मोटा-सा खद्दरधारी व्यक्ति प्रवेश करता है। वह कुर्ता, चूड़ीदार पाजामा और गांधी टोपी पहने है। पैरों में एक विचित्र डिजाइन की चप्पलें। मत्था चौड़ा है। मूँछें पतली और तिरछी कटी हुई हैं। देखने से ही पारदर्शक, स्वच्छ, हास्यप्रिय प्रवृत्ति का परिचय देता है। आते ही वह एक-एक अक्षर को तौलता हुआ कुछ आवश्यकता से अधिक आदर के साथ स्पष्ट स्वर में कहता है, "सत्या जी, नमस्ते। राजधर स्पीकिंग।"

उसे देखकर, कुर्सी से उठकर, परिचयपूर्ण मुस्कान के साथ वह नमस्ते करती है और हाथ से उसे खिड़की के पासवाले सोफे पर बैठने का संकेत करती है। उसके बैठ जाने पर स्वयं उसके पास आकर दूसरी कुर्सी पर बैठ जाती है और पूछती है, "कब आए?"

वह कहता है, "आज सवेरे आया हूँ। कार्लटन में रुका हूँ। मित्रों के साथ आया था, इसीलिए यहाँ मित्रों के घर नहीं रुका।"

बिलकुल सीधे बैठकर, किसी पत्र के पढ़ने का अभिनय करता हुआ वह कहता है, "आगे समाचार यह है कि उपचुनावों में अपनी विजय हुई। विधानसभा में आ गया हूँ। शीघ्र ही कैबिनेट में कुछ परिवर्तन होंगे। उसका समाचार अगले पत्र में दूँगा।"

इसके बाद अपने स्वर को स्वाभाविक बनाकर वह पूछता है, "और सत्या जी, आपके क्या समाचार हैं? लखनऊ किस रफ्तार से चल रहा है?"

वह थोड़ी देर तक राजधर को देखती रहती है, फिर कहती है, "बताऊँ? सबसे बड़ा समाचार यह है कि मेरी शादी होने जा रही है।"

वह छत की ओर मुँह उठाकर हँसने लगता है। फिर धीरे-धीरे, हँसी की सिसकियों को दबाकर कहता है, "इसे आप समाचार कहती हैं? यह तो मैं दो वर्ष से जानता हूँ।"

वह राजधर की हँसी से अप्रतिभ नहीं होती। पूछती है, "यह भी जानते हो, किससे शादी होगी?"

राजधर उठकर सत्या के लिखने की मेज के पास जाता है। वह उन तीनों चित्रों की ओर पहले से ही देखता रहा है। अब उन्हीं की ओर देखता हुआ कहता है, "जानता हूँ।"

सत्या के चेहरे पर झूठी झुँझलाहट की छाया पड़ रही है। वह जाकर उन चित्रों को उलटकर रख देती है और कहती है, "इन्हें तुम पहले भी देख चुके हो। इस समय मुझसे बात करो। तुम्हें किसने बताया कि मेरी किससे शादी होगी?"

वह फिर हँसने लगता है। कहता है, "इसे कहते हैं जेनरल नॉलेज उर्फ साधारण ज्ञान। यह मैं बिना बताए ही जानता हूँ कि आप-जैसी सुयोग्य कन्याओं को उनके माता-पिता, समाज और यूनिवर्सिटी के छात्र बहुत दिन तक अविवाहित नहीं रहने देते। और, जिससे आपकी शादी होगी, उसका नाम कल्पना से जान लिया है। किसी ने बताया नहीं है।"

सन्तोष के साथ वह हँसती हुई कहती है, "मैं भी नहीं बताऊँगी।"

"न बताइए। केवल इतना बता दीजिए कि रामदास कहाँ है?" वह सत्या की ओर देखता हुआ पूछता है।

वह स्थिर दृष्टि से राजधर को देखती रहती है। फिर धीरे से पूछती है, "मेरी मनोवैज्ञानिक परीक्षा ले रहे हो, या सचमुच उसका पता जानना चाहते हो?"

राजधर अंग्रेजी में कहता है, "आप निशान के बहुत आगे शूट कर रही हैं।"

तस्वीर को अपनी जगह पूर्ववत् रखते हुए वह कहती है, "रामदास इस समय हॉस्टल ही में है। गर्मियों भर वहीं रहेगा।"

नमस्ते करके चलने की चेष्टा में वह तस्वीरों पर दुबारा दृष्टि डालता हुआ कहता है, "अब आज्ञा दीजिए। आज जल्दी में हूँ।" चलते-चलते वह फिर कहता है, "आपके कमरे में अपने दो मित्रों के साथ अपनी फोटो देखकर मेरा अहंवाद न जाने कितना फूल गया है।"

दोनों कमरे के बाहर बरामदे में आ जाते हैं। प्रति नमस्कार करती हुई सत्या कहती है, "बहुत अच्छा है। अपने अहंवाद को इतना फुलाइए कि फूट जाए। बूस्ट इट टिल इट बर्स्ट्स।"

कमरे में आकर लिखने की मेज पर फिर बैठ जाती है। पत्रोंवाले पैड पर कुछ लिखती है। फिर उसे फाड़ देती है। फिर एक नए कागज पर वह अंग्रेजी में लिखती है :

'तुम्हारी व्यग्रता निरर्थक है। पापा ने पहले से ही सोच लिया है। वे तुमसे मिलेंगे और सब निश्चय कर लेंगे। पहले मैं विवाह के विषय में अवैयक्तिक रूप से सोचती थी। जिसे तुम पापा की देर करनेवाली चाल बताते हो, वह मेरी इच्छाओं का प्रकाशन भर था। पर, अब स्थिति बदल चुकी है। मैं बदल चुकी हूँ। सम्भवत: महीने भर के भीतर ही हम लोग अपने एकाकार नवीन जीवन का आरम्भ कर देंगे। तुम मुझे रोज याद करते हो न?'

पत्र को वह लिफाफे में रखकर मेज से उठ जाती है। एक पुस्तक लेकर कुछ देर के लिए सोफे पर लेटी रहती है। लगभग पाँच मिनट तक अनमने भाव से उसके पन्ने उलटती रहती है। फिर, अकस्मात् उठकर, बाहर तपते हुए अप्रैल के सूरज की ओर निगाह डालकर, खिड़की पर पड़े हुए झीने नीले पर्दे को खींच लेती है। पास की मेज पर पहलेवाली पुस्तक को फेंककर एक दूसरी पुस्तक उठाती है। यह एक पतली-सी जिल्ददार कॉपी है।

सोफे पर लेटे-लेटे वह पहला पन्ना उलटती है जिसमें हाथ से लिखा है :

मेरे कुछ संस्मरण

नीचे लम्बे और तिरछे अक्षरों में लिखा है : रामदास।

दिन के ग्यारह बज चुके हैं। कमरे के बाहर सूरज तैरने-सा लगा है। चारों ओर सन्नाटा है, जिसे कुछ दूरी पर बजता हुआ किसी मोटर का हॉर्न, बार-बार बोलनेवाली कोयल, रह-रहकर चहकनेवाली अबाबीलें भी नहीं तोड़ पातीं। जैसे किसी गहरी स्थिर जलवाली झील में कुछ कंकड़ों के गिरने से आसपास का पानी सिमटकर पहलेवाली स्थिरता बनाए रखता है, वैसे ही इन स्वरों के आघातों को चारों ओर का सन्नाटा घेरकर बुझा देता है।

सत्या मन-ही-मन पढ़ना आरम्भ करती है :

—यह गाँव का एक मदरसा था...।

1

यह गाँव का एक मदरसा था। इसमें दूसरी कक्षा तक विद्यार्थी पढ़ते थे। इसके आगे पढ़नेवाले गाँव से कोस-भर दूर एक दूसरे गाँव के प्राइमरी में पढ़ते थे।

मेरे साथ पढ़नेवाले लड़के संख्या में बीस थे। सबकी अवस्था सात से बारह साल के बीच में थी। केवल रमन्ना की अवस्था तेरह साल की थी। उसका असली नाम रामनारायण था। पर मदरसे के रजिस्टर को छोड़कर कोई भी शायद इस रहस्य को न जानता था।

हम सब जानते थे कि उसके पिता रामचरन को एक बार चोरी में जेल की सजा हो गई थी। मुखिया के खेत से उसने बैलगाड़ी भर हरे चने की फसल काट ली थी। रात को बैलगाड़ी के साथ शहर जाते हुए वह पकड़ा गया। फिर, उस पर मुकदमा चला और उसे तीन महीने की सजा हुई।

यह पुरानी बात थी। जेल से छूटकर वह गाँव में रहने के लिए नहीं लौटा। कुछ दिन बाहर रहकर वह फिर जेल चला जाता। एक बार वह गाँव आया। यहाँ रमन्ना की माँ रमन्ना और उसके बड़े भाई के साथ घर सँभाल रही थी। चार-छह दिन वह घर पर रहा। मुझे याद है कि स्कूल के पंडित जी ने उससे पूछा, "क्यों रे रमचन्ना, बार-बार जेहल क्या करने के लिए जाता है? कायदे से गाँव में क्यों नहीं रहता?"

तब रामचरन कुएँ की जगत पर बैठा गुड़ खा रहा था। वह धीरे-धीरे गुड़ खाता रहा। फिर लोटे से दो घूँट पानी पीकर बोला, "अरे मुंसी जी, गाँव में अब कैसे रह सकता हूँ? वे लोग रहने ही नहीं देते।" कहकर उसने इशारे से सिर पर साफा बाँधनेवाले पुलिस के सिपाहियों का संकेत किया।

पंडित जी ने कहा, "कायदे से रहो तो कोई न बोले।"

वह सिर हिलाकर धीरे-धीरे गुड़ खाता रहा और कहता रहा, "नहीं मुंसी जी, उनको भी वारदात होने पर मुलजिम ढूँढ़ने पड़ते हैं। हम लोग तो मुंसी जी की घर की बकरी हैं। जब चाहा, गर्दन पर छुरा चला दिया, नहीं तो घर के सामने चरने दिया।" इसके बाद उसने कुएँ से एक लोटा पानी खींचकर पिया और फिर सिर पर अँगोछा बाँधकर गाँव के पच्छिमवाली राह चला गया।

गाँव के पच्छिम ढाक और खजूर का जंगल था। उधर ही वह धीरे-धीरे लँगड़ाता-सा चला गया। उसी में समा गया। डोर में बँधा हुआ लोटा उसके कन्धे से लटकता हुआ पीठ पर दाएँ-बाएँ हिलता रहा।

उसके बाद वह गाँव फिर नहीं लौटा। एक डकैती में उसे सजा हुई। वहीं वह जेल में मर गया।

जब-जब रमन्ना मदरसे में एक कोने से दूसरे कोने तक मुँह फैलाकर लम्बे-लम्बे कदम रखकर उछलता और रामलीला के हनुमान की नकल करता तब-तब मेरी आँखों के आगे रामचरन की वही आकृति घूम जाती कि वह धीरे-धीरे ढाक व खजूरों के जंगल में घुसता हुआ अदृश्य हो रहा है। बिना जूते के धूल-भरी एड़ियाँ और उनके ऊपर की काली और पतली पिंडलियाँ ऊँची धोती से बाहर झलक रही हैं। पीठ पर पीतल का एक मैला लोटा कभी दाएँ और कभी बाएँ झूल रहा है।

किन्तु, रमन्ना हनुमान की नकल करते-करते दर्जे के सब लड़कों को पीटता। कभी उनके सिर पर तमाचा मारता और कहता, 'यह रहा हनुमान का पंजा।' कभी किसी को लात के जोर से झटक देता और कहता, 'यह है पूँछ की चोट।'

एक दिन पंडित जी से मैंने उसकी शिकायत की। पंडित जी ने उसे बुलाया। वह रेल के कुलियों की-सी लाल कमीज पहने था जिसमें उसकी घुटने तक

चीथड़ेदार धोती छिपी थी। सिर घुटा था। उस पर चोटी छितरी हुई फैली थी। पंडित जी ने उससे पूछा, "क्यों रे, न लिखना, न पढ़ना, मारपीट करता है?"

रमन्ना दूसरी ओर देखता हुआ बोला, "मैंने किसी को नहीं मारा।"

पंडित जी का मुँह अकस्मात् लाल हो गया। वे नीम की एक ताजी कटी हुई छड़ी लेकर उसके सिर और बदन पर मारने लगे। रमन्ना ने लगभग दस छड़ियाँ खाईं। फिर जोर से मदरसे के चबूतरे से कूदकर नीचे चला गया और जोर से रोते हुए चिल्लाकर बोला, "मैं, साले, इसका बदला लूँगा, तेरा खून कर डालूँगा। ज्यादा-से-ज्यादा फाँसी-डामिल हो जाएगी।"

और, चीखता-चिल्लाता हुआ मदरसे के बाहर चला गया।

दूसरे दिन पंडित जी ने रमन्ना की माँ और उसके भाई को बुलाया। हाल सुनकर उसकी माँ कुछ न बोली, चुपचाप सिसकती रही। पर उसके भाई ने कहा, "देखो पंडित, मुकद्दर के ये हाल हैं। बाप जेहल ही में मर गए। मैं गाँव के आँवले, जामुन शहर ले जाकर बेचता हूँ और उनके सहारे निबाह करता दूँ। सारी उम्र इसी तरह गारद हुई जा रही है। सोचा था कि पढ़ा-लिखाकर रमन्ना को भला आदमी बना दूँगा, पर उसका हाल यह है। उसे भी गारद होना है। आप माफ कर दें तो कल से उसे मदरसे भेज दें।"

पंडित जी ने तो माफ कर दिया, पर रमन्ना मदरसे नहीं आया। गाँव में रहकर कुछ दिन वह दूसरों के जानवर चराता रहा, फिर शहर चला गया। वहाँ एक होटल में बर्तन माँजने लगा। फिर स्टेशन के बाहर मजदूरी की। अब कुली हो गया है।

उसका भाई अब भी अपना दो बीघेवाला खेत जोतता है। साथ ही फसल पर जामुन, आँवले और कच्चे आम ले जाकर शहर में बेचता है। रेलगाड़ी पर ड्राइवरों व गार्डों को ये तोहफे देता हुआ बिना टिकट आता-जाता है। दिन-रात कहता है कि उसकी जिन्दगी गारद हो गई, पर इस बात से सन्तुष्ट है कि रमन्ना सुख से कुलीगीरी कर रहा है।

रमन्ना चला गया। हम बीस विद्यार्थी अपने ढंग से पढ़ते रहे। सबेरा होते ही हम लोग मदरसे पहुँच जाते थे। एक बड़े छप्पर के नीचे चबूतरे पर हमारा मदरसा

था। सामने जामुन और बेर के पेड़ थे। उनसे आगे एक तालाब था, जिसमें सिंघाड़े होते थे। बरसात में जामुन शुरू, जाड़ों में सिंघाड़े और कुछ दिनों बाद बेर होते। जब तक पंडित जी न आते, हम लोग जोर-जोर से पहाड़े रटते। तख्तियाँ घोंटते, बेर या सिंघाड़े खाते। एक-दूसरे पर छिलके और गुठलियाँ फेंकते। उसी में झगड़ा होता।

एक कहता, 'अरे चमरवा ने मेरे ऊपर गुठली थूक दी। इसके दाँत तोड़ दूँगा।'

दूसरा कहता, 'यह हमेशा हम पर थूकता है। इसका पहाड़ा पढ़ा जाए।'

तब कुछ बाँभन और ठाकुरों के लड़के हरीराम को पकड़ लेते। वह चमार का लड़का था। एक बन्दर के बच्चे की भाँति वह चिचियाने लगता। उसकी आँखें हाथों से बन्द करके दूसरे लड़के उसके सिर पर चपतें मारते और हर चपत पर कहते :

'दो के दो'

'दो दूने चार'

'दो तियाँ छह।'

जैसे ही पंडित जी दिखाई देते, हम सब भागकर अपनी-अपनी तख्तियों के साथ छप्पर के नीचे बैठ जाते और गला फाड़-फाड़कर पढ़ते, 'एक अद्धे अद्धा, दो अद्धे एक, तीन अद्धे डेढ़।'

पर पंडित जी के आते-आते वे आवाजें भी दब जातीं और एक-एक करके शिकायतें होने लगतीं :

'पंडित जी, चमरवा ने मुझ पर थूक दिया!'

'पंडित जी, रमचन्नी ने मेरी कलम तोड़ दी।'

'देबिया ने मेरी कमीज पर खड़िया डाल दी।'

कभी-कभी पंडित जी यह सबकुछ न सुनते। आते-ही-आते सबको एक लाइन में खड़ा करते। हम लोग हाथ जोड़कर खड़े हो जाते। फिर प्रार्थना होती :

'निरबल के प्राण पुकार रहे
जगदीश हरे, जगदीश हरे।'

कभी-कभी पंडित जी आते-ही-आते शिकायत करनेवालों और शिकायत के पात्रों को छड़ी से मारना शुरू करते। बहुत मारते। जब और अधिक मारने का मन होता तो सबके हाथ-पाँव देखते, और जिनके हाथ-पाँव पर मैल जमा होता, उनको मारते।

हम लोग धूल से खेलते थे। नंगे पाँव घूमते थे। तालाब के कीचड़ में घुसकर सिंघाड़ा निकालते। घरों में गोबर उठाते। खेतों से घास और हरा चारा लाते। हमारे खेल भी धूल के थे। धूल में ऐंडी को केन्द्र बनाकर हम घेरे बनाते। एक पैर को ऊपर उठाकर एक पैर से धूल में चलते हुए सतघरा खेलते। धूल में गोलियाँ खेलते। पेड़ों की टहनियों से लटककर धूल में कूदते। लड़ते तो एक-दूसरे को धूल में गिराकर मुँह पर धूल फेंकते। मिलते तो एक-दूसरे के गले में हाथ डालकर गाँव के गलियारों से निकलते और पंजों से धूल के बवंडर बनाते हुए आगे निकल जाते।

हमारी जिन्दगी धूल की जिन्दगी थी : वह वातावरण के बोझ में नीचे दबी पड़ी हुई थी।

इसलिए पंडित जी जब हमें और पीटना चाहते तो वे हमारे हाथ-पैर देखते, जिन पर मैल की तहें जम चुकी थीं और जिनके बीच में जाड़े की हवा दरारें बनाकर खून निकाल देती थीं।

पर, पंडित जी दाँत पीसते हुए इन्हीं दरारों पर छड़ी चलाते और कहते—
'सफाई से आओ, सफाई से रहो, सफाई, सफाई...!'

मदरसे में चीख-पुकारों के बहुत बढ़ जाने पर वे रुकते और फिर थोड़ी देर बाद हम एक लाइन में खड़े होते, और हमारी नित्य की प्रार्थना होती :

'निरबल के प्राण पुकार रहे।'

पंडित जी की मारपीट बहुत बढ़ गई। वह बढ़ती ही गई और एक दिन वे गाँव से अलक्षित हो गए।

वे विधुर थे। एक गाय पाले हुए थे। गोबर के कंडे पाथने को लछमिनिया कोरिन उनके घर आती थी। सुना गया कि वह थाने पर जाकर लिखा आई कि उसके पेट का बच्चा पंडित जी से सम्बद्ध है। उसके बाद गाँव के बाभनों व कोरियों में तनातनी हो गई। एक दिन देखा गया कि पंडित जी गाँव से गायब हैं। शायद वे

तीर्थयात्रा करने चले गए। कोई कहता था कि वे बद्रीधाम में जाकर मर गए। कोई कहता था कि उन्होंने अयोध्या के किसी महंत के यहाँ ड्योढ़ीगीरी कर ली है।

हमारी वह प्रार्थना बहुत सच्ची निकली।

हमारे साथ के वे विद्यार्थी गाँव की सीमा में सिमटे पड़े हैं। उन निर्बल प्राणों की दासता का अन्त नहीं है।

वे दिन-रात अपनी निर्बलता से डरते हैं। उनका जीवन भय का एक पुंजीभूत प्रकाशन-भर है।

वे केवल उसी से नहीं डरते, जो उनसे भी अधिक निर्बल है।

मेरे उन साथियों में कोई दस तक पहाड़ा पढ़ता हुआ हल जोत रहा है। कोई सौ तक गिनती गिनता हुआ भाड़ झोंक रहा है। कोई रामायण की चौपाइयाँ कहता हुआ बैलगाड़ी चला रहा है, ढेकुली खींच रहा है।

वे सब वही कर रहे हैं जो उनके पुरखे करते चले आए हैं। सबके घर कच्चे हैं। जहाँ बरसात में दीवाल गिर जाती है, उसी जगह वैसी ही दूसरी दीवाल वे फिर उठा देते हैं। उनका यही पुरुषार्थ है।

पंडित जी के जाते ही हमारा मदरसा टूट गया।

मदरसे के टूटने की सूचना पाते ही आसपास के स्कूलों के अध्यापक हमारे गाँव आने लगे। सबकी चेष्टा थी कि हम पन्द्रह-बीस विद्यार्थी उनके स्कूलों में भर्ती हों।

उनको यह चिन्ता थी कि उनके स्कूलों में पचास से अधिक विद्यार्थी हों। नहीं तो स्कूल टूट जाता। उनकी जीविका भी समाप्त हो जाती।

वे हमारे यहाँ आते और समझाते कि उनका स्कूल हमारे लिए अच्छा रहेगा। एक दिन एक अध्यापक ने हमारे बीच बताशे बाँटे। दूसरे दिन दूसरे ने किशमिशें बाँटीं।

मैं तेज विद्यार्थी समझा जाता था। मुझे सौ तक गिनती, बीस तक पहाड़े, गुणा-भाग, पौवा-अद्धा—सब आ गया था। मुझे सबसे अधिक बताशे और किशमिशें मिलीं।

कुछ दिन तक यह खींचतान रही। फिर कुछ को किशमिशें अच्छी लगीं, वे पूरब की ओर कोस-भर दूर एक स्कूल में पढ़ने चले गए। कुछ को बताशे पसन्द आए, वे पश्चिम की ओर वाले स्कूल में जाने लगे।

उन स्कूलों में तीन पैसा फीस पड़ती थी। साल के बीच में फीस माफ नहीं हो सकती थी।

मैंने पढ़ना छोड़ दिया और फिर गाँव में रहकर भैंसें चराने लगा।

2

जायदाद के नाम पर कुल मिलाकर मेरे पिता के पास डेढ़ बीघे का खेत था। माँ का देहान्त मेरे बचपन में ही हो गया था। तीन बहनों की शादियों में मेरे पिता पर अपने ही एक खानदानी का बहुत-सा ऋण हो गया था। हम लोग उनके जानवरों के बाड़े से मिले हुए एक छोटे-से घर में रहते थे, क्योंकि हमारा अपना घर और खेत उन्हीं के यहाँ रेहन रखा जा चुका था।

ऋण चुकाने की चेष्टा में मेरे पिता उन्हीं के यहाँ जीवन-भर काम करते रहे।

हम सब जाति के ठाकुर थे। जिनके यहाँ वे काम करते, वे मेरे पिता को काका कहते थे। उन्हीं की देखा-देखी मैं भी अपने पिता को बचपन से काका ही कहता था।

कहने के लिए तो वे गृहस्वामी के काका थे, पर उनका काम हलवाहे का था। चार बजे सबेरे से ही वे जानवरों के लिए चारा काटते। उनका अभ्यास भी गजब का था। जाड़े में अँधेरा होते हुए भी वे गँड़ासा लेकर 'खट-खट' की लय में चारा काटना प्रारम्भ कर देते। चार बजे से ही यह आवाज मेरे कानों में गूँजती रहती। मैं पुआल के बिस्तर पर पड़ा-पड़ा थोड़ी देर तक यह अनवरत खट-खट सुनता। फिर उठकर रोज कहा जानेवाला दोहा कहता :

'सीतापति रघुनाथ जू तुम लगि मोरी दौर।
जैसे काग जहाज को सूझत और न ठौर॥'

नहाते समय यही दोहा नित्य काका भी कहा करते। तब मुझे ज्ञात न था कि वे अपने मन की सारी सच्चाई इस दोहे में लगा देते थे। संसार में उनका कोई सहायक न था। न अतीत ही उनका हुआ, न भविष्य ही होगा। जितना ऋण उन्होंने ले रखा था, उसे पूरा करने के लिए उन्हें आजीवन दासता करनी पड़ेगी। उनका-शरीर बड़े ठाकुर के जानवरों के बाड़े से लेकर उनके खेतों तक, खेतों से बाजार, फिर जानवरों के बाड़े तक दौड़ लगाता। मन की दौड़ जहाँ तक थी, वह इस दोहे से प्रकट हो जाती।

इस बेबसी को वे मौसम की-सी बेबसी मानते। जैसे जाड़े में जाड़ा लगेगा, गर्मी में गर्मी लगेगी। बरसात में पानी बरसेगा, वैसे ही उनको जीवन-भर बड़े ठाकुर की गुलामी करनी होगी।

वे कहते : 'काका, बाजार से गुड़ उठवाना है। काका, तिकुन्ने खेत में पानी लगाना है। ललिया बैल के खुरहा हो गया है। ठीक तरह से वह नहीं रखा जाता, मवेशी-अस्पताल से उसके लिए दवा लानी है। कुंडी भैंस ने रात चारा नहीं खाया। उसके आगे गन्ने के अगोरवाली कुट्टी न डाली जाए। सिर्फ भूसा व चने का दाना खिलाया जाए।'

फिर : 'काका, नहाने का पानी लगवाया जाए।'

उनके सब आदेश कर्तृवाचक न होकर कर्मवाचक होते, पर सबकी ध्वनि यही थी : 'तुम यह करो, तुम ऐसा न करो।'

फिर एक दिन, "काका, रमदस्सा को मन्दराजी भैंसों के पीछे भेज दिया करो। मदरसा टूट ही गया है। आगे पढ़ा-लिखाकर इसे जज-बालिस्टर तो बनाना नहीं है। यहीं घूमेगा। वैसे भैंसों के पीछे लगा रहेगा तो तुम्हें रुपिया-धेला बरक्कत हो जाएगी।"

उस दिन से मैं गाँव के और चरवाहों के साथ ठाकुर की भैंसें चराने जाने लगा। पहले दिन, शाम को लौटकर जब मैं अपने पुआल के बिस्तर पर आकर लेट रहा तो काका, जो वहीं आग के पास बैठे ताप रहे थे, धीरे से बोले, "क्यों रे रमदस्सा, तेरा मन इसमें लगेगा?"

मैंने साफ कहा, "नहीं तो काका। मुझे स्कूल भेज दो। अगर न भेजा तो मुझे गिनती-पहाड़े सब भूल जाएँगे।"

उन्होंने कोई उत्तर न दिया। थोड़ी देर बाद बोले, "भैंसों को कभी जोर से लाठी न मारना। छोटी भैंस गाभिन है। उसे मारना भी हो तो टाँगों में मारना, पेट और पीठ में नहीं। किसी के खेत में जानवर न जाने पाएँ। जाएँ भी तो कोई उन्हें काँजीहौद न ले जाने पावे, नहीं तो बड़े ठाकुर मेरी जेब से जुर्माना निकाल लेंगे। नदी के किनारे-किनारे चराया करना। अपने गाँव के ही हार में रखना। गुलरिहा हार की ओर अच्छा जंगल है, पर उधर बनैले सुअर लगते हैं, उधर न जाना। दूसरे चरवाहों के साथ गोली-कौड़ी न खेलने लगना। इधर निगाह चुकी कि भैंस दूसरे के खेत में पहुँच गई। अपने काम-से-काम..."

धीरे-धीरे वे भैंस चराने के नियम बताते रहे, पर मैंने कहा, "काका, मुझे स्कूल जाने दो, मैं पढ़-लिखकर पैसा कमाऊँगा और तुम्हारा कर्ज पाट दूँगा।"

वे बोले, "पढ़ ले तो अच्छा ही है, पर पैसा कमाना हमारे भाग में नहीं लिखा है।" फिर रुककर, "अच्छा, देखेंगे।"

सब अवस्था और आकृतियों के मेरे साथी चरवाहे थे। मैं देखता, प्रत्येक चरवाहे की एक अपनी आदत है। रामबली व सूरज जानवर चराते-चराते दूसरों के बागों से अमरूद तोड़ लाते। उन्हें चुराकर गन्ने के खेतों में छिपा देते। इसुरी खेतों से गन्ने चुराता, उनकी पत्तियाँ हटाकर और आगे के पत्ते खेत के बीचोबीच फेंककर (इसलिए कि किसान उन्हें बाहर पड़ा हुआ देखकर खेत के गन्ने चुराए जाने का सन्देह न करे) उनके टुकड़े कर डालता और उन्हें झाड़ियों में छिपा देता। शाम को सरसों के गट्ठर में वे गन्ने छिपाकर गाँव ले आता। दइली अर्थात रामदयाल दानेदार हरे चने उखाड़कर गाँव ले आता। अमरूद, गन्ने, चने बाद में रमन्ना के भाई के पास पहुँच जाते और वह उन्हें ले जाकर शहर में बेच आता।

जिनको चोरी की आदत न थी, उनमें दूसरी लतें थीं। सरूप हमेशा आल्हा गाया करता था। रामलखन हमेशा कुछ-न-कुछ खाया करता। वह चने का साग खाता, नहीं तो हरे चने और मटर खाता। ज्वार के दिनों में भुट्टों से कच्चा ज्वार निकालकर खाता। मक्के का होला खाता। दिन-भर गन्ने चूसता। आँख बचाकर बकरियों का दूध दुह लेता और पी जाता। बिस्सू को जानवरों को पीटने की आदत थी। उसके सब जानवरों के कूल्हे लाठी की चोटों से

फूट गए थे। उन पर लाल-काली पपड़ियाँ पड़ गई थीं। हरजू को भैंसों की सवारी की आदत थी।

दीना हम सबमें सबसे अधिक तगड़ा और जाहिल था। उसकी उम्र बीस-बाईस साल की होगी। वह सदैव खेतों में काम करनेवाली औरतों से बात करता रहता और उनके बीच से जब हमारे पास आता तो बताता, 'आज चिखुरिया को फाँसा है। रमरतिया कल पंजे से निकल गई। गंगुवा की बहू बड़ी चमकुल है। अपनी तरफ से ही बात शुरू करती है।' इसी प्रकार गाँव की प्रत्येक स्त्री के बारे में वह भद्दी-भद्दी बातें कहने लगता और उनसे अपने सम्बन्धों की कहानियाँ सुनाता।

किताबों में चरागाह और चरवाहों से सम्बन्ध रखनेवाला मधुर साहित्य मिलता है।

चाहे वह कृष्ण की गो-चारण लीलाएँ हों, चाहे स्कॉटलैंड के बैलेड हों, सबमें इस सहज, स्वच्छंद, निष्कपट और निष्कलंक जीवन के प्रति लालसापूर्ण भाव हैं। नदियों के शस्य-श्यामल कछार, तरुओं की स्निग्ध छाया, वंशी के दूरागत स्वर—इन सब कल्पनाओं ने उस जीवन को एक कल्पनातीत भाव में डुबो दिया है।

पर, मैं इस जीवन में रहकर भी उस काव्य-मुखर माधुरी से वंचित रहा। दिन-भर झूठ और गालियों के व्यापार का दर्शक बना रहता। कभी-कभी जानवर जब हमारी मर्जी से किसी की फसल खाते होते और उस खेत का किसान आ जाता तो हम सब कहते कि जानवर हमारा नहीं है। जब वह जानवरों को खदेड़कर काँजीहाउस की ओर ले चलता तो हम सब मिलकर किसी-न-किसी प्रकार जानवर को भड़काकर भगा देते। यदि कभी कोई साधारण किसान कोई जानवर काँजीहाउस में बन्द भी करवा देता तो हम उससे बदला लेते और फसल उसके खेत से घर जाने के पहले ही उजाड़ देते।

सब चरवाहे दिन-भर गोलियाँ, कौड़ियाँ खेलते, चोरी करते। बात-बात पर गाली देते। जानवरों को और किसानों को गालियाँ देते। पेड़ की डाल पर बैठे-बैठे यदि हाथ किसी टहनी से छिल जाए तो पेड़ को गालियाँ देते। पाँव में

काँटा लग जाए तो काँटे और बबूल बोनेवाले अज्ञात-नाम पुरुष को गालियाँ देते, मानो उसका बबूल लगाने का यही ध्येय रहा हो!

कभी-कभी उनमें आपस में गालियों की आनन्दपूर्ण प्रतियोगिता भी होती।

अब सोचता हूँ अपने-अपने स्तर पर सब एक-से हैं। जैसे रेल की लम्बी यात्रा से परेशान होकर हम सिगरेट पीते हैं, मूँगफली या चिलगोजे खाते हैं, राजनीति के सरल विषयों पर चीख-चीखकर बहस करते हैं, वैसे ही ये चरवाहे गोड़ियों, कौड़ियों, गालियों के सहारे दिन पार करते थे।

एक दिन दीना ने मुझसे कहा, "रमदस्सा रे, तेरी छोटी ठकुराइन तो बाप-रे-बाप!" इसके बाद उसने आँखें ऊपर चढ़ाकर एक रहस्यपूर्ण चेष्टा दिखाई और कहा, "वह है तो देखने को नन्ही, पर फेंक दे धन्नी।"

मैं उसके मुँह की ओर देखता रहा, फिर पूछा, "क्या बात है?"

तब उसने छोटी ठकुराइन के हालचाल बताए। बोला, "यह तेरी छोटका तो सबकी काकी निकली! बड़े ठाकुर के अनाज का भंडारा ही लुटाए देती है! सब अनाज चुरा-चुराकर गाँव-भर में बेचती है और पैसे लेकर मिठाई मँगाती है। जेवर गढ़ाती है। मेरी महतारी उसकी तरफ से अनाज ले जाती थी। बड़े ठाकुर को सुबहा हो गया है। इसी से मेरी महतारी का आना-जाना बन्द हो गया है।"

इसके बाद वह मतलब की बात पर आया। बोला, "मेरी महतारी ने दमरुआ के घर से छोटका के दस रुपए वसूले हैं। तू जाकर अकेले में छोटका को दे आ।" और, दस चमकते हुए रुपए अपनी जेब से निकालकर उसने मेरे हाथ में रख दिये।

मैं हाँ-ना कुछ नहीं कर सका। पूछा, "तू खुद क्यों नहीं दे आता?"

इस पर वह मुस्कुराने लगा। मैंने पूछा, "क्या बात है? तेरे पाँव में मेहँदी तो लगी नहीं है?"

तब वह मेरे पास आकर धीरे से बोला, "पूछते हो, बेटा, तो बता रहा हूँ। पर किसी से कहा तो तुम्हारी टाँगें चीरकर नदी में फेंक दूँगा।" आँखें मटकाते हुए बोला, "छोटका अपनी मासूकी में है।"

चरवाहों के सम्पर्क ने मुझे इतना सिखा दिया था कि ऐसा होना बड़ी गोपनीय बात है। मैंने भी धीरे से पूछा, "कैसे?"

तो मेरा मजाक बनाने के लिए उसने भी मेरी ही जैसी आवाज में कहा, “अरे वाह रमदस्सू, अभी ये हाल है तो आगे क्या करोगे?” वह हँसने लगा और बोला, “तुझे इस सबसे क्या मतलब कि वह अपनी मासूकी में कैसे आई?” इसके बाद वह छाती फुलाकर तन गया और अकड़ता हुआ कहने लगा, “बड़े ठाकुर को भी इस बात का सुबहा है। इसीलिए छोटका का बाहर दरवाजे तक आना बन्द है। मैं उधर से निकल जाऊँ तो बड़े ठाकुर अपनी गली में खड़े-खड़े मेरा खून पी लें। खैर, तुझे इस सबसे क्या लेना! मेरा काम हो जाए, दगा न करना रे।”

छोटका बड़े ठाकुर की दूसरी स्त्री थी। बड़ी को बड़का कहते थे। वह तो दिन-रात शराब के नशे में धुत पड़ी रहती थी। छोटका की शादी हुए दो ही चार साल हुए थे। उनके आचरण के बारे में न जाने कितनी कथाएँ फैला करती थीं, फिर भी बड़े ठाकुर छोटका की इज्जत करते थे।

उस दिन जाना कि छोटका भी घर का अनाज चुराकर बेचती है। गाँवों में गृहस्थी के भार से दबी हुई स्त्रियाँ यह सबकुछ करती हैं। सासों के डर से चुराकर वे घी-दूध व शक्कर खा सकती हैं। पति से बचाकर घर का अनाज बेच सकती हैं। घर की चहारदीवारी में बन्द रहकर, चौबीसों घंटे गन्दे-गन्दे लड़कों को खिलाने में, खाना पकाने और बर्तन मलने में, अनाज की कूट-पीस में सारा दिन बिताने के बाद अपनी ऊब और घुटन मिटाने का उनका यही साधन है। इससे पैसा मिलता है, स्वास्थ्यवर्द्धक प्रसन्नता आती है। ऊबे और घुटे हुए मन को पोषित करनेवाली और उकसानेवाली भय की, रोमांच की और दुस्साहस की भावना मिलती है।

शाम को घर लौटकर भैंसों को अपनी जगह बाँधकर, रुपयों को धोती के फेंट में दबाए हुए मैं बड़े ठाकुर के घर गया। बाहर बैठक में बड़े ठाकुर के इर्द-गिर्द चार-छह आदमी बैठे थे। हाल ही में ईख के रस को सड़ाकर उसकी शराब बनाई गई थी। उसी का स्वाद लेने के लिए वह महफिल बैठी थी। बड़े ठाकुर का छोटा लड़का बालिस्टरसिंह भी था। उसकी उम्र सात-आठ साल होगी। शायद उसे भी थोड़ी शराब पिलाई गई थी। उसके पाँवों में घुँघरू बाँध

दिये गए थे और वह नंग-धड़ंग हालत में शराबियों की तरह हिलता-डुलता नाच रहा था। सभी झूम रहे थे। कोई कह रहा था, "वाह-रे-वाह, बलिस्टरवा तो नौटंकीवालों के कान काटे है!"

एक और आवाज सुन पड़ी, "नौटंकी? अरे अब उसमें क्या रखा है? तिरमोहन की पालटी में इस साल तो कुछ था ही नहीं।"

मैं धीरे-धीरे मकान के अन्दर गया। आँगन में एक ओर रुकमिन कहारिन कुएँ से पानी खींच रही थी। मुझे देखकर धीरे से बोली, "रमदस्सू भैया हैं क्या?"

मैंने सिर हिलाया तो कहने लगी, "इस घर में गाज गिरी है। सभी लोग तो आज कच्ची शराब पीकर मस्त पड़े हैं। सारी दुनिया दुवारे बैठी वाहवाही कर रही है। इन्हें पकड़े तो कौन पकड़े।"

मैंने कहा, "तुझे क्या करना है?"

तो बोली, "अरे करना क्यों नहीं है? तुम्हारे कहार की भी तो आदत ये लोग बिगाड़े हैं। वह वहीं पीकर कूकुर-जैसा लोट रहा है।" फिर एकदम से आवाज बदलकर अपनापे के साथ पूछने लगी, "तो भइया, मदरसा छूट गया?"

मैंने कहा, "हाँ, छूट गया।"

छोटका का हाल पूछकर मैं किनारे की एक कोठरी में घुस गया। कमरे में अँधेरा था। चारपाई पर छोटका के जोर-जोर से साँस लेने की आवाज आ रही थी। मेरे अन्दर पहुँचते ही वह उठ बैठी और धीरे से बोली, "अब आए हो राजबली?" फिर खुद ही चौंककर कड़ी आवाज में कहने लगी, "यह छोकरा कहाँ से घुस आया है!"

मैंने धीरे से कहा, "मैं रामदास हूँ भौजी। राजबली यहाँ कहाँ है? मुझे तो दीना की अम्मा ने भेजा है।"

छोटका ने गिरी हुई आवाज में कहा, "दस्सू दिया तो ले आना।"

मैंने आँगन से दीया लाकर कोठरी में रखा। अपनी धोती के छोर से रुपए निकालने चाहे पर छोटका धीरे से बोली, "दस्सू, बाहर तो देख आओ और राजबली कहीं मिले तो उसे कह दो कि मेरी तबीयत अच्छी नहीं है। वह यहाँ न आवे।"

मैं बाहर घूमकर देख आया। राजबली, जो पड़ोस के बनिये का जवान लड़का था, कहीं नहीं था। आकर छोटका को बताया।

छोटका ने अनमने भाव से कोठरी के किवाड़ बन्द कर लिए और कहा, "अब बताओ दस्सू, क्या कहा दीना की अम्मा ने?"

मैंने दस रुपए उसके हाथ में रखे और उनके मिलने का इतिहास बताया तो छोटका ने बिगड़कर कहा, "यह दीना की महतारी भी बड़ी बदमाश है। अट्ठारह रुपए का माल दमरुआ के यहाँ गया था, आठ रुपए बीच ही में खा गई। अच्छा, देखेंगे।" फिर आवाज को सहसा धीमी बनाकर बोली, "दस्सू, तुम तो देवर लगते हो, किसी से यह सब बताना नहीं।"

मैंने स्वीकृति में सिर हिलाया।

मैं चलने लगा तो छोटका ने मेरे हाथ में एक अठन्नी रख दी और कहा, "दस्सू, मिठाई खाना।"

मैंने अठन्नी लौटा दी और न जाने क्यों रुआँसी आवाज में कहा, "नहीं भौजी, यह मैं न लूँगा।"

छोटका ने मेरा हाथ पकड़कर अपनी ओर खींचा और कहा, "तुम मेरी बात सबसे कह दोगे। मुझे तुम्हारा भरोसा नहीं।"

मैंने कहा, "नहीं भौजी, मैं किसी से न कहूँगा। तू मुझे अठन्नी न दे, मेरा एक और काम कर दे।"

छोटका ने अपनी एक गर्म बाँह मेरे गले में चारों ओर लपेटकर कहा, "तुम मेरी बात किसी से न कहना। बोलो, तुम्हारा क्या काम करूँ?"

मैंने कहा, "बड़े ठाकुर से कहकर मेरा भैंस चराना बन्द करा दे और मुझे स्कूल भिजवा दे। नन्हूसिंह भी स्कूल जाता है। मैं उसकी देखभाल करता हुआ स्कूल जाऊँगा। उसी के साथ लौटूँगा।"

छोटका ने मुझे छोड़ दिया और कहा, "ठाकुर से कहूँगी।"

मैं बाहर आया। बड़े ठाकुर का लड़का नन्हूसिंह दरवाजे के चबूतरे पर खड़ा हुआ अपने बाप की शराबखोरी देख रहा था। मुझसे उम्र में वह साल-दो साल बड़ा ही होगा। लगभग बारह वर्ष का था। पर मैंने सोचा कि देखभाल ही के बहाने यदि मैं दीना की गन्दी कहानियों और इसुरी की चोरी की आदतों से बच जाऊँ तो मुझे न अपना पहाड़ा भूलेगा, न गिनती।

3

इस प्रकार, ग्यारह वर्ष की अवस्था में, अपने गाँव से दो मील दूर के एक प्राइमरी स्कूल में भर्ती हुआ। वहीं मिडिल स्कूल भी था। इन दोनों स्कूलों के वातावरण में मुझे छह वर्ष बिताने पड़े।

प्रारम्भ में मैं नित्य नन्हूसिंह के साथ पढ़ने जाता। वह अवस्था में मुझसे बड़ा था, पर मैं जब कक्षा दो में पढ़ता था तो वह कक्षा एक में था। अपने साथ-ही-साथ मैं उसका भोजन भी नित्य ले जाया करता। दोपहर को हम लोग साथ ही बैठकर अपना पेट भरते। मेरे लिए भुने हुए चने होते थे। नन्हूसिंह के लिए तिल या बेशन के लड्डू होते। पूड़ियाँ और आलू की तरकारी होती, गुड़ के पूए होते। नन्हूसिंह मेरी ओर देखकर कहता, "दस्सू, करजे का लेना और जहर का खाना बराबर है। देखो, न काका ने मेरे बाप से करजा लिया होता और न तुम्हारे भाग में ये चने पड़ते।"

वह मूर्ख था, पर केवल लिखने-पढ़ने में। अपने घर के मामले समझने की उसमें जन्मजात ईश्वर-प्रदत्त प्रतिभा थी। भाग्य और भगवान के विषय में वह न जाने क्या कहता था। कभी-कभी वह अपना भारी सिर हिलाकर मुझसे कहता, "जिस आदमी का नाम भगवान के नाम पर होता है, उसे जूते खाने पड़ते हैं। भगवान बदला लेता है। देखो, रमचन्ना को जेहल हो गई। वह वहीं मर गया। उसका लड़का रहा रमन्ना। कुलीगीरी करते-करते उसका दम निकल

रहा है। तुम्हारे काका का नाम है रामनाथसिंह। गाय-भैंसों का चारा काटते-काटते उनके हाथों में गुट्ठे पड़ गए हैं। तुम्हारा नाम रामदाससिंह, चना चबाते-चबाते तुम्हारे दाँत पथरा रहे हैं। इसलिए हमारे बाप ने अपना नाम रखा छोटूसिंह, मेरा नाम नन्हूसिंह और छुटकन्नू का बड़ा नाम रखना चाहा तो भगवानसिंह और दशरथसिंह नहीं रखा। उसका नाम रखा बालिस्टरसिंह। अबकी भैया होगा तो उसका नाम रखेंगे कलक्टरसिंह।"

वह अपने मूर्ख बाप की बताई हुई कल्पनाएँ सुनाता रहता और मेरे मन में उसके प्रति घृणा बढ़ती जाती।

अब उसने पढ़ना छोड़ दिया है। सत्रहवें वर्ष में ही उसकी शादी हो गई थी। तभी से वह स्कूल से नाता तोड़ चुका था। अब वह घर पर रहकर किसानी का काम करता है। चुराकर शराब बनाता है। छिपाकर चोरी की बन्दूकें और पिस्तौल रखता है। डकैतों से और प्रतिष्ठित आदमियों से साथ-साथ मेल बढ़ाता है। गाँव का मुखिया है। उसके दरवाजे सात जोड़ी बैल जुगाली करते हैं। हजार रुपए का घोड़ा बँधा है। जवार में उसकी इज्जत है। सत्तर जानवर पले हैं जो दूसरों की फसल खाकर जीते हैं। बीसों नौकर हैं। वे राहजनी और चोरी के सहारे पलते हैं। वह आज तक मुझको मूर्ख और अभागा मानता है।

जिस दिन उसकी शादी हुई, हम सब बरात में गए, पर बड़े ठाकुर ने पिताजी से कहा, "काका, घर पर किसी का रहना जरूरी है। तुम्हीं रह जाओ। ईख पेरी जा रही है। गुड़ बन रहा है। उस पर निगरानी रखी जाए। मैकुआ बरात में जा रहा है। उसकी जगह कोल्हू में ईख लगाने के लिए मजदूर रखा जाए। बैठे रहने का काम है। ईख कोल्हू में लगाते गए और रस बहना देखते गए। तीन दिन के लिए सबकुछ तुम्हीं पर छोड़े जा रहे हैं।"

शादी होने के दूसरे दिन बरात में समाचार मिला कि काका के हाथ कोल्हू में फँसकर पिस गए। वे अस्पताल में हैं। हालत नाजुक है। बड़े ठाकुर बिगड़ पड़े, "ये रामनाथ काका भी सिलबिल्ले हैं। जो काम एक बच्चा भी कर ले जाए, वह तक ये सँभाल नहीं पाते। चारा काटने को कहो तो हाथ में गँड़ासा मार लें, पानी भरने जाएँ तो घड़ा कुएँ में गिरा दें। अब कोल्हू में ईख लगाने

बैठे तो अपने हाथ पिच्ची कर डाले। मैं तो भैया, इसीलिए उन्हें कोई काम ही नहीं बताता। उनके मन में जो आया, वही करने दिया।"

फिर मुझसे बोले, "तुम चले जाओ दस्सू, देखो क्या हुआ! हम तो इस शादी के जंजाल में फँसे हैं।"

मैं अस्पताल पहुँचा। छोटा-सा कस्बे का अस्पताल था। चारपाई पर एक मैली दरी बिछी थी, उसी पर काका पड़े थे। अस्पताल वे तब पहुँचाए गए थे जब उनके शरीर का लगभग सारा रक्त बहकर बाहर निकल चुका था। इस समय उनका चेहरा स्याही और पीलेपन का एक दयनीय मिश्रण हो रहा था। दोनों हाथों में कन्धों तक पट्टी बँधी थी। पट्टी के नीचे क्या था, यह नहीं देख पाया। वे आँखें मूँदे, चुपचाप, अर्धमूर्छित-सी अवस्था में पड़े थे। मेरा नाम सुनकर उन्होंने आँखें खोलीं। फिर धीरे से कहा, "दस्सू, पास बैठ जाओ।"

मैं बैठा नहीं, उनके सिर के पास जाकर खड़ा हो गया। वे धीरे से बोले, "तुम्हारा मत्था सहलाने को जी करता है। पर हाथ अपंग हो गए हैं। सब खून निकल चुका है। मैं गन्ना पकड़े था। वह जब कोल्हू के पाटों में कुचल गया तो दोनों हाथों की उँगलियाँ कोल्हू के पाटे में छू गईं। मैं जब तक चिल्लाऊँ कि एक चक्का और घूम गया। दोनों हाथ पिस गए।"

मेरी आँखों में आँसू देखकर बोले, "रोओ न बेटा, चलाचली का मौका है। जी कड़ा करके सबकुछ झेलना चाहिए।"

उन्होंने फिर आँखें मूँद लीं। मैं चारपाई के पास बैठ गया और उनके मत्थे पर हाथ फेरने लगा। आँखें मूँदे-ही-मूँदे वे बहुत धीरे से बोले, "कौन है? दस्सू?"

मैंने कहा, "हाँ, काका, मैं ही हूँ।"

वे रुक-रुककर कहने लगे, "अपना-अपना प्रारब्ध है बेटा, घबराना नहीं, भगवान गरीबों के प्रतिपालक हैं। उन्हीं के सहारे अपना काम किए जाना। पढ़ाई न छोड़ना।"

थोड़ी देर चुप रहकर फिर बोले, "बड़े ठाकुर के घर काम न करना बेटा!"

इसके बाद वे बेहोश हो गए। फिर वह बेहोशी नहीं टूटी।

तब मैं मिडिल स्कूल की छठी कक्षा में पढ़ता था और सोलह वर्ष का था। काका के न रहने पर लगभग महीना-भर बाद, स्कूल के प्रधानाध्यापक मुंशी नवरतन लाल ने मुझे शरण दी। शरण पाने में सहायता अमजदअली से मिली।

अमजदअली हमारी ही कक्षा में पढ़ता था। अगर पढ़ने में मेरा स्थान पहला होता, तो उसका दूसरा। कभी यह स्थान बदल भी जाता। हममें आपस में घनी मित्रता थी।

अमजदअली की और मेरी मित्रता की जड़ में कुछ हद तक पारस्परिक लाभ का सिद्धान्त काम करता था। मैं गणित में कमजोर था, अर्थात रियाजी में। वह हिन्दी कम जानता था, जो उसकी जबान दोयम थी। इसीलिए वह गणित पढ़ाता और मैं उसे हिन्दी। गणित को मैं परचून का पर्चा कहता था। हिन्दी के लिए न जाने उसने कहाँ से यह नाम सीख लिया था और उसे 'जुबान रूरल डियूलपमेंट' कहा करता था।

एक-दूसरे को पढ़ाते-पढ़ाते हम लोग भूत-प्रेत के विषय में बात करते।

अमजदअली को भूत, प्रेत, चुड़ैल, जिन, खबीस आदि के विषय में अथाह ज्ञान था। हिन्दुओं में फैली हुई असंख्य जातियों में से शायद उसे दस के भी नाम न आते हों, वह तैंतीस कोटि देवताओं में शायद तीन के भी नाम न ले सकता हो, पर हिन्दुओं और मुसलमानों में कितने प्रकार के पारलौकिक प्राणी होते हैं, इस विषय पर वह दिन-रात बात कर सकता था।

एक दिन हम दोनों स्कूल से बाहर अमरूदों के बाग में बैठे अपनी पढ़ाई कर रहे थे। फीस जमा होने का वह अन्तिम दिन था। इसलिए कक्षा में दोपहर के बाद पढ़ाई शुरू होनी थी। अमजदअली मुझे गणित सिखाता रहा :

"अब एक मुसल्लस के दो अजला तीसरे जिले से, हमेशा क्यों बढ़कर होते हैं—यह समझे कि नहीं? और देखो, रामदास, अब कल रात की बात सुन लो। मेरे पड़ोसी रमजानी के लड़के पर शै लग गई। हुआ यह कि पीर के मजार पर उसने कल चलते-चलते बेअदबी की चार बातें सुना दीं।"

पर, मेरा ध्यान उधर न था। मेरे ऊपर पिछले पन्द्रह दिनों से जो संकट मँडरा रहा था, मैं उसी की बात सोच रहा था। अमजदअली के शब्द मेरे कान के पर्दों में गूँजकर लौटते रहे :

"अरे रामदास, इन जिन्नात की न पूछो। कहने को तो ये मुसलमान हैं, पर ये तुम्हारे हिन्दू भूतों से बढ़कर भयानक हैं। तुम्हारे यहाँ तो भूत पटकता है, प्रेत खाने दौड़ता है, अगिया-बैताल बदन झुलसाता है, चुड़ैल पास लेटकर आदमी का खून चूस लेती है, बरमराक्षस पीपल का पेड़ सिर पर गिरा देता है, पर लेता क्या है? ज्यादा-से-ज्यादा साल-छह महीने बुखार आ जाता है। पर, ये जिन्नात व खबीस सबके चाचा होते हैं। खबीस के एक नथना व एक आँख होती है। नाखून बड़े-बड़े होते हैं। जिस पर यह शै सवार होती है, उसके जिस्म में दिन-रात नाखून गड़ते रहते हैं। उसकी छाती में खबीस के तार-जैसे बाल चुभा करते हैं। दर्द और डर के मारे इनसान चीखा करता है और दस-पन्द्रह दिन में वह भूखा ही मर जाता है। बरमराक्षस लग जाए, पर खबीस से किसी का पाला न पड़े। एक बार तो एक खबीस मुझे ही रास्ते में मिल गया। मैं चच्चा के गाँव से अकेला लौट रहा था।"

अमजदअली ने खबीस को कैसे चकमा दिया, यह मैं एक कान से सुनता रहा। दूसरे कान में एक आदमी की कठोर आवाज गूँजती रही, जो पिछली रात मेरे मुँह पर कही गई थी :

'यह टुकड़खोर फीस के पैसे माँगता है? इसके बाप ने कमाकर दिया था? इन सालों पर हजारों रुपए गँवा दिये। अब यह भी छाती पर मूँग दलने को बैठा हुआ है। बेटा भैंस न चराएँगे! पढ़ेंगे और बालिस्टरी करेंगे! हमीं एक गधे हैं जो इनके बाप का बोझ ढोएँगे। मैं कहता हूँ छोटका, इससे कह दो, शाम को यह हमारे सामने न पड़ा करे। इसका मुँह देख लेता हूँ तो एक छटाँक खून घट जाता है। फीस नहीं है तो नाम कटा ले, भीख माँगे, हल जोते। जैसे गाँव में सब हैं, वैसे ही अपनी औकात से कुत्ते-जैसा पड़ा रहे। इसे बता दो...।'

अमजदअली अपने किस्से पर ठठाकर हँस पड़ा और बोला, "खबीस मियाँ को क्या मालूम कि ऐसे खबीसों की परवाह करनेवाले यहाँ नहीं हैं। वे क्या

जानें कि मुंशी अमजदअली के बापजान के घर जिन्नात ही नौकरी करते थे! खबीस उनके जिस्म पर तेल की मालिश करते थे, चले थे मुझसे मोर्चा लेने!"

मेरी कनपटियाँ धक-धक कर रही थीं। सबकुछ सुनसान, वीरान-सा लग रहा था। पत्थर के टकराने की-सी साफ, चटकदार आवाज मेरे दूसरे कान में पड़ रही थी :

'उम्र-भर इसके बाप ने तो गुलामी की, गोबर उठाया, बैल चराया, चारा काटा, पानी खींचा, मालिश की—अब ये बालिस्टरी करेंगे? बाप ने मारी मेढकी, बेटा तीरंदाज!'

अमजदअली की हँसी ने मुझे चौंका दिया। वह मुझे हिलाकर कह रहा था, "अरे मैं तो ऐसे ही अपना तजुर्बा सुना रहा था और तुम इतना डर गए! तुम्हारे चेहरे का रंग कैसा हो रहा है? उधर अमरूद में क्या देख रहे हो? क्या उसमें भी कोई भूत बैठा है? जरा-सा किस्सा सुनकर यह हालत? सचमुच का भूत देख लो तब तो मर ही जाओ!"

पर मैंने धीरे से कहा, "नहीं, अमजद, मैं मरूँगा नहीं। मैंने सचमुच का भूत देखा है, पर मैं मरा नहीं।"

वह चौंककर मेरे पास सिमट आया। मारे उत्साह के मेरे कुर्ते की बाँह खींचकर बोला, "तुमने भूत देखा है? कब? कहाँ? कैसा था?"

मैंने दूसरी ओर मुँह फेर लिया। धीरे से कहा, "घर पर। कल रात। अँधेरा था। मैं चौपाल में चारपाई पर पड़ा था। वह देव-जैसा सामने आया, पैर टेढ़े-मेढ़े पड़ रहे थे, जैसे बोतलों शराब पिए हो! सिर पर बाल न थे। खूब काला जिस्म था। नंगा बदन, एक मैली तहमद बाँधे हुए। आँखें लाल-लाल थीं। वह आया और उसने मुझे घूरकर देखा। मारे डर के ऐसा लगा, जैसे कि मेरी रगों में खून जम गया हो! उसके पीछे-पीछे एक औरत थी। उसका हाथ पकड़कर उसने उसे अन्दर जोर से खींचा और फिर उसने मेरी छाती पर अपनी एक लोहे की-सी उँगली गड़ा दी। फिर कड़कड़ाती आवाज में बोला, 'यह साला यहाँ पड़ा है?' वह मुझ पर न जाने क्या-क्या कहता रहा। मैं चुपचाप चारपाई पर पड़ा रहा, जैसे मैं चारपाई ही बन गया था! जैसे मैं मर गया था!"

इसके बाद मैं कुछ कह न सका। आँसुओं ने मेरी आवाज बन्द कर दी थी।

आँखों के आगे धुँधलका छा गया था।

अमजदअली में न जाने कहाँ से समझ आ गई! उसने मुझसे कोई भी प्रश्न नहीं पूछा। चुपचाप बैठा रहा। फिर कुछ देर बाद, मेरे शान्त होने पर बोला, "अब तुम्हारा पिंड इस ठाकुर से छुड़ाना ही पड़ेगा। उसके बहुत किस्से सुन लिये। अभी चलकर हेडमास्टर साहब से कहेंगे।"

मैंने कहा, "हेडमास्टर साहब का उस पर क्या जोर? स्कूल में तो वह पढ़ता नहीं है।"

अमजदअली बोला, "उससे क्या? तुम्हारा काम न बने तो कहना।" फिर रुककर बोला, "मास्टर साहब को एक नौकर चाहिए, पानी भरने के लिए। कहार आजकल मिलते नहीं हैं। तुम उन्हीं के घर रहना, काम करना और पढ़ना। ठाकुर के चंगुल से मास्टर साहब तुम्हें खुद छुड़ाएँगे।"

उसी शाम को मुंशी नवरतनलाल हेडमास्टर ने मुझे बुलाकर समझाते हुए कहा, "तुम्हारा मन हो तो तुम मेरे यहाँ रहकर पढ़ो। घर के लड़के की तरह काम करो, खाओ-पिओ और पढ़ो-लिखो। अपना सामान आज ही ठाकुर के यहाँ से उठा लाओ।"

मैंने उत्साह से बतलाया कि मुझे कोई सामान नहीं लाना है। मेरे पास कुछ सामान नहीं है। मैं आज शाम से मास्टर के ही घर रहूँगा।

दूसरे दिन सबेरा होते ही मुंशी नवरतनलाल के पिता बाबू मुसद्दीलाल ने मुझे बुलाकर कहा, "सुनो बेटे, आज से तुम हमारे हेड खिचमिचगार बनाए गए। बस, कुछ काम कर डालने हैं और फिर बाबू बनकर पढ़ाई करनी है।"

मैं उनकी ओर देखता रहा। 65 वर्ष की अवस्था में रौबीला चेहरा, कड़कदार आवाज, आँखों में सुरमा, बीच से माँग निकालकर दोनों कानों की ओर उमेठी हुई दाढ़ी। घर पर आधी आस्तीन की बनियाइन व गमछा पहने हुए वे तख्त पर प्राय: बैठे रहते थे। इस समय भी वे इसी वेश में थे। हँसते हुए बोले, "सबेरे उठते ही नहाने-धोने के लिए पानी चौकी पर मिले। दातून और कोयले का मंजन वहीं होना चाहिए। कोयले का मंजन में वह तासीर है

कि दाँत उम्र-भर कभी हिल नहीं सकता। 'जमीं जुंबद न जुंबद गुलमुहम्मद'। पूजा के लिए मन्दिर में फूल-पत्ते देख लेना। उसके बाद आध पाव बकरे की कलेजी, दो छटाँक जौ।"

मैंने धीरे से कहा, "जी, मैं देख लूँगा।"

बोले, "बेटे, नुस्खा तो समझ लो। बकरे की कलेजी आध पाव, दो छटाँक जौ, एक तोला तिल, सेर-भर पानी में उबलने चाहिए। जब पानी आध पाव रह जाए तो छटाँक-भर घी का बघार दे दिया जाए। बस, वही पानी सुबह-सुबह पी लिया और तबीयत दिन-भर मस्त बनी रहती है। चेहरा मानिन्द सेब सुर्ख हो जाता है। मेरे लिए सबेरे चिकवे के यहाँ से गोश्त ले आना और दस बजे तक दवा तैयार कर देनी है। दोपहर को बस आध-पौन घंटा पैरों की रगड़-सगड़, पंखा पानी, उसके बाद ठाठ से स्कूल जाना।" इसके बाद, बिना किसी कारण या प्रोत्साहन के वे बड़े जोर से हँस पड़े और बोले, "जो करे सेवा, सो खाए मेवा।"

जैसा परिश्रम मैं पहले कर चुका था, उसे देखते हुए मुझे लगा कि अब मेरी पढ़ाई में कोई बाधा नहीं होगी। उसी दिन स्कूल में मुंशी नवरतनलाल ने मुझसे कहा, "मैंने तुम्हारे ठाकुर से बातचीत कर ली है। वह तुम्हें मेरे घर रखने को तैयार हैं। कर्ज के निपटारे के लिए वह तुम्हारा खेत ले लेगा। पर, तुमको खेत से लेना ही क्या है? खेत देकर भी उससे जान बच जाए तो अच्छा। अब तुम जी लगाकर पढ़ो। घर पर शाम-सबेरे कुएँ से पानी खींच दिया करना। अमीन साहब जो छोटा-मोटा काम बतावें, वह देख लेना। कोई तकलीफ हो तो बताना।"

अमीन साहब, अर्थात बाबू मुसद्दीलाल। वे पहले दीवानी में अमीन थे। इसीलिए उनके लड़के तक उन्हें यही संज्ञा दिये हुए थे। बाबू मुसद्दीलाल अपनी व्यवहार-बुद्धि तथा धर्मप्रियता के लिए जगत-विख्यात थे। हेडमास्टर साहब इनके लड़के होते हुए भी इनसे सर्वथा भिन्न थे। वे देखने में कमजोर थे। कम बोलते थे। धीरे बोलते थे। कभी नहीं हँसते थे और बाबू मुसद्दीलाल...।

सबेरा होते ही, उन्हें नहला-धुलाकर मैं चिकवे की दुकान पर गया। आध पाव गोश्त लाया। उसे पानी से धो रहा था। उधर मन्दिर में शिव की मूर्ति के

आगे सिर्फ गमछा पहन, एक टाँग पर खड़े मुसद्दीलाल कड़ककर प्रार्थना कर रहे थे :

'राम नाम की लूट है कि लूटा चहे सो लूट।
अन्तकाल पछताएगा कि प्राण जाएँगे छूट॥
एक घड़ी आधी घड़ी कि आधी में पुनि आध।
कबिरा संगति साधु की कि हरे कोटि अपराध॥'

फिर दोहरी आवाज में कड़कते हुए :

'बिना बिचारे जो करे सो पाछे पछताए।
काम बिगारे आपनो कि जग में होय हँसाय॥'

वे प्रार्थना कर रहे थे। मैं उसी नीति के उपदेश ले रहा था। तभी एक भिनभिनाता हुआ स्वर मेरे कानों में पड़ा, "हमारे मास्टर साहब जिस किसी को लाएँगे, वह—सनीचर का—अवतार होगा।"

इस स्वर में उदात्त-अनुदात्त की बाधा न थी। बहुत ही विलम्बित लय में, केवल पंचम पर, कुछ शब्द उलझकर निकल रहे थे।...

"दुनिया के सब कहार गोड़िया तो इनके लिए मर गए हैं। ठाकुर के बच्चे को पाला है। सबेरे से एक बूँद पानी के लिए बैठे हैं।"

उत्तर में मुंशी जी का धीमा स्वर, "तुम तो जड़ावनवाली घर में नौकर को टिकने नहीं दोगी। सबेरे से वह काम ही तो कर रहा है।"

जड़ावन नगर की राजकन्या का उत्तर—इस बार भिनभिनाहट पंचम से निषाद में, "तो हमें कौन नौकर से काम कराना है। वह तो अमीन साहब का खिचमिचगार है। आप ही का मुलाजिम है। हमें तो जैसा तब, वैसा अब।" ('ब' पर द्वित्व)

मैंने जल्दी से हाँडी में पकने के लिए गोश्त और जौ डाल दिये और घर के अन्दर जाकर पानी के बर्तन पकड़े। मुंशी जी ने पूर्ववत् अपने धीमे स्वर में कहा, "रामदास, घर का पानी पहले भर दिया करो। अमीन साहब की देखरेख बाद में होनी चाहिए।"

सिर झुकाए हुए मैं घड़ों को लेकर बाहर चला आया।

दिन के लगभग ग्यारह बजे जब मैं किताबें लेकर पढ़ने के लिए स्कूल चला तो अमीन साहब ने मुझे रोका। बोले, "तुम अभी से स्कूल जाकर क्या करोगे? दोपहर को खाना खाकर, पाँव दबाकर, तब स्कूल जाना।"

मैंने कहा, "मैं गैरहाजिर हो जाऊँगा।"

वे बोले, "नवरतन अपने-आप सब देख लेगा।"

उस दिन मैं दो बजे स्कूल पहुँचा।

एक बजे तक मैं अमीन साहब के पैर दबाता। यह वह समय होता जब वे अपने ज्ञान के कुछ कण मुझे भी देते। नित्य प्रति एक नए विषय पर प्रवचन होता। गौतम बुद्ध के इतिहास पर उन्होंने बताया :

"भागवत में बुद्ध महाराज की कथा है। राजा के यहाँ जानवर कट रहे थे। यज्ञ हो रहा था। एक ओर भैंसों की कतार थी। बढ़िया चरबीदार बकरे दूसरी ओर मसमसाते हुए खड़े थे। प्रत्येक देवता के नाम पर एक पट्ठा काटा जानेवाला था। तभी भगवान ने अवतार लिया। एक जती के भेष में वे यज्ञ में पहुँचे। एक हाथ में चीवर, दूसरे में आसन। चँवर से धरती बुहारी। फिर आसन पर बैठ गए। राजा को अचम्भा हुआ। बोले, 'तुम कौन?'

बुद्ध महाराज ने जवाब में कड़ककर कहा, 'तुम कौन?' (इस बात को कहने में अमीन साहब को एक बार कड़कने का अवसर मिला।)

राजा बोले, 'हम शुद्ध।'

तो वे बोले, 'हम बुद्ध।'

इसी सवाल-जवाब में राजा को बोध हुआ कि जती चँवर से जमीन को बुहारकर बैठता है कि चींटी तक न मरे और वह भैंसे और बकरे कटाता है। चटाक से उसने बुद्ध भगवान के पाँव पकड़े। बोले, 'आप भगवान हैं। आपका कहा सब स्वीकार है।' बुद्ध बोले, 'राजा, तुमने अपने को 'शुद्ध' कहा तो शुद्धोदन तुम्हारा नाम होगा। जगत में तुम मेरे पिता-तुल्य पूजे जाओगे। और वर माँगना हो तो माँगो।' "

इतिहास के नाम पर वह विक्रमादित्य का भेष बदलकर गलियों में मारे-मारे घूमना, अकबर का बीरबल की बातों का कायल होकर फकीर बन जाना,

कम्पनी बहादुर का बादशाह बहादुरशाह के जूतों की धूल पोंछना—यह सब बता जाते। फिर, "बेटे, अब तवारीख और जुग्राफिया की पढ़ाई क्या होगी? पहले जो पढ़ाते थे, वह चीज पक्की होती थी। हमने जिले के काँजीहाउसों के नाम दरजा चार में याद किए थे। सो अब तक याद हैं। मिदनापुर, मड़िआँवा, माल, रामनगर, जुन्नैतनगर...।" मैं हाथों की मुक्कियाँ उनकी मोटी थुलथुली जाँघों पर बरसाता रहता। वे निंदियारी आवाज में कहते रहते, "रहमतनगर, फरीदाबाद।" उसके बाद, "हत्तेरी बुढ़ापा की!"

और, रह-रहकर प्रत्येक प्रवचन पर सम्पुट वाक्य, "जो करे सेवा, सो खाय मेवा।"

छमाही की परीक्षा में मैं गणित में फेल हो गया। सबेरे से उठकर पूरे घर का पानी भरने और अमीन साहब की सेवा-शुश्रूषा करने में मुझे दो बज जाया करते थे। कभी-कभी जल्दी अवकाश पाकर मैं पहले भी स्कूल पहुँच जाता। पर, उन दिनों स्कूल से लौटने पर पहले अमीन साहब मुझे अपने पास बुलाते और धीरे-धीरे समझाते, "बेटे, स्कूल में काबिलीयत घोलकर तो पिला नहीं देते। विद्या तो अपने करने की विद्या है। चोर की तरह स्कूल के एक कोने में बैठ जाने से तो आ नहीं जाएगी। तुम्हें तो घर पर ही शाम को या रात के वक्त किताब घोंटनी चाहिए और पास-फेल का जिम्मा नवरतन पर।"

फिर एक दिन वही प्रिय विषय, "और, बेटे, बिना गुरु के आशीर्वाद (वे आसिर्वाद कहते) के किसी को कुछ आया है? पुराने जमाने में विद्यार्थी लोग गुरु के आश्रम में लकड़ियाँ बीनते थे और गाय चराते थे। आज के लौंडे यह समझते हैं कि ऋग्वेद, यजुर्वेद, सामवेद और धनुर्वेद पढ़ने की चीज हैं। मैंने कहा, बेटे, यह विद्या गुरु के प्रभाव से ही आती है। गुरु प्रसन्न हो गए तो उन्होंने चेले के सिर पर हाथ रख दिया और तड़ाक से ज्ञान-कपाट खुल पड़े। सो तुम पास-फेल की फिक्र छोड़ो। अपना काम देखो। आज सुबह की दवा में तीन छटाँक पानी था। उसे सिर्फ आध पाव बचना चाहिए। आध पाव की मिकदार जानते हो?"

मैंने बताया, "दो छटाँक?"

बोले, "एक छटाँक में कितने तोले?"

"पाँच।"

"एक तोले में कितने माशे?"

"बारह।"

"एक माशे में कै रत्ती?"

"आठ।"

कड़ककर अमीन साहब ने कहा, "तब कौन साला तुम्हें फैल कर सकता है? तोला, माशा, रत्ती, मन, सेर, छटाँक, गज, फुट, इंच—सब तो तुम्हें याद हैं।"

मैंने कहा, "मैं छमाही में फेल हो गया हूँ।"

समझाने के स्वर में वे बोले, "मैं नवरतन से कह दूँगा। वे मास्टर को तम्बीह कर देंगे।"

मैं चुपचाप उनका बिस्तर बिछाता रहा। अपनी स्थिति के विषय में मुझे भ्रम नहीं रहा।

अमजदअली सारी दशा जानता था। पर उसने मुझे समझाया, "परसाल सातवें दरजे में बाहरी परीक्षा होगी। उसके लिए मेहनत कर डालना जरूरी होगा। पर इस साल छठा दरजा है। इसमें जैसा हेडमास्टर साहब या अमीन साहब कहें, करते रहो। इस अमीन को नाराज न करो। बात का मीठा है, पर दिल का मैला है। मरेगा तो खबीस होगा। उसे साधे रहो। बस, रात को जमकर पढ़ लिया करो। मैं अपनी कापियाँ दे दिया करूँगा। उनसे तुम्हें दिन की पढ़ाई का पता चल जाया करेगा।"

नित्य की भाँति मैं दिन की पढ़ाई हुई बातों को लिखता रहा। दस बज गए। उधर जड़ावनवाली का सानुनासिक पंचम, "मिट्टी का तेल सेंत में नहीं आता है। लालटेन को गैस-बत्ती-जैसा बनाकर रात-भर जलाते रहते हैं। कोई टोकनेवाला नहीं है। हमारे मास्टर तो बोलेंगे नहीं। उनकी इसी में निमूसी हो जाएगी।"

मैं अपना काम करता रहा। सुनकर भी अनुसना कर दिया।

पूस के महीने की ठंडी रात थी। बदली छाई हुई थी। घना कुहरा पड़ रहा था। मकान के पिछवाड़े की ओर गुसलखाने से लगी हुई एक सीलनदार

कोठरी थी। उसी में अपनी टूटी चारपाई पर मैं एक फटी रजाई ओढ़े लिख-पढ़ रहा था। जड़ावनवाली की आवाज लगभग पाँच मिनट बाद फिर कान में पड़ी, "हम खाना खाकर हाथ धोने को खड़े हैं। घर में एक बूँद भी पानी नहीं है। जब देखो तब यही साँसत बनी रहती है। बखत पर पानी कभी नहीं मिलेगा। गले में चाहे कौर अटक जाए, पर साँस निकल जाने पर भी पानी न मिलेगा...।"

वे अपनी लयहीन आवाज में बराबर बोलती गईं। तीन घंटे पहले मैंने घर के लगभग सभी घड़ों में पानी भर दिया था। इस प्रकार की चीख-पुकार लगने का अर्थ यही था कि उस दिन की पढ़ाई समाप्त कर दी जाए। जाड़े में सिकुड़ते हुए, एक हाथ में घड़ा और एक हाथ में लालटेन लेकर सिर पर रस्सी फँसाकर, नंगे पैर, मैं मकान के बाहर आया। अहाते में नीम, आम और जामुन के पेड़ थे। कुआँ वहाँ से लगभग सत्तर गज पड़ता था। इस रास्ते में पेड़ों के नीचे घास उगी रहती थी, जो मुंशी जी की भैंस के चरने के काम आती थी। ओस और कुहरे ने घास को गीला कर दिया था। कुहरे का द्रवित रूप पेड़ों की डालों से टप-टप चू रहा था। मैं ठिठुरते पाँवों उसी घास पर कदम बढ़ाता हुआ कुएँ की जगत पर पहुँच गया। वहाँ जाकर खड़ा हो गया। कुहरे में लालटेन की रोशनी दो गज भी नहीं फैल पाती थी। आसपास के अँधेरे में लालटेन एक असमर्थ प्रकाश के बिन्दु-जैसी जान पड़ती थी।

चमगादड़ों ने पंख फड़फड़ाए। सामने नीम की डाल पर उल्लू अपनी मनहूस आवाज में बोला। सियारों की बुझी-बुझी बोली दूर ढाकों के जंगल से बहती हुई आई और कुहासे और सर्द हवा में खो गई। किसी छोटी-सी माँद में अपनी देह को अधूरा छिपाकर कोई लोमड़ी 'खो-खो' करती रही। केवल एक बार किसी सारस का दीर्घ स्वर सुनाई पड़ा और विलीन हो गया। पृथ्वी तथा आकाश के बीच फैले हुए विराट रोदसी-मंडल में केवल कुहासा, कुछ अस्पष्ट ध्वनियाँ, स्वरों की कुछ विकृत चेष्टाएँ भर मुझे चारों ओर से घेरे रहीं।

मैंने कुएँ की जगत पर घड़ा रखा और चुपचाप खड़े-खड़े चारों ओर देखा। लगा, यहाँ के वातावरण में कुछ अपनापन है। यह लोमड़ी रात-भर पाले में कुहकती रहेगी। सबेरा होते ही बड़ा बिल बनाने का संकल्प करेगी।

झाड़ियों और मैदानों में घूम-फिरकर आहार करेगी। शेर से सियार तक के बीच चक्कर काटती हुई, बाल कहानियों की रचना करते-करते, कल रात फिर इसी भाँति जाड़े में किसी करौंदे, मकोय की खाड़ी के नीचे छोटे-से गढ़े में अकेली पड़ी-पड़ी शोर मचाएगी।

यह सारस किसी तालाब के किनारे एक टाँग पर खड़ा होगा। लम्बी चोंच सामने पानी तक पहुँच रही होगी। पर वहाँ पानी न होगा। नीचे पानी सूख गया होगा। कीचड़ पर काई की परतें जम रही होंगी। चारों ओर फैले हुए पुरइन के सूखते हुए, मटमैले-से गाढ़े हरे पत्तों और कँटीले डंठलों के बीच कमलों की अस्थियाँ सड़ रही होंगी। एक सारस चुपचाप सिर झुकाए खड़ा होगा। न जाने क्या सोचकर बोला होगा।

मैं कुएँ की जगत पर खड़ा रहा। न जाने कितने साँप, बिच्छू, विषखोपर, खनखजूरे, चमगादड़, लोमड़ी और सारस इस कुहासापूर्ण ठंडी रात में अपने अस्तित्व का परिचय दे रहे हैं। मुझे आसपास कुछ अपनपौ-सा लगा।

तब साहित्य नहीं पढ़ा था। नहीं तो अँधेरे, उसमें हीन प्रकाश फैलानेवाली लालटेन, या कुछ घंटों बाद आनेवाले सबेरे की कल्पना और इस सबसे रूपक-प्रयोगों का विचार करके कुछ लाभ उठाता। दिगन्तव्यापी अन्धकार में दीपशिखा की भाँति निष्कम्प प्रज्वलन का उपदेश लेता। अँधेरे के बाद उजाला आता है, इस अखंड सत्य को भाँति-भाँति के वाग्जाल-युक्त माध्यमों से जानकर कृतकृत्य होता। पर, उस समय न जाने क्यों, इस घनी बदली, हवा, कुहासे, अँधेरे और तुषारपात ने मिलकर क्या षड्यंत्र रच रखा था कि मैं कुएँ की जगत पर नि:शक्त-सा बैठ गया और घुटनों में मुँह छिपाकर चुपचाप रोने लगा। थोड़ी देर इसी स्थिति में रोता रहा।

तभी सानुनासिक रूप में तार-सप्तकीय स्वर :

"जो कोई पानी लेने जाता है, कुएँ का ही हो रहता है। यहाँ हाथ धोने को खड़े हैं।"

मैंने जल्दी से कुएँ से पानी खींचा और वापस चला। कुएँ के पास गीली मिट्टी, काई और ओस ने मिलकर चलना कठिन कर रखा था। फिसलकर मैं यहीं जमीन पर गिरा। घड़ा छूटकर कुछ दूरी पर ढलक गया। लालटेन की

चिमनी टूट गई। तेल फैल गया। ओस से भीगी हुई घास में वह भक-भक करके दो बार जला। फिर सब ओर अँधेरा हो गया।

मैंने टटोलकर घड़ा उठाया और फिर पानी भरा। बुझी हुई लालटेन को हाथ में लेकर वापस आया। बहुत दिन बाद जड़ावनवाली ने मुझसे सीधे बात की, "लालटेन फोड़ डाली?"

मैंने धीरे से कहा, "मैं गिर गया था। पूरी देह ओस में भीग गई है। कपड़े गीले हो गए हैं। लालटेन का शीशा-भर फूटा है।"

उन्होंने थोड़ी देर मेरी ओर देखकर पूछा, "तो पूरी लालटेन भुरकुस हो जाती, तभी तुम्हें चैन पड़ती? शीशा कोई चीज ही नहीं है?" फिर मुंशी जी के कमरे की ओर मुँह उठाकर, "सुनते हो, नईवाली लालटेन का शीशा फूट गया।"

मुंशी जी ने अपने कमरे से ही ठंडे स्वर में कहा, "सँभलकर चला करो रामदास, कोई नुकसान न होने पावे।"

मैं जाकर अपनी चारपाई पर पड़ रहा। जड़ावनवाली अपना व्याख्यान यथावत् चलाती रही, "पाँव में सनीचर है। आसमान सिर पर उठाकर चलते हैं। न अन्धे हैं, न रतौंधी लगती है। पर अपंग-जैसे कदम-कदम पर गिरते हैं। लालटेन का शीशा तोड़ दिया है। बड़कऊ ने शिकोहाबाद में खरीदा था। वैसा अब रोज-रोज नहीं मिलता है। देशी चिमनी लगाओ तो रोज टूटती है। वह तो बड़कऊ थे कि शिकोहाबाद गए और..."

सबेरे अमीन साहब की कड़कदार आवाज ने नींद तोड़ी। कह रहे थे, "विद्यार्थी को चाहिए कि ब्राहम-मुहूर्त में उठे। गुरु की चरण-सेवा करे, तब नित्य-कर्म करे। और तुम दिन चढ़ आने तक खर्राटे ले रहे हो। जल्द चिकवे के यहाँ जाओ, नहीं तो टाँगें-टाँगें हाथ लगेंगी। कलेजी बिक जाएगी।"

उठा मैं, पर शरीर के प्रत्येक भाग में पीड़ा हो रही थी। एक चादर से देह को ढककर 'सी-सी' करता हुआ मैं बाहर निकला। तभी अमीन साहब ने पूछा, "क्या बात है? मुँह क्यों बनाए हुए हो?"

मैंने पिछली रात गिरने की घटना सुनाई और बताया कि मुझे सर्दी लग गई है।

बोले, "यह उम्र और सर्दी? बेटे, सर्दी लगने की उम्र तो मेरी है। तुम्हें क्या, खाओ, खेलो, पढ़ो और मस्त रहो। सर्दी का मतलब यह है कि तुम्हारा जिस्म मजबूत नहीं है।"

इस भूमिका के बाद होनेवाले प्रवचन को बनाने के विचार से मैं चुपचाप अपने काम पर चला गया। पर लौटकर आने पर मुझे खाँसते देख, अमीन साहब ने फिर अपनी बात उसी क्रम से प्रारम्भ की, "जिस्म हमेशा मजबूत रखना चाहिए, कसरत करनी चाहिए। देह में ताकत हो तो क्या सर्दी और क्या गर्मी!"

मैंने साहस करके कहा, "ताकत तो दूध-बादाम से आती है। सिर्फ कसरत करने से क्या होता है?"

एक सम्भावित बहस की कल्पना से वे मुस्कुराए। फिर विजय की विश्वासपूर्ण आवाज में बोले, "यही तो तुम लौंडों की खामखयाली है। अच्छी गिजा को तुम समझते क्या हो? जो दवा मैं पी रहा हूँ, उसके सिवा दुनिया में और कोई मुकव्वी चीज ही नहीं है! बादाम और दूध पचते किस भकुवे को हैं? नौरतन पिछले पन्द्रह सालों से तीन पाव दूध पीता है, सबेरे बादाम खाता है, पर उसकी देह पर इसका कोई असर नहीं। दमड़ी के गुड़-जैसी नन्ही-सी जान लिए घूमता है। बढ़िया गिजा वही है जो पच जाए।" फिर मेरी ओर वात्सल्यपूर्ण दृष्टि फेंककर बोले, "तुम्हारी तन्दुरुस्ती भी कुछ ठीक नहीं चल रही है। उसे ठीक करो। सुबह दस डंड व बीस बैठक लगाया करो। सौ बैठक बराबर एक डंड। सौ डंड बराबर एक चकरडंड। तुम अभी चकरडंड तो लगा नहीं पाओगे। सिर्फ डंड-बैठक लगाओ और घर से दो सेर कच्चा चना ले लो। महीने-भर के लिए इतना बहुत है। बत्तीस छटाँक होगा। रोज एक छटाँक पानी में भिगो लो और उसमें अँखुवा निकलने दिया करो। कसरत करने के बाद चबाया करो। इसके बाद ताकत का क्या पूछना? 'जो खाद चना, सो रहे बना।' इतना भारी घोड़ा सेर-भर चने का दाना खाकर दुनिया-भर में चौकड़ी मारता है।"

उस दिन के बाद मुझे दो सेर चने प्रतिमास के हिसाब से मिलने लगे।

इस प्रकार मैंने छठवीं कक्षा की परीक्षा दी, फेल हुआ और मुंशी जी द्वारा तरक्की पाकर सातवें में पहुँचा।

अगले वर्ष जुलाई के महीने से ही अमजदअली ने मुझे परिश्रम करने के लिए प्रोत्साहित करना शुरू किया। वह मेरी मजबूरी जानता था कि मेरा दो बजे तक स्कूल जाना सम्भव नहीं है। इसीलिए उसने मुझे सलाह दी कि मुंशी जी से इस विषय में बात की जाए।

दूसरे दिन शाम को मुंशी जी के घर वापस आने पर मैं उनके पास सहमता हुआ पहुँचा। उनका हुक्का गरम किया। जब वे शान्ति के साथ हुक्के में व्यस्त हो गए तो मैंने धीरे से कहा, "मुंशी जी, मेरे लिए कुछ और तकलीफ की जाए।"

आँख के संकेत से उन्होंने प्रश्नात्मक भाव दिखाया।

मैं बोला, "इस साल मिडिल की परीक्षा है। चहारुम में पूरी कक्षा में अव्वल था। पाँचवें में दूसरा नम्बर था, पर पारसाल छमाही में मैं फेल था और सालाना में तरक्की पाई है। इस साल आप कृपा कर दें तो अच्छे नम्बर में पास हो जाऊँगा।"

वे कम बोलनेवाले आदमियों की भाँति अपना मुँह लटकाए मेरी बात सुनते रहे। कोई भी भाव उनके मुँह पर प्रकट नहीं हुआ, पोकर के घिसे हुए खिलाड़ियों की भाँति। सहमकर मैं चुप हो गया। तब वे बोले, "मतलब क्या है?"

"अमीन साहब दो बजे स्कूल जाने का हुक्म देते हैं। तब तक हिसाब के घंटे निकल जाते हैं। पहले पहुँच जाऊँ तो...।"

"तो अमीन साहब से कहो।"

मैंने धीरे से कहा, "मैंने उनसे कहा था, पर वे कहते हैं कि आप मेरा पूरा नतीजा सँभाल लेंगे।"

मुंशी जी कुछ न बोले। चुपचाप हुक्का पीते रहे। मैंने एक बार फिर प्रयास किया। मैंने कहा, "अगर अमीन साहब ग्यारह बजे बाद मुझे अवकाश दे दिया करें तो..."

उन्होंने हुक्के की निगाही मुँह से हटा ली। फिर घूमकर मेरी ओर देखते हुए बोले, "रामदास, तुम अभी लड़के हो। दुनिया का हाल-चाल बड़े होकर समझोगे। पर एक बात जान लो। अपने को जो मिला है, उसकी बेकद्री कभी

न करनी चाहिए। तुम पहले भैंस चराते थे। बाद में ठाकुर के लड़कों की रखवाली में स्कूल आने लगे। मुझे तुम्हारी कोई जरूरत न थी। अमीन साहब ही के कहने से मैंने तुम्हें अपने घर रखा है। तुम्हारे खेत और पेड़ भर दे देने से तुम्हारा कर्ज नहीं पट पाया। मुझे अपनी जेब से पच्चीस रुपया लगाना पड़ा था। अब तुम पर कोई कर्ज नहीं है। आराम से पढ़ रहे हो। जितना पढ़ सकते हो, पढ़ो। फिर कोई काम-धन्धा देखो। अपना मुकाबला स्कूल में पढ़नेवाले दूसरे लड़कों से न करो। मुकाबला करना है तो उन चरवाहों से करो जिनके देखते-देखते तुम सातवें दर्जे में आ गए और वे अब तक जानवर चराते हैं और मजदूरी करते हैं। यहाँ तुम आराम से पढ़ते हो। घर का कुछ पानी भरना पड़ता है, या अमीन साहब का बिस्तर ठीक करना पड़ता है। इतना काम तो घर के लड़के भी करते हैं। तुम्हारे मामलों में मैं कुछ नहीं कर सकता। तुम जानो और अमीन साहब जानें।"

मुंशी जी को घर पर एक साथ इतना बोलते हुए मैंने कभी न देखा था। मैं सहम गया। वे कहते गए, "बुजुर्गों का कहना है, सौ से बुरा तो एक से बेहतर बना दिया। बस, यही सोचना चाहिए। एक आदमी सड़क पर गाजर खाता चला जा रहा था। भूखा था और कई दिन बाद उसे गाजर भर खाने को मिली थी। खाता जाता था और भाग्य को कोसता जाता था। तभी पीछे फिरकर देखा कि एक और आदमी गाजर के उन डंठलों को उठाकर खाता है जिसे उसने खुद न खाकर जमीन पर फेंक दिया था। उसे मालूम हुआ कि दुनिया में उससे भी बुरी हालत में लोग मौजूद हैं। तभी कहा है, हमेशा सन्तोष में रहना चाहिए।"

इसी बीच जड़ावनवाली बरामदे में प्रकट हुईं। मुंशी जी के व्याख्यान का अन्तिम अंश उनके कानों में पड़ गया था। वे वहीं से कहने लगीं, "ठीक तो है। आदमी को बहुत लबर-लबर न करना चाहिए। मत्थे में जो लिखा है, वह कभी मिटता नहीं। रंक होना लिखा है तो रंक होना पड़ेगा। राव होना लिखा है तो राव हो जाओगे।"

मैंने कुछ नहीं कहा।

मुंशी जी की शक्ति में अमीन साहब की अटूट आस्था थी। वे समझते थे कि मुझे पास कराने में मुंशी जी की भावना-मात्र से काम चल जाएगा।

यह समझ इसलिए भी थी कि इसके सहारे वे मुझे दो बजे दिन तक घर पर रोक सकते थे।

परिणाम यह होता कि दो बजे तक छाती तोड़ परिश्रम करके दो घंटे के लिए स्कूल जाता। इन दो घंटों में हिन्दी और मैनुअल ट्रेनिंग के घंटे पड़ते। हिन्दी की मैंने बहुत-सी किताबें पढ़ ली थीं। स्कूल में जाकर हिन्दी पढ़ना-न-पढ़ना मेरे लिए बराबर था। मैनुअल ट्रेनिंग के नाम पर बढ़ईगीरी की शिक्षा दी जाती थी। केवल इन्हीं दो विषयों को पढ़ पाने का मुझे अवसर मिल पाता।

अमजदअली अच्छी तरह पढ़ने के लिए अपना गाँव छोड़कर स्कूल के बोर्डिंग हाउस में आ गया था। उसी ने फिर सहायता की। दिन में जितनी पढ़ाई मेरी अनुपस्थिति में होती, वह उसे रात के नौ बजे से ग्यारह बजे तक आकर समझा जाता। उसके बाद लगभग फर्लांग-भर की दूरी पर वह बोर्डिंग हाउस में सोने जाया करता। इधर मैं लगभग एक बजे रात तक अमजदअली की शिक्षा को कंठाग्र करता। कभी-कभी जड़ावनवाली की निद्रा-विकल सानुनासिक पदावली कान में पड़ती, 'कौन लालटेन को गैस-जैसा जला रहा है? चिमनी चिटक जाएगी।' तब धीमी बत्ती को और धीमा बनाकर, आँखें मिचमिचाते हुए मैं सिर झुकाकर फिर पढ़ना आरम्भ कर देता।

और सबेरे फिर वही कड़कदार आवाज। फिर एक सानुनासिक आवाज। फिर, कभी-कभी सुन पड़नेवाली धीमी आवाज।

महीने बीतते गए। परीक्षा के दिन नजदीक आ गए। अमीन साहब कभी-कभी, जब मैं साबुन लगाकर उनका गमछा या बनियान साफ करता होता, या उनके शरीर पर तेल की मालिश करता होता, न जाने किस अज्ञात प्रेरणा से हँसने लगते और शेर-चीता को दहलानेवाली अपनी स्वाभाविक कड़क के साथ गाने लगते, "है इम्तहां सर पर खड़ा, मेहनत करो, मेहनत करो।"

न जाने किस भाव से पीड़ित होकर मुंशी जी ने एक दिन मुझसे कहा, "तुम 'मार्निंग' नहीं कर पाते तो 'नाइट' किया करो। मेहनत से पढ़ डालो।"

तब परीक्षा होने में महीना-भर शेष था। उन दिनों मिडिल स्कूल में विद्यार्थियों की ऐसी पढ़ाई होती थी कि अमजदअली को कक्षा में पैंतीस विद्यार्थियों की जगह पैंतीस प्रकार के भूत, खबीस और ब्रह्मराक्षस दिखाई देते थे। सब विद्यार्थी प्राय: सिर घुटा लेते थे। वैसे भी बहुत कम धुलनेवाले कपड़ों का धुलना बिलकुल बन्द हो जाता था। प्राय: सब विद्यार्थी दूर गाँवों से सिमटकर बोर्डिंग हाउस में आ जाते। रूखा-सूखा खाकर दिन-रात किताबें पढ़ा करते थे। आसपास के ढाक के जंगलों में पेड़ों पर, रेल की पुलियों के नीचे, जहाँ कहीं भी आदमी जा सकता हो, किसी-न-किसी विद्यार्थी के होने की आशंका बनी रहती थी।

अध्यापक भी जान तोड़कर परिश्रम कराते। बोर्डिंग हाउस में चार बजे सबेरे ही विद्यार्थियों को उठा दिया जाता। चार बजे से साढ़े पाँच बजे तक इतिहास या भूगोल बिस्तर में पढ़ा जाता। न उठनेवालों को बिस्तर से खींचकर दंड के रूप में बोर्डिंग हाउस के चारों ओर पच्चीस बार नंगे बदन दौड़ाया जाता। बिस्तर पर सबेरे बैठकर पढ़ने को 'बैठकी की पढ़ाई' कहते।

साढ़े छह से आठ बजे तक गणित उर्फ रियाजी का अध्ययन होता। इसे 'मॉर्निंग' करने की संज्ञा दी जाती। दिन-भर स्कूल में रहकर शाम के सात बजे से रात के दस बजे तक हिन्दी-उर्दू तथा अन्य विषयों का अध्ययन होता, गणित भी दोहराई जाती। इसे 'नाइट' करना कहते थे। अमीन साहब की सेवा में मेरे लिए 'मॉर्निंग' करना सम्भव न था, इसलिए मुंशी जी ने मुझे 'नाइट' करने की अनुमति दी थी।

हमारी मैनुअल ट्रेनिंग की परीक्षा के दिन मेरे स्कूल जाने के समय अमीन साहब ने मुझसे पूछा, "जानते हो, तुमसे कौन-सा मॉडल बनवाया जाएगा?"

मेरे 'नहीं' कहने पर बोले, "आज के इम्तहान में तुमसे कहा जाएगा कि चौकी बनाओ। नौरतन से मुम्तहिन ने बताया था। बना लोगे चौकी?"

मैंने कहा, "जी हाँ।"

"कितनी बड़ी बनाओगे?"

"जितनी बड़ी बनाने को कहा जाएगा।"

तो बोले, "देखो बेटे, यह कुछ नहीं। ढाई फीट लम्बी, ढाई फीट चौड़ी और छह इंच ऊँची चौकी बनाना। बीच में पाँच सुराख कर देना, नहाने के काम आ जाएगी।"

मैं बड़े चक्कर में पड़ा। बोला, "वहाँ जितनी बड़ी चौकी बनवाई जाएगी, बनवा दूँगा।"

वे कड़ककर बोले, "कौन साला बनाने को कहेगा? चौकी इस्तेमाल मैं करूँगा कि मुम्तहिन? बनाने को मैं कहूँगा कि वह?"

यह निष्कर्ष निकालकर कि अमीन साहब मुझसे नहाने की चौकी बनवाना चाहते हैं, मैं स्कूल गया। परीक्षक महोदय शहर से आए थे। उनके हाथ में हम विद्यार्थियों के नाम की टाइप की हुई सूची थी। पहली बार अपने नाम को अंग्रेजी में छपा हुआ देखकर गौरव के मारे हमारी छाती फूल गई। तभी वे बोले, "चार घंटे में चौकी बनानी है। स्केच तख्ते पर दिया हुआ है। चौकी एक फुट ज़रब एक फुट ज़रब चार इंच हो।"

मैंने धीरे से मुंशी जी से कहा, "अमीन साहब ढाई फुटी चौकी चाहते हैं।"

सूत्र-रूप से उत्तर मिला, "उन्हीं का कहा करो।"

परीक्षा के बाद मेरी चौकी देखते हुए परीक्षक ने कहा, "इतनी बड़ी चौकी बनाने का सवाल न था। तुमने गलत चीज बनाई है। तुम्हें एक नम्बर भी न मिलना चाहिए।"

मुंशी जी पास खड़े थे। परीक्षक को अपने साथ ले गए। फिर शाम को पता चला कि परीक्षा में कक्षा के सब विद्यार्थियों से अधिक नम्बर मैंने पाए हैं।

मुंशी जी ने कहा, "चार घंटे में तख्त के बराबर यह चौकी बना लेना कोई मामूली बात नहीं है।"

पाँच दिन बाद वह चौकी अमीन साहब के नहाने के काम में आने लगी। कुछ दिन बाद हम लोग शहर में जाकर अपनी परीक्षा दे आए। दो महीने बाद उसका फल प्रकाशित हुआ। मैं प्रथम श्रेणी में उत्तीर्ण हुआ था। मैनुअल ट्रेनिंग में विशेषतापूर्वक पास हुआ था।

नहाने की चौकी पर बैठे हुए तोंद पर हाथ फेरते-फेरते अमीन साहब ने कहा, "इसे कहते हैं गुरु-सेवा का फल। यह बात है! अव्वल दर्जे पास किया कि नहीं?" फिर एक विजय-गर्वित ध्वनि में हँसे।

मुंशी जी ने कहा, "अब तुमको कानपुर जाकर अंग्रेजी पढ़नी चाहिए।"

उसी शाम जड़ावनवाली ने मेरी ओर पीठ करके पति से कहा, "अब दूसरे मुलाजिम का इन्तजाम करो। रामदास तो अब कपू (कानपुर) में अंग्रेजी पढ़ेंगे।" और फिर मन्द सानुनासिक में, "सब कुकुरिया जगन्नाथन जाएँगी तो पत्तल कौन चाटेगा?"

हृदय में अकारण दहकती हुई द्वेष-ज्वाला को स्पष्टतया प्रकाशित होने का अधिकार उन्होंने पहली बार दिया। उनकी इस सच्चाई में मेरी सफलता की प्रसन्नता निराधार डूबने-उतराने लगी।

4

जून के महीने की चाँदनी रात।

दूर-दूर तक फैली हुई विशृंखल पहाड़ियों को चन्द्रमा का एक प्रेत हलकी धुन्ध के पीछे से आँखें फाड़-फाड़कर देख रहा था। विंध्य देश के वनान्तों में फैले हुए इन बौने परन्तु चट्टानी पहाड़ों को दिन-भर चलती हुई लू ने झुलसाया था। वनस्पतियाँ जल गई थीं। रात के लगभग दस बज गए होंगे, परन्तु इन पहाड़ों के आसपास ऊष्मा के नि:श्वास जैसे निकल रहे थे। चारों ओर बिखरे हुए पत्थरों के ढोकों से, चट्टानों के उतार-चढ़ाव के बीचवाली दरारों से, झुलसे हुए स्थंडिल पेड़ों से, सूखी हुई नालियों के कंकरीले किनारों से धधक निकल रही थी।

यहाँ मैं अमजदअली के साथ अपनी गर्मी की छुट्टियाँ बिता रहा था। एक पहाड़ी की तलहटी में यह एक छोटा-सा गाँव था। अमजदअली के मामा यहीं नहर के पतरौल थे। पहले-पहल वह अपने मामा के साथ रहने के लिए आया था। पास की पहाड़ी पर चट्टानों को तोड़कर गिट्टी और ढोंके निकाले जा रहे थे। कुछ सिक्ख ठेकेदार यही रोजगार कर रहे थे। इन पहाड़ियों से लाल बजरी निकाली जाती और जहाँ सड़कें बनती होतीं, वहाँ उसे भेज दिया जाता या रेल से दूर के शहरों में पहुँचाया जाता।

बड़े-बड़े पत्थरों के ढोंके, फिर छोटे टुकड़े, गिट्टी, छर्री, लाल बजरी—इन वस्तुओं के सौ-सौ घनफुट के ढेर लगवाए जाते। मिले-जुले टूटे पत्थरों के ढेर से इस प्रकार की विभिन्न वस्तुएँ अलग-अलग छँटवाई जातीं और उनकी अलग-अलग ढेरियाँ बनतीं।

अमजदअली के मामा के कहने पर उसे एक ठेकेदार ने अपनी पहाड़ी पर बारह रुपया मासिक वेतन पर नौकर रख लिया था। उसका काम यह था कि वह अपने सामने प्रत्येक माल की सौ घनफुट की ढेरियाँ लगवाता, उनको अपने सामने ट्रकों पर लदवाता और कितना माल एक दिन में वापस गया, इसका हिसाब रखता।

उसी के एक सप्ताह बाद अमजदअली का पत्र पाकर मैं भी वहीं पहुँच गया और उतने ही वेतन पर उसी प्रकार के काम के लिए मुझे पड़ोस की एक दूसरी पहाड़ी पर नियुक्त कर दिया गया।

वहाँ काम करते हुए दो महीने होने को आ गए थे।

उस रात भी, नित्य की भाँति, पहाड़ी के नीचे पड़े हुए मजदूरों के एक तम्बू के पास, मैं एक सँकरी चारपाई पर नंगे बदन पड़ा हुआ था। अमजदअली भी मेरे पास बैठा हुआ था।

रोज रात को दस बजे इस जगह अनेक प्रकार का कोलाहल होता रहता। मजदूरों की स्त्रियाँ, जो स्वयं उनके साथ काम करती थीं, इस समय कंडे सुलगाकर खाना पकातीं। बच्चे रोते। मजदूर आपस में वाग्युद्ध करते। जो पास की दुकानों से शराब पीकर लौटते, वे इन युद्धों में वास्तविकता के रंग भरते। नहीं तो ये शाब्दिक युद्ध—भयंकर गालियों और चुनौतियों के होते हुए भी—इन्हीं मजदूरों के जीवन की भाँति खोखले रह जाते। दिन-भर की थकान, घुटन और रात को चट्टानों से निकलनेवाले गर्म निःश्वास, आसपास फैले हुए धुएँ और उनके दुश्चिन्ताओं के प्रकरण में रात को होनेवाले ये विषयहीन शब्द-युद्ध उस वातावरण के एक स्वाभाविक अंग-से जान पड़ते थे।

परन्तु आज वहाँ शान्ति थी। आसपाम के तम्बुओं के सामने कुछ मजदूर जमीन पर और कुछ चारपाइयों पर पड़े थे। कभी-कभी वे धीरे-धीरे कुछ बातचीत भी कर लेते, पर सबकुछ अस्पष्ट-सा रह जाता।

इस समय दीनदयाल मुझे और अमजदअली को बता रहा था :

"इन ठेकदारों की कितनी बातें बताई जाएँ! इनके हाथों जो न हो जाए, सो थोड़ा।"

दीनदयाल छतरपुर का रहनेवाला। पचास साल का एक मुरझाया हुआ किसान था। लम्बा बदन, पर बहुत दुबला। हड्डी का मजबूत। गाल पिचके हुए। ठुड्डी पर बढ़ी हुई दाढ़ी। मत्थे पर झुर्रियाँ। आँखें गढ़े में थीं। पर कभी-कभी, जब वह उत्साह से बात करता तो वे चमकने लगतीं। उसके चलने में हमेशा फुर्ती पाई जाती। उसे देखकर किसी एक भूखे और बुड्ढे चीते का ध्यान आता।

अपने खाने के साथ ही वह मेरे लिए भी खाना बना लिया करता। हम दोनों एक ही तम्बू में रहते थे।

दीनदयाल और उसके साथ के लगभग पैंतालीस व्यक्ति छतरपुर के दक्खिन से ठेकेदारों की मजदूरी करने आए थे। इनमें स्त्रियाँ और बच्चे भी थे। इन लोगों में प्रत्येक परिवार के पास यदि कुछ भूमि थी तो वह बीघा-डेढ़ बीघा पथरीली भूमि से अधिक न थी। केवल अपने गौरव की प्रतिष्ठा में वे अपने-आपको किसान कहते थे। वस्तुत: वे सभी मजदूर थे। चैत के दिनों में ये लोग झुंड बाँधकर इस प्रान्त में रबी की फसल काटने के लिए आते। स्त्री-पुरुष और बच्चे, सभी काम करते और दो-एक महीने बाद मजदूरी के रूप में अनाज पाकर चले जाते। उस अनाज से उनके उदर-पोषण का प्रबन्ध बरसात तक के लिए हो जाता। चैत में आकर मजदूरी करने के कारण उन्हें 'चैतुआ' कहा जाता।

चैतुओं के दल-के-दल जब बैसाख के अन्तिम दिनों में अपने घरों की ओर लौटते तो कभी-कभी अनाज के गट्ठरों के अतिरिक्त उन्हें कुछ और मिल जाता, कुछ खो जाता। इस साल दीनदयाल के दल में विधवा रंपती के साथ कुछ ऐसा ही हुआ। खच्चर पर लदे हुए अनाज के साथ-ही-साथ वह अपने लिए मातृत्व की दारुण सम्भावनाएँ लेकर लौट रही थी। पर इसके पीछे लज्जा, विवशता और पराजय की जो कहानी छिपी थी, उस पर वाद-विवाद करने का दुस्साहस कलह-कातर स्त्री-समुदाय को भी न हुआ। गन्दी, लाल रंग की धोतियों में शरीर को छिपाए, पुष्ट पाँवों में पड़े हुए सेर-सेर-भर के गिलट के कड़ों से छन-छन की आवाजें निकालती हुई सब स्त्रियाँ चुपचाप उसके

साथ चलती रहीं। जानकर भी किसी ने कुछ न कहा। इसी साल इस दल के एक बच्चे को तेंदुआ उठा ले गया था। बच्चे की माँ ने खेत की मेंड़ पर उसे लिटा दिया था। स्वयं गेहूँ की फसल काट रही थी। पास की पहाड़ी से किसी नरभक्षी तेंदुए ने निकलकर उसे उठा लिया। लोगों ने केवल बच्चे की चीख सुनी और बिजली की तेजी से तेंदुए को जंगल की गहराइयों में छिपता देखा।

ये घटनाएँ चैतुओं के जीवन में हुआ ही करती थीं। ऊँचे-नीचे पथरीले मैदानों में या विश्वासघाती पहाड़ी नदियों के किनारे एक बीघे खेत पर निरर्थक परिश्रम करके प्राण देने से यह अधिक अच्छा था कि यहाँ आकर कुछ इज्जत गवाँकर, दो-एक बच्चे तेंदुओं के लिए छोड़कर दो-चार होनेवाले दरिद्र मजदूरों की वृद्धि की सम्भावनाएँ लेकर चार-छह महीने के लिए पेट पालने की व्यवस्था कर लाते।

दीनदयाल के क्षोभ का कारण इस साल कुछ और ही था। वह कह रहा था :

"इस साल तो इन ठेकेदारों ने बेईमानी में नाम कमा लिया। इनके हाथों जो न हो जाए, सो थोड़ा।"

अमजदअली ने कहा, "तुम लोगों को यहाँ आने के पहले ही सब जान-बूझ लेना था।"

दीनदयाल की चीते की-सी चमकदार आँखें कुछ और चमक उठीं। फुर्ती के साथ बढ़कर वह अमजदअली के सामने आ गया और दोनों घुटनों पर अपनी हथेलियाँ टिकाकर, आगे की ओर झुककर धीरे से बोला, "पहले ही जान-बूझ लिया होता तो इन ठेकेदारों को यहाँ आने लायक न रखा होता। एक-एक की गर्दन मरोड़कर नदी के भरकों में फेंक देता।" वह कहता रहा, "बेईमानी की हद कर दी। हम लोग बैसाख में खेत काटकर घर वापस जा रहे थे कि सोबरनसिंह ठेकेदार रास्ते में आकर मिला। उसके साथ तीन आदमी थे। अपनी जबान से खुद कहा कि हमारे साथ चलो। लगे हाथ यह काम भी कर डालो। नहर बन रही है। खुदाई का काम करना है। मर्दों के लिए बारह आना, औरतों के लिए आठ आना और बच्चों के लिए चार आना रोज का काम बताया। कहा था कि महीना-भर काम है। यहाँ हम लोग जो आए तो कहा कि पत्थर तोड़ो। हमने कभी बारूद का काम किया नहीं था। औरतों

और बच्चों को चट्टानों के टूटते समय डर लगता है। जान-जोखिम का काम है। हम वापस जाना चाहते हैं तो कहता है कि पेशगी के सौ रुपए वापस करो जो तुम्हारे गोल को दिये गए हैं। रुपए न दे पाने पर पहाड़ी-पहाड़ी में हमें भटकाता है। कहता है कि हमारे आदमी से सीखकर बारूद का काम करो।"

मैंने कुछ नहीं कहा। मुझे पूरा हाल मालूम था। जानता था कि कल रात को बिना सात दिन की मजदूरी लिये ही मजदूरों का यह कारवाँ भाग निकला था। सरदार सोबरनसिंह के आदमियों ने उनका पीछा किया। तीन कोस की दूरी पर जाकर भागनेवाले पकड़े गए। ठेकेदार के आदमियों ने इनको घेरा। उनके साथ जंगली जानवरों से रक्षा के नाम पर पाई हुई तीन बन्दूकें भी थीं। मजदूरों ने बहुत शोर किया, चीख-पुकार मचाई। उनकी एक न चली। उनको लौटना पड़ा। पर, लौटने के पहले उनमें से जिसने भी कुछ बोलने का साहस किया, उस पर कोड़े पड़े। कुछ स्त्रियों के साथ कोड़ों के अतिरिक्त कुछ और भी दुस्साहसपूर्ण कृत्य किए गए।

उसके पश्चात फिर वही दिन-भर का काम। छोटे-छोटे अनभ्यस्त बच्चे चार आने के लोभ में दिन-भर पत्थर ढोते। औरतें नुकीले ढोकों पर पैर रखती हुई, काँटिदार झाड़ियों से उलझती हुई, पहाड़ की ऊँचाइयों से मन-मन-भर के काले पत्थर उठाकर चलतीं और जवान और बूढ़े मजदूर पत्थरों में छेद करके, काँपते हाथों बारूद भरते। दूर से आग लगाते। फिर गड़गड़ाहट, धमाके की आवाज, आँखों को अन्धा कर देनेवाला धुआँ, टूटती हुई चट्टानें, छिटक-छिटककर दूर फैलते हुए पत्थरों के टुकड़े।

एक दिन एक बुड्ढे का हाथ गिरते हुए पत्थर के ढोंके के नीचे दब गया। अपनी पीड़ा से तिलमिलाते हुए उसने ठेकेदार को पुकारकर कहा, "मेरी जान न लें। मुझे घर लौट जाने दें।"

उसने आकर पत्थर के नीचे से बुड्ढे का हाथ निकलवाया। आसपास सिमट आए मजदूरों को डाँटकर बोला, "जाओ, अपना काम देखो।"

एक नौजवान से न रहा गया। उसने आगे बढ़कर कहा, "ठेकेदार, हमें घर जाने दो। नहीं तो अब हम यहाँ किसी तरह न रुकेंगे। जबरदस्ती करोगे तो हम पुलिस से जाकर कह देंगे।"

सोबरनसिंह ने तिरछी निगाह में उसे देखा, फिर लपककर उसकी गरदन पकड़ ली। धक्का देता हुआ उस नौजवान को एक पेड़ के नीचे ले गया। उसे खींचकर लात मारी और बोला, "तुम लोग बदमाशी करोगे तो मैं खुद पुलिस को बुलाऊँगा। तुम्हें कहीं जाना नहीं है, पुलिस यहीं आ जाएगी।"

शाम को पुलिस के चार सिपाही आए। ठेकेदार उनके साथ था। आते ही उनमें से एक ने पुकारकर कहा, "मजदूरों को क्या शिकायत है?"

दीनदयाल ने नेतृत्व किया। अपनी सब विपत्तियाँ उसने विस्तार से समझाईं। सिपाही सुनते रहे। हँसते रहे। फिर एक सिपाही ने पूछा, "तुमने ठेकेदार से सौ रुपया लिया?"

दीनदयाल ने हाथ जोड़कर कहा, "अन्नदाता, रुपए लिये थे, पर सात दिन हम लोगों ने काम किया है। हमें कुछ न दिया जाए। सिर्फ घर जाने का हुक्म दे दीजिए।"

सोहनसिंह बोला, "चीप साहब, इनकी बदमाशी की इन्तहा नहीं। वहाँ से ये लोग राजी-खुशी से आया। सौ रुपया पेशगी पाकर आया। अब करनसिंह के भड़काने में आकर हमारा काम छोड़ना चाहता है। करनसिंह का काम करेगा। हमें व करनसिंह को पी.डब्ल्यू. वालों को इसी महीने के आखीर तक एक लाख फुट गिट्टी देनी है। उसके पास काम करनेवाला आदमी नहीं। इसीलिए वह हमारे मजदूरों को भड़काता है।"

दीनदयाल ने उसी प्रकार हाथ बाँधे हुए कहा, "दयानिधान, हमें रिहा किया जाए। हम गिट्टी का काम नहीं जानते। हमें धोखा देकर लाया गया है। ठेकेदार ने कहा था कि नहर खोदना होगा। यहाँ गिट्टी का काम करा रहे हैं।"

ठेकेदार के एक आदमी ने डपटकर कहा, "साला दूध पीता बच्चा है क्या? कोई पैंतालीस-पैंतालीस आदमी को फुसलाकर कैसे ला सकता है?"

दीनदयाल ने छतरपुर रियासत की रटी हुई राजकीय भाषा का प्रयोग करते हुए कहा, "धर्मावतार, हमारे साथ दगा की गई है।"

इतनी जाँच के बाद एक सिपाही ने ठेकेदार से कहा, "तो आप सात दिन की मजदूरी जोड़कर अपना सौ रुपया काट लें और बाकी मजदूरों को देकर उन्हें जाने दें।"

सोबरनसिंह ने कहा, "चीप साहब! आपका हुकुम हो तो हम अपना ठेका छोड़कर अपने मुलक पिंजाब चला जाए। पर यह तो इन्साफ न हुआ। इन मजदूरों ने आज तक काम ही नहीं किया। जब से ये आए हैं, दिन-रात एक पहाड़ी से दूसरी पहाड़ी का चक्कर लगा रहे हैं। कभी कहते हैं कि सफेदवाला पत्थर तोड़ेंगे, कभी कहते हैं कि काली चट्टान में बारूद डालेंगे। चीप साहब! ये लोग नम्बरी बदमाश हैं, हमें अब तक दस पहाड़ियों के चक्कर लगवा चुके हैं, पर काम एक घंटा भी नहीं किया है; पर हुकुम सरकारी हो तो हम इनको सौ रुपया ले-देकर चलता कर देंगे। हमको तो आपका हुकुम बजाना है।"

एक सिपाही ने कहा, "बदमाशी मजदूरों की ही मालूम पड़ती है।" फिर दीनदयाल से, "देखो जी, सीधे से काम करो। गिट्टी न टूटेगी तो सड़क का काम रुकेगा। सड़क का काम रुकने से सब सरकारी काम रुक जाएगा। इसलिए बदमाशी छोड़कर ठीक से काम करते रहो। यह तो इंडिया की बात है, इसलिए छोड़ दिये गए। विलायत होता तो अब तक जेहल में बन्द करके मारे हंटर के खाल खींच लेते।"

सिपाही चले गए। मजदूरों ने जान लिया कि महीना-भर के लगभग उन्हें इसी स्थिति में काम करना है। उनका कोई सहारा नहीं है।

यह आज की ही बात थी। यही निराशा थी जिसने आज की शाम को विषाक्त बना दिया था। सब मजदूरों ने जल्दी से कुछ खा-पी लिया था और चुपचाप लेट गए थे। बातचीत करने के विषय उनके हृदय में हारे हुए, मुँह छिपाए पड़े हुए थे। चिन्ताओं के विशालकाय रूप के सामने उनका अस्तित्व नगण्य-सा हो गया था—वैसे ही, जैसे इन चमकते हुए, धूमिल गर्म पहाड़ों के नीचे ये मजदूर स्वयं हारे हुए, खोए-खोए-से चारपाइयों पर पड़े हुए थे।

ठेकेदार ने दूसरे दिन एक दयालुता का कार्य किया। वैद्य धरणीधर को उस बुड्ढे के हाथ के इलाज के लिए बुलाया गया जिसका हाथ पहले दिन पत्थर के नीचे कुचल गया था और एक हड्डी टूटकर बाहर निकल आई थी।

वैद्य धरणीधर ने उस हाथ को एक बार देखा, फिर बोले, "इसी घृणित कृत्य से बचने के लिए अपने आयुर्वेद में शल्य-कर्म को छोड़ दिया गया था।

मैं तो इस प्रकार की चिकित्सा करता नहीं हूँ परन्तु यहाँ आठ कोस तक कोई आंग्लभाषाविद् डॉक्टर भी न मिलेगा। करना ही पड़ेगा।"

ठेकेदार ने सबको सुनाते हुए कहा, "बैद जी के हाथों अगर शिफा न हुई तो दुनिया में फिर कोई भी शिफा न दे पाएगा। यह तो हाथ के जस की बात है।" फिर स्वयं वैद्य से, "बैद जी, डॉक्टर साला क्या करेगा? जो काम आप न कर सकें, वह डॉक्टर क्या करेगा?"

वैद्य जी ने तत्काल स्थिति स्पष्ट की, "तो मैं यह कब कहता हूँ कि मैं इसे कर नहीं सकता? मैं तो यही कहता हूँ कि यह कर्म घृणित है। पर आपद्धर्म में सबकुछ किया जाता है। वैसे आयुर्वेद में शल्य-क्रिया का जो विवरण है, उसकी तुलना डॉक्टरी में मिल ही नहीं सकती।"

कुर्ते की बाँहें सँभालकर उन्होंने बुड्ढे का हाथ अपने हाथों में लिया। एक झटके के साथ हाथ को सीधा करके उन्होंने अँगूठे के सहारे हड्डी को त्वचा के अन्दर करना चाहा। बुड्ढे ने चीत्कार किया। सुअर के बच्चे की गरदन काटते समय उसका जो चीत्कार रह-रहकर निकलता है, उसी प्रकार का कर्णभेदी चीत्कार बुड्ढा वैद्य जी की प्रत्येक चेष्टा पर करता रहा। उसके बाद घाव पर कुकरौंधे के पिसे पत्ते और कोई चूर्ण फैलाकर उन्होंने कपड़े की कई परतें उसके हाथ में बाँध दीं और आदेश किया, "नित्यप्रति घाव को गर्म पानी से साफ करके उस पर यही पत्ते और चूर्ण का लेप लगाओ।"

मिट्टी और पानी से अपने हाथों को शोधित करके वैद्य जी चलते बने, तभी एक मजदूरनी आकर उनके पैरों पर पड़ गई। वैद्य जी चौंककर पीछे हट गए, बोले, "शिव, शिव, शिव, न जाने कौन जाति है! अपना रोग तो बताओ?"

उसने बताया कि उसके दो बच्चों को एक साथ चेचक निकल आई है। वैद्य जी ने उसे भी आदेश किया, "शीतला का स्मरण करो, वही रक्षा करेंगी। इसमें औषधि व्यर्थ है।"

तभी मालूम हुआ कि एक-एक करके प्राय: सभी बच्चों पर चेचक का आक्रमण हो रहा है।

चलते-चलते वैद्य जी ने मुझसे कहा, "दो आने पैसे दो।"

मैंने एक दुअन्नी वैद्य जी के हाथ में रख दी और उत्सुकता से उनकी ओर देखता रहा। उन्होंने अपने झोले से एक तेल की शीशी निकालकर मेरे हाथ में रखी और बोले, "शरीर व्याधि का मन्दिर है। और यहाँ चालीस-पचास शरीरी उपस्थित हैं। आधि-व्याधि की यहाँ कमी नहीं रहेगी। परन्तु, इस भयंकर स्थान में सदैव मेरा आना सम्भव नहीं। अत: मैं तुम्हें अपने इस अमृत-बिन्दु की एक शीशी दिये जा रहा हूँ। चरक का एक दुरूह प्रयोग है। सौ बीमारियों को जड़ से मारने की इसमें शक्ति है। केवल अनुपात के बदलने से अनेक रोगों पर इसका अलग-अलग प्रयोग होता है। सिर-दर्द से लेकर बिच्छू-साँप के काटने और विशूचिका से आंत्रिक ज्वर पर इसका प्रयोग हो सकता है। शीशी के साथ-साथ एक पर्चा है। उसी में सेवन-विधियाँ लिखी हैं। यह शीशी छह आने की है। धर्मार्थ समझकर दो आने में तुम्हें दे रहा हूँ। यहाँ इसका प्रयोग करना; फिर जहाँ कहीं जाना, वहाँ इसका प्रचार करना। इस प्रदेश में आठ-दस कोस तक डॉक्टर नहीं हैं। पर, इस अमृत-बिन्दु के कारण जनता बिना डॉक्टर के आनन्दपूर्वक रहती है। वास्तव में इसका प्रचार यहाँ बीस वर्ष से है। डॉक्टर का साहस नहीं कि इस प्रदेश में आकर अपनी औषधि का प्रचार कर सके।"

मैंने शीशी हाथ में ले ली, फिर पूछा, "इसमें कौन-सी औषधियाँ पड़ती हैं?"

बोले, "यह गुप्त रहस्य है। औषधि का तत्त्व जान लेने से उसका प्रभाव नष्ट हो जाता है। जैसे मंत्र का अर्थ जानने से मंत्र का फल समाप्त हो जाता है, अथवा अपने सुस्वप्न का उल्लेख कर देने से उसका प्रभाव मिट जाता है।"

वैद्य जी चले गए। बूढ़ा अपने तम्बू के पास अपनी चारपाई पर पड़ा रह-रहकर कराहता रहा। शीशी हाथ में लेकर मैं पश्चिम की ओर देखता रहा। आषाढ़ के दिन निकट आ रहे थे। पच्छिमी क्षितिज के पास बहुत घने, काले बादल इकट्ठे हो गए थे। पहाड़ियों के पीछे छिपते हुए सूरज की अस्तंग किरणें उन बादलों को भेदकर कहीं-कहीं फूट रही थीं। लगता था कि वृक्षों के पीछे पहाड़ों की दूसरी ओर काले मेघों के गहन आवरण को ये ज्वालाएँ जला डालेंगी। बादलों की वह कालिमा, रक्तिम किरणें, छितरी हुई पहाड़ियाँ, फैलती हुई छायाएँ, मैं चुपचाप सबकुछ देखता रहा।

जिस अभिशप्त देश में मैं खड़ा हूँ वहाँ सबकुछ देखने के लिए ही है। यहाँ एक ओर आठ आने के पीछे कोई स्त्री साँप और बिच्छुओं को रौंदती हुई दो रोगी बच्चों के भविष्य की आशंका से काँपते हुए प्राणों के साथ, मन-मन भर के पत्थर सिर पर लादकर, पहाड़ियों की ऊँची-नीची पगडंडियों पर टकराती चलती है। यहाँ अशिक्षा और दरिद्रता के क्रूर आतंक में मानव-शरीर का अब भी दासों-जैसा व्यापार होता है। रोगों के संक्रामक आघातों और प्राकृतिक विपत्तियों को झेलने की, सिवाय भाग्य के, और कोई औषधि नहीं है। फिर भी यहीं पर छह आने में अमृत-बिन्दु मिलता है, जिसने बीस वर्ष से मनुष्य को अमरों की श्रेणी में बिठा रखा है। यहाँ सबकुछ देखने के लिए है। मैं देखता रहा।

इस प्रकार एक महीना बीत गया। मजदूरों का यह जत्था जो मेरे बाद आया था, अपनी मुक्ति का अधिकारी हो गया। पर इस जत्थे में अब 45 आदमी न थे। उनकी संख्या कम पड़ चुकी थी। कुछ लड़कों की जानें चेचक में चली गईं। शीतला के प्रकोप से बचने के लिए मजदूरों ने दो बकरों की बलि दी। होम किया। एक मजदूरिन को माई का साक्षात्कार होता था। दस बजे रात तक वह बराबर सिर के बाल खोलकर धरती पर सिर और हाथ पटकती रही और सब स्त्रियाँ माता के गीत गाती रहीं। शायद इसी से बीमारी का प्रकोप अवश्य कम हो गया। पर वे तीन बच्चे न बच सके। वह बुड्ढा जिसका हाथ टूट गया था, कुछ दिन उसी पीड़ा में तड़पता रहा। बाद में उसके हाथ में सूजन आने लगी व मवाद पड़ने लगा। जहर फैलने का अन्देशा हुआ। ठेकेदार ने उस पर कृपा की। उसे अवकाश दे दिया। अपने दो लड़कों के साथ वह पहले ही अपने गाँव की ओर चल पड़ा। बाद में पता चला कि वह अपने गाँव नहीं पहुँच सका। घाव में जहर पैदा होकर शरीर में फैल चुका था।

अनभ्यस्त रूप से नया काम करने के कारण महीने-भर में ही मजदूरों का रूप बदल गया था। जब वे काम करने के लिए आए थे तो उनके चेहरों पर गेहूँ के खेतों में किए गए सार्थक परिश्रम की आभाएँ खेलती थीं। पर अब उनके चेहरे उन्हीं चट्टानों की भाँति भावहीन हो गए थे, जिनकी छाती पर छेनियाँ चलाते-चलाते उनका महीना पार हो गया था। घर जाने की व्यग्रता

में उनकी स्थिति से ठेकेदार ने और भी लाभ उठाया। उसने सब मजदूरों को बाइस दिन की मजदूरी दी।

दीनदयाल ने बच्चों की मृत्यु के बाद न जाने क्यों ठेकेदार से बात करना बन्द कर दिया था, परतु उस दिन चलते समय बोला, "ठेकेदार साहब, ऊपरवाले से डरिए।"

सरदार सोबरनसिंह ने बीच में रोककर कहा, "क्या ऊपर-नीचे लगाता है! सात दिन तक न तो तूने काम किया, न तेरे गोलबालों ने। इस बात का फैसला पुलिस के सामने पहले हो गया है कि उन सात दिनों की तलब तुम लोगों को न दी जाएगी। आठवें दिन की तलब इसलिए काटी है कि जिस दिन लड़के मरे थे, उस दिन किसी ने काम नहीं किया। उस दिन काम करना वाजिब भी न था; पर काम न करोगे तो तलब कहाँ से मिलेगी? और देख बे!" सोबरनसिंह ने सहसा उग्र होकर कहा, "जो तू ऊपर-नीचे की बात करेगा तो इस तरह ऊपर-नीचे दिखाया जाएगा कि आँख कौड़ी-सी निकल आवेगी। हम भी ठेकेदारी करते रहे हैं, पर ऐसे जाहिलों से कभी पाला नहीं पड़ा। अबे, सौ रुपया पहले दे दिया, खाने का व रहने का इन्तजाम कर दिया। बीमार हुए तो वैद्य बुला दिया। गर्मी हुई तो छुट्टी दे दी। अब क्या खैराती खाना खुला है जो पूरी जायदाद लुटा दें?" फिर कुछ सोचकर, "और खैरात की बात कोई कहे तो खैरात भी दे। जिस दिन वह बुड्ढा यहाँ से गया है, आधा दिन किसी ने भी काम नहीं किया, पर हमने एक पैसा भी जुर्माना नहीं काटा। अब अगर ऊपर-नीचे की बात करेगा तो खैर नहीं, समझा?"

मजदूर शायद यह पहले ही समझे हुए थे। जो कुछ मिला, उसे लेकर अड़तीस व्यक्तियों का यह कारवाँ लँगड़ाता-सा चला गया। उसी दिन शाम को मजदूरों का दूसरा जत्था काम पर आया।

लगभग पन्द्रह दिनों तक मुझे और रुकना पड़ा। मैं सत्रह साल का हो गया था। आँखों के आगे जो कुछ हो रहा था, उसको समझने की मुझमें शक्ति आ गई थी, पर देखते हुए भी मैंने कुछ न देखा। समझने की इच्छा न की। जैसे

सपने में ये दिन बीत गए। रात को खाना खाकर मैं अपनी टूटी चारपाई पर लेट रहता। अमजदअली के चले जाने के बाद दीनदयाल की बातें सुनता। उसके बताए हुए अनुभव आँखों के सामने घूमा करते।

मीलों के क्षेत्र में फैले हुए पहाड़। उनको ढकनेवाली घनी वनस्पतियोंवाली चट्टानें जिन्हें सूरज ने नहीं देखा, घाटियों में गह्वरों से बहनेवाली उथली धाराएँ। किनारे पर घने पेड़, घास, अँधेरे में बहनेवाला स्याही-जैसा पानी।

जलते और तपते हुए ऊँचे-नीचे मैदान, जहाँ बरसात में मिट्टी पाँव जकड़ लेती है। गर्मी में अँगारे निकलते, दूर-दूर तक छाया का नाम नहीं है। तपते हुए बबूलों के भुखमरे पेड़। मिट्टी के रंग की जली हुई घास।

नीची छतोंवाले, भसकती हुई मिट्टी के घर। खपरैल। जंगलों और पहाड़ियों के क्षेत्रों में छिपे हुए। अपने अस्तित्व से लज्जित संसार के सब रोग, सब अपराध यहीं आकर छिपे हैं। सारी असमर्थता, निराशा, मूढ़ता इन्हीं खपरैलों के नीचे सिमट आई है।

सहमा हुआ, सिसकता हुआ, मुरझाता हुआ जीवन।

आधी रात तक इसी जीवन की पृष्ठभूमि पर उभरनेवाली वे कहानियाँ मेरे मन में चक्कर लगातीं जिन्हें दीनदयाल ने मुझे बताया था। प्रत्येक घटना में एक शिकार होता था, एक शिकारी। प्रत्येक घटना में एक शिकार होनेवाले पशु के रूप में वह स्वयं आता। शिकारी के रूप में कभी जंगलों में स्वच्छन्द घूमनेवाले तेंदुए होते, जिन्होंने उसकी दुधारू गायें खा डाली थीं। कभी नील गायों के झुंड होते, जिन्होंने उसकी खेती चर डाली थी। कभी पाला, मेघ, चूहे, टिड्डियों के दल आते, जो उसके मुँह में जानेवाले अन्न को, दानों के पैदा होने के पहले ही, छीन लेते। कभी सांघातिक रोग आते, जिन्होंने उसकी स्त्री को, उसके लड़कों को उसी की आँखों के सामने निगल लिया था।

शिकार सदैव वही रहता, शिकारी ही बदलते। इन्हीं शिकारियों में जमींदार, राजे, महाजन आते। चोर और डकैत आते। कन्या के विवाह में घर से दूध देनेवाली भैंस खुला ले जानेवाले नए रिश्तेदार आते। सादे कागज पर अँगूठा लगाने के लिए बाध्य करनेवाले असह्यता की स्थिति आती। कभी भी अपनी स्थिति का बोध न होने देनेवाली अविद्या आती। पत्थर-जैसी छाती को पीसकर,

समस्त पुरुषार्थ को आँसुओं में बहा देनेवाली निराशा आती। सब तरह से जीवन को जकड़कर केवल पथराई आँखों से सबकुछ देखते रहनेवाली जड़ता आती। शिकार वही था, शिकारी अनेक थे।

इन्हीं स्थितियों को स्वप्न-ग्रसित की भाँति देखते-सुनते मैंने पन्द्रह दिन बिता दिये। जुलाई के महीने में मैं अपने साथ पच्चीस रुपए बचाकर मुंशी नवरतनलाल के यहाँ वापस लौटा।

अमजदअली के मामा ने उसे अपने खर्च से इंट्रेंस पास कराने का वचन दिया था। उन्हीं के आदेश से वह वहाँ से लगभग बीस कोस दूर एक हाईस्कूल में पढ़ने के लिए चला गया।

5

मुंशी नौरतन लाल ने मुझे दो चिट्ठियाँ दीं और बोले, "तुमने अव्वल दर्जे में मिडिल पास करके स्कूल का नाम ऊँचा किया है। आगे पढ़ने के लिए कानपुर जाओ और क्षत्री स्कूल में भर्ती हो जाओ। तुम्हारे पास पच्चीस रुपया है। दो रुपए तुम्हें अमीन साहब ने इनाम में दिये हैं। तीन रुपए मैं दे रहा हूँ। कुछ दिन काम देने के लिए तीस रुपया बहुत है। आगे के इन्तजाम में इन दोनों चिट्ठियों से मदद मिलेगी। इन लोगों से जाते ही मिल लेना।"

पहली चिट्ठी गंगापुर रियासत के सरबराकार बाबू रामरतन के नाम थी। दूसरी क्षत्री स्कूल के हेडमास्टर ठाकुर अम्बिकेशसिंह के नाम लिखी गई थी।

सवेरे सात बजे कानपुर स्टेशन पर ट्रेन से उतरकर बाहर आया। मेरे पास एक दरी का पुलिन्दा था। उसी के अन्दर खाना बनाने के दो-चार बर्तन, कुछ किताबें, कलम, दवात, एक कमीज, एक फटी रजाई, जो आगामी शीत के भय से पीछे छोड़ी न जा सकती थी—यह सबकुछ लिपटा पड़ा था।

जुलाई का महीना था और बूँदा-बाँदी हो रही थी। सवेरे सात बजे से ही हजारों की संख्या में जाते हुए मिल के मजदूरों और गंगा-स्नान के प्रेमियों की अपार भीड़ में मुझे अकस्मात् न जाने कैसा भय-सा लगा। लगा कि मैं एक नए किन्तु अज्ञात जीवन में प्रवेश कर रहा हूँ। गाँव का पुराना इमदादी स्कूल, रमन्ना और उसके साथ के और लड़के, सवेरे की प्रार्थना 'निर्बल के प्राण

पुकार रहे', भैंसों के पीछे जंगलों में भटकना, शराब के नशे में चूर ठाकुर, अमीन साहब, अमजदअली—ये सब छूट रहे हैं। अमजदअली के अतिरिक्त इनमें से किसी में मेरी आसक्ति नहीं है, फिर भी ये सब मेरे जाने हुए हैं। परन्तु, आनेवाले दिनों का अज्ञात प्रवास मुझे कहाँ, किधर ले जाएगा, इस विचार ने मेरे पाँवों में न जाने कहाँ की जड़ता ला दी। मेरा अकेलापन, तीस रुपए की मेरी पूँजी और दरी का मोटा पुलिन्दा, मेरा सबकुछ यही है, इस अनुभव से थोड़ी देर के लिए मेरे प्राण काँप उठे।

मैंने यह सब भुलाकर कुछ और सोचने की चेष्टा की, पर किसी सभा में बार-बार खड़े होकर अपने अवांछित सुझाव देनेवाले किसी अशिक्षित वक्ता की भाँति यही विचार मुझे उबाते रहे। तब मैंने आस-पास देखना शुरू किया। उन हलवाई की दुकानों पर बननेवाली ये गर्म-गर्म जलेबियाँ कितनी अच्छी होंगी! इधरवाले चूल्हे से आग की लपट बहुत तेज निकल रही है। उस मकान को किस तरह बनाया गया होगा? इतने ऊपर जाकर काम करते-करते मजदूर गिर न पड़ते होंगे? दूसरी मंजिल के कमरे में यह क्या घूम रहा है—बिजली का पंखा इसी को कहते होंगे। उधरवाले कमरे से यह एक लड़की निकलकर छज्जे पर आती है। यह कितनी गोरी है! इसके बाल खुले हुए हैं। यह क्या करती होगी? बोलेगी तो कैसा लगेगा? इस मकान में रहनेवाले क्या करते होंगे? इनके पीने के लिए दूध कहाँ से आता है?

एक मोटर मेरे पीछे आकर रुक गई थी और बराबर हॉर्न देती चली जाती थी। मुझे अचानक अनुभव हुआ कि मैं सड़क के बीचोबीच चल रहा हूँ। तेजी से हटकर मैं एक किनारे चलने लगा।

पहले मैं सरबराकार बाबू रामरतन से मिलने गया। गंगा के किनारे शहर के कुछ दूर गंगापुर रियासत की कोठी थी। उसी के एक अपेक्षाकृत विकृत भाग में बाबू रामरतन रहते थे। उन्होंने मुंशी नौरतन लाल की चिट्ठी पढ़ी और बोले, "आज तुम यहीं बरामदे में सो जाना। कल महाराज आनेवाले हैं। उन्हीं के सामने तुम्हारी पेशी होगी। तभी तुम्हारे रहने का पक्का इन्तजाम होगा। जब मुंशी जी ने तुम्हारे लिए कहा है तो मैं जो कुछ कर सकता हूँ, करूँगा।"

ठहरने की कुछ व्यवस्था कर लेने के बाद मैं उसी दिन स्कूल गया। हेडमास्टर ठाकुर अम्बिकेशसिंह उस समय अपने कमरे में मौजूद थे। विद्यार्थियों के भर्ती के दिन थे। अन्दर काफी भीड़ थी। मैं भी चुपचाप जाकर उसी भीड़ का एक अंग बन गया। लगभग दो घंटे बाद भीड़ समाप्त हुई, तब मैं हेडमास्टर साहब की मेज के पास पहुँचा।

वे उठकर खड़े हो गए। मैंने उनके शरीर की ओर देखकर मारे आतंक के निगाह नीची कर ली। वे ब्रीचेज और जोधपुरी कोट पहने थे। मूँछें बड़ी-बड़ी और ऊपर की ओर उमेठी हुईं। भरा हुआ चेहरा। मोटे और काले फ्रेम का चश्मा आँखों पर। लगभग छ: फीट ऊँचे। मैंने उनके नामवाला पत्र उनके हाथों में रखना चाहा तो बोले, "आज का काम खत्म हो चुका है। कल आओ।"

मेरे मुँह से निकला, "मैं बड़ी देर से यहीं खड़ा हूँ। मुंशी नौरतन लाल की चिट्ठी है। उसे आप देख लें।"

वे रुक गए। चिट्ठी पढ़कर बोले, "तुम विद्यार्थी हो?"

मैंने कहा, "जी हाँ।"

बोले, "तुमने मुझे नमस्ते किया था?"

मैंने नमस्ते किया था, पर मारे घबराहट के मेरे हाथ मेज की ऊँचाई से ऊपर न उठ सके थे, न जबान से स्पष्ट नमस्ते ही निकल पाया था। इसी त्रुटि को ब्याज समेत सुधारने के लिए मैंने झुककर उनके पाँव छुए।

उनके मुँह पर हलकी मुस्कान दौड़ गई। बोले, "हमारे स्कूल में भारतीय सभ्यता के आधार पर ही शिक्षा दी जाती है। अपने से बड़ों से मिलते समय सदैव सभ्यता का व्यवहार करना चाहिए। यदि तुम ऐसा न करोगे तो तुम्हारा इस विद्यालय में रहना कठिन होगा।"

मैंने सिर झुकाकर यह सुन लिया। वे बोले, "कल आओ। तुम्हें भर्ती कर लिया जाएगा। मुंशी जी ने लिख दिया है कि तुम गरीब विद्यार्थी हो, पर फर्स्ट डिवीजनवाले हो। यह भी जाहिर है कि क्षत्रिय की सन्तान हो। तुम्हें स्कूल की तरफ से काफी रियायतें मिल सकती हैं।"

वे चले गए। केवल दो बातें मेरे कान में चक्कर काटती रहीं। एक

तो यह कि मैं स्कूल में भरती होकर सुविधापूर्वक पढ़ूँगा। दूसरी यह कि मैं क्षत्रिय-सन्तान हूँ।

रात बाबू रामरतन के बरामदे में बिताई। दूसरे दिन पता चला कि महाराज आ गए हैं। उनके सामने मेरी पेशी हुई।

अपनी बैठक के सामने चौड़े बरामदे में आराम-कुर्सी पर ऊपर की ओर पैर उठाए, वे बैठे हुए थे। मैंने जाकर उन्हें हाथ जोड़कर प्रणाम करना चाहा कि बाबू रामरतन ने धीरे से मेरी कमीज खींचकर कहा, "पैरों पर गिरकर प्रणाम करो।"

मैंने महाराज के पैरों के पास कुर्सी के लम्बे-चौड़े हत्थे पर अपना सिर रखकर प्रणाम किया। उन्होंने अपने पैर सिकोड़ लिए और सँभलकर कुर्सी पर बैठ गए। सिर उठाते ही उनके आकार की गुरुता के सामने दुबारा मेरा सिर अपने-आप ही झुक गया।

लगभग पौने पाँच फीट लम्बा शरीर। लगभग इतना ही चौड़ा होगा। गैंडे-जैसा भारी मुँह। बड़ी-बड़ी सूजी हुई आँखें। लगता था कि वे पलकों का बोझ कठिनता से ही सह पा रही हैं। चमकती हुई चौड़ी नाक, सब देखने से यही लगता था कि वे सब प्रकार से महाराज ही होने के लायक हैं।

उन्होंने एक बार मुझे देखा और फिर एक बार बाबू रामरतन को। रामरतन ने कहा, "महाराज, यह आपका सेवक है। मुंशी नौरतन ने लिखा है कि यह क्षत्रिय-कुलोत्पन्न बालक है। पढ़ना चाहता है। यहाँ क्षत्रिय स्कूल में भर्ती हो रहा है। कोठी पर इसके पड़े रहने की और कुछ वजीफा बाँध देने की प्रार्थना की है।"

महाराज ने भर्राई आवाज से कहा, "इसके रहने का ठिकाना कर दो। बस, यही बहुत है। वजीफा देने के दिन गए।" इतना कहकर उनका सिर आराम-कुर्सी पर एक ओर लुढ़क-सा गया। कुछ देर बाद आँखें मूँदे-ही-मूँदे वे पहले-जैसी भर्राई आवाज में बोले, "टिनेंसी ऐक्ट लग गया है। अब कोई बेदखल नहीं हो सकता। अब गंगापुर के पासी चमार तक महाराज हो जाएँगे। खराब दिन आए हैं। यह कोठी जब तक अपनी है, तब तक चाहे जो कोई रह ले। पर अब वजीफे के दिन लद गए। समझे, बाबू रामरतन?"

'रामरतन' कहने के लिए उन्होंने एक असमर्थ चेष्टा से अपना भारी सिर उठाना चाहा। लाल-लाल आँखें कुछ खुल गईं, परन्तु उसके बाद फिर उनका सिर कुर्सी पर लुढ़क गया।

मैंने सशंकित दृष्टि से बाबू रामरतन को देखा। पर वे प्रसन्न भाव से मेरी ओर देख रहे थे। धीरे से बोले, "अब क्या है, तुम्हारे रहने का इन्तजाम हो गया। यहीं एक कोने में बनाओ, खाओ और पड़े रहो।" उसके बाद आँख के इशारे से मुझे जाने का आदेश दिया।

उसी दिन स्कूल में मेरा नाम लिख गया। मिडिल पास करके आनेवाले जो हिन्दी या उर्दू के विद्यार्थी होते थे, वे पहले स्पेशल क्लास में भरती होते। उस कक्षा में उन्हें विशेष रूप से अंग्रेजी पढ़ाई जाती थी, परन्तु मैंने पिछले दिनों अंग्रेजी का कुछ परिचय ले लिया था। मुझे अच्छा विद्यार्थी समझकर उससे एक कक्षा ऊपर सातवें में स्थान दिया गया।

पहले ही दिन मैंने अपनी कक्षा के इस रूप को देखा। यहाँ टाट की पट्टियों की जगह मेज-कुर्सियाँ थीं। गर्मियों में हाथ पर बहते हुए पसीने से स्याही के फैल जाने का डर न था। छत पर बिजली के पंखे लगे हुए थे। यहाँ घर से दवात बाँधकर लाने की और उसी निष्ठा में सब किताबों-कॉपियों और कपड़ों को रँग लेने की आवश्यकता न थी; क्योंकि डेस्क के कोने में दवात लगी हुई थी। जो अध्यापक पढ़ा रहे थे, वे सूट पहने थे, चश्मा लगाए थे। अंग्रेजी बोल रहे थे। इतिहास पढ़ाते-पढ़ाते क्लाइव को कलायु और स्लीमन को सलीमन कहनेवाले, तम्बाकू की पीक बराबर थूकनेवाले, गन्दी धोती और कुर्ते में अपने तन को ढँककर आनेवाले मिडिल स्कूल के दूसरे अध्यापक पंडित राधेलाल से मैं मन-ही-मन उनकी तुलना करता रहा।

सबसे अधिक हैरान करनेवाली बात यहाँ के विद्यार्थियों में थी। प्राय: सभी साफ-सुथरे कपड़े पहने हुए थे। अवस्था में लगभग सभी मुझसे छोटे थे। ज्यादा लड़के सिर पर बाल रखाए थे और बिना टोपी पहने ही स्कूल आते थे। मुझे बार-बार मिडिल स्कूल का वह दिन याद आता...।

हाजिरी के समय पंडित राधेलाल ने धरनीधर को देखा। वह नंगे सिर था। सन्देह के स्वरों में उन्होंने धरनीधर को सामने आने की आज्ञा दी। सहमा हुआ

वह आकर पंडित जी के सामने खड़ा हो गया। उन्होंने ड्रिल कराते समय वहाँ जानेवाला कॉशन दिया, 'पीछे घूम।'

धरनीधर ने पीछे घूमकर अपना चेहरा कक्षा के विद्यार्थियों के सामने कर लिया। पंडित जी ने उठकर अच्छी तरह उसके सिर के पीछे की ओर देखा। उसके बाद 'दाएँ घूम', फिर 'बाएँ घूम', फिर, 'क्यों बेटा, अंग्रेजी बाल रखाने का शौक कब से चर्राया? पान की दुकान रखने का इरादा है, या नौटंकी में जाने की सोच रहे हो? यह फैशन बनाकर मिडिल पास करोगे?'

धरनीधर चुप खड़ा रहा। पंडित जी ने कहा, 'अपनी खोपड़ी दर्जे के सामने सब तरफ से दिखाओ।' उसने चारों ओर घूमकर अपनी नुमाइश सबके सामने दिखाई। उसके बाद, 'कान पकड़ो।'

उसने कान पकड़े।

'एक पर जमीन पर बैठ जाओ। दो पर उठ पड़ो। ठीक? अब रेडी? एक-दो, एक-दो...!'

पचास बैठकें लगवाकर पंडित राधेलाल ने प्रायश्चित्त बताया, 'कल खोपड़ी घुटाकर आना, सिर पर टोपी हो। गांधीवाली नहीं, दुपल्ली।'

परन्तु, यहाँ तो टोपी लगानेवाले मेरे अलावा कुल दो-तीन विद्यार्थी ही होंगे। मैंने सोचा, ये मिडिलची होंगे।

इन विद्यार्थियों के नाम भी अद्‌भुत थे। अब तक पुराने स्कूल में सिर्फ नाम-भर लिखे जाते—रामेश्वर, रामबकस, जियालाल, जयशंकर, पर यहाँ हाजिरी के समय आश्चर्य से सुनता—विपिन कुमार टंडन, मोहन चन्द जोशी, रामानुज मित्तल, हरदयाल तनेजा, राजेंद्र कुमार तलवार, शंकर प्रसाद जाजू, सन्तोष कुमार ढौंढियाल, शुभ्रांशु भट्टाचार्य। जब तक इन सबसे मेरा परिचय न हुआ, मैं इन्हीं नामों की प्रकारता में खोया रहा। अपनी कल्पना से प्रत्येक नाम की अलग-अलग तस्वीर बना डाली। जाने क्यों टंडन ठनठनाती आवाज में बोलनेवाला कोई दीर्घकाय आदमी जान पड़ा। जोशी गेरुए रंग के कपड़े पहने होगा। ढौंढियाल एक मोटा लड़का होगा जो लुढ़कता हुआ चलता होगा। शुभ्रांशु भट्टाचार्य बहुत गोरा, हरेक बात को सोच-समझकर कहनेवाला होगा। और भगवान जाने, ये जाजू और तनेजा कैसे होंगे?

इन सबने ये नाम कहाँ से ढूँढ़ लिए हैं...?

तीन महीने बीत गए। अब तक अपनी कक्षा में मेरा नाम एक बहुत अच्छे विद्यार्थी के रूप में विख्यात हो चुका था। यह भी मालूम हो गया था कि मुझे पाँच रुपया सरकारी वजीफा मिलेगा। मेरी फीस माफ कर दी गई थी। अध्यापक दयालुता दिखाते थे। मेरी फटी धोती की, फटे कुर्ते की और नंगे पाँव स्कूल आने की बात भुलाकर कक्षा के विद्यार्थी मेरे पास आकर मुझसे पाठ पूछते थे।

गंगापुरा रियासत की कोठी में एक पुराना कमरा और एक छोटा-सा बरामदा मुझे मिल गया था। बरामदे में मैं अपनी रोटियाँ सेंक लेता था। कमरे में शायद कहीं जगह न होने के कारण एक सोफा भी रखा दिया गया था। एक कोने में एक लकड़ी की अलमारी थी। एक तरफ तौलिया लटकाने का रैक था। बाबू रामरतन ने मुझे समझा दिया था कि 'इस पर अपने कपड़े लटका दिया करो और इसका पूरा इस्तेमाल करो। अलमारी का इस्तेमाल किताबों के लिए कर सकते हो। पर, इसमें घी, तेल, आटा-दाल ऐसी कोई चीज न रखी जाए। रहा सोफा, यह मरम्मत के लिए रियासत से आया था, इसमें नए रिंग लगे हैं, नया कपड़ा लगवाया है। इसे छूना तक नहीं।'

मैं प्रतीक्षा कर रहा था कि वे कहेंगे, 'इसे छूना तक नहीं, नहीं तो...' पर उन्होंने बात पहले ही समाप्त कर दी। 'नहीं तो' का कोई प्रश्न नहीं उठा। जहाँ मैं रहा था, वहाँ आदेश देना ही काफी था। वहाँ उसका पालन न होने पर दंड सोचने की स्थिति में आना ही कठिन था।

तीन महीने बीत जाने पर एक दिन रात के समय बाबू रामरतन ने मुझे बुलाया। इधर-उधर की बातें कहने-सुनने के बाद बोले, "महाराज शहर की ओर उसके आस-पास की जायदाद निकाल रहे हैं। शायद मुझे यहाँ से हटना पड़ेगा।"

मैंने पूछा, "फिर कहाँ जाइएगा?"

बोले, "महाराज की सेवा बदी हुई तो किसी दूसरे हल्के में चला जाऊँगा, नहीं तो उनकी इच्छा। चाहे रखें, चाहे नौकरी से अलग कर दें।" कुछ देर बाद वे फिर कहने लगे, "यह कोठी भी बिकनेवाली है। सीतापुर के किसी चीनी मिल के एक सेठ इसे लेनेवाले हैं। तब तुम लोगों को भी हटना पड़ेगा। अपना कोई इन्तजाम कर लो।"

बाबू रामरतन का नौकर ननकासिंह चिलम में आग भर रहा था। धीरे-धीरे खाँसते हुए बोले, "रियासत के कुदिन आए हैं। पहले के भी राजे देखे हैं। तब न कोई इतना मेमों के पीछे पागल था, न विलायत के लिए दीवाना होता था, और, जो कहो तो इस तरह शराब भी कौन पी सकता है?"

बाबू रामरतन ने उसे वहीं टोक दिया, "क्यों बे भकुवे, खुल गया तेरा चरखा?"

भकुवा चुप हो गया तो बोले, "तो जाओ भैया, जहाँ सींग समाए, वहाँ जाने का इन्तजाम करो।"

उसके तीसरे दिन स्कूल से वापस आने पर पता लगा कि दिन-भर में ही चीनी मिलवाले सेठ के आदमियों ने कोठी पर कब्जा कर लिया है। बाबू रामरतन एक दिन पहले गंगापुर चले गए थे। कोठी में रहनेवाले महाराज के नौकर-चाकर, माली, रसोइया, कहार, अपना सामान उठाकर पहले ही चले गए हैं। मैं अपने कमरे में आया ही था कि एक पढ़े-लिखे बाबू-जैसे आदमी ने आकर मुझसे कहा, "तुम कौन हो? यहाँ कैसे रहते हो?"

मैंने अपना परिचय दिया ही था कि वह बोला, "इस वक्त पाँच बजे हैं। दो घंटे के भीतर अपना सामान उठाकर यहाँ से हट जाओ। कोठी अब सेठ साहब की है। उनका हुक्म है कि खाली करा ली जाए।"

मैंने प्रार्थना की, "कल सुबह तक की मोहलत दे दीजिए।"

उसने मेरी बात अनसुनी कर दी, कहा, "दो घंटे बाद मेरा सामान इस कमरे में आएगा। अगर तब तक तुम्हारा सामान न उठा, तो उसे सड़क पर फेंकवा दूँगा।"

अक्टूबर का दूसरा सप्ताह था। वर्षा के दिन समाप्त होने पर थे। शायद इसीलिए एक कुशल अभिनेता के स्टेज से जाने से पहले के जोरदार अभिनय की भाँति, घने बादल आसमान पर छाए हुए थे। वर्षा होने की आशंका थी। मेरे पास सोचने के लिए अधिक समय न था। मैंने अपना पुलिन्दा कसा। अब तक मेरी सम्पत्ति में टीन का एक सन्दूक भी जुड़ चुका था। उसमें मैंने अपनी किताबें भरीं। पुलिन्दे को पीठ पर कसकर, सन्दूक को हाथ में लटकाए कोठी के बाहर निकल आया। बिजली की तड़प, बादलों की गड़गड़ाहट—इन्होंने मेरा स्वागत किया। सड़कों पर अचानक बत्तियाँ जल उठीं।

लगभग एक मील चल चुकने के बाद मेरी आशंका सही निकली। जो सामने दो फलांग पर धुआँ और कुहासा-सा छाया हुआ था, वही अकस्मात् आगे बढ़ने लगा और वह क्या था, यह तभी जान पड़ा जब पानी की भारी बूँदें मेरे शरीर को भिगोने लगीं। मैंने पीछे मुड़कर देखा, धुएँ का वह परदा मेरे चारों ओर पड़ चुका था। पर यह धुआँ न था, उससे कुछ ज्यादा घना, कुछ तरल धुआँ, प्रकाश, जल, मरुत—इनका रचा हुआ एक खेल था।

एक बार भागने की कोशिश की पर सोचा, इसी चाल से क्यों न चलें? क्या हो जाएगा? जुकाम? मुझे यह कुछ न होगा। सिर्फ मेरे कपड़े भीग जाएँगे। पुलिन्दे में पानी भर जाएगा। किताबें गल जाएँगी। पर यह टीन का सन्दूक है। शायद इसमें पानी न जाए। कुछ सामान भीग भी गया तो क्या होगा? चले चलो। कल कहीं यह सब सामान सूखने को डाल दिया जाएगा। धूप निकलेगी। शायद न भी निकले, तो भी क्या होगा?

पानी का वेग तेज होता जा रहा था। मुझे चलने में कठिनाई-सी जान पड़ने लगी। फिर भी मैं चलता रहा। ऐसे यह राह न कटेगी, कुछ गाया जाए। क्या गाएँ? 'मन पछितैहै अवसर बीते।' मेरी आवाज क्यों नहीं निकल रही है? मैं शायद काँप रहा हूँ। पर, जाड़ा तो लग नहीं रहा है। फिर गाया जाए। जोर से। 'मन पछितैहै अवसर बीते।' पर यह भजन ठीक नहीं। कोई अवसर नहीं है। न कोई अवसर बीता है। न मैं उस पर पछताया हूँ। न पछताऊँगा। यह सब भी ठीक नहीं है। कोई अच्छी बात सोची जाए। उस साल स्कूल में महाराणा प्रताप नाटक कितना अच्छा हुआ था...! नाटक? यह भी कुछ नहीं। जब काका जिन्दा थे तो कितना प्यार करते थे! कुछ मुँह से न कहते थे, पर कितना चाहते थे! मुझे भैंस चराने भेजते समय उनका मुँह कैसा हो गया था, फिर भी उन्होंने कुछ कहा नहीं। कोल्हू में जब उनके हाथ दब गए थे, खून बह चुका था, नाड़ी धीमी थी, तब भी उन्होंने वह दर्द छिपा लिया था। ठीक है। जब मैं बड़ा हो जाऊँगा तो मैं भी यही करूँगा, किसी से भी अपना दर्द न कहूँगा। लोग मेरा दर्द जानना चाहें, पर तुम अपना दर्द न बताना। परन्तु...पानी शायद किताबों में पहुँच रहा है...परन्तु यदि कोई तुम्हारा दर्द पूछे ही नहीं...? पर मैं तो सोच रहा हूँ। 'रंगभूमि' उपन्यास के विनय की भाँति। वह तो तीन-तीन पन्ने तक

सोचता है। मैं भी एक पन्ने-भर सोच चुका हूँ। सोचना ही है तो चलो, अच्छी बात सोचें। यह क्वाँर का महीना है। बादल न बरसते तो शरद आ चुकी थी। गाँव में कितना अच्छा लगता होगा। सबेरे से ही लाल-काले बादलों के ऊपर गाढ़ी, पीली धूप निकलती होगी, ओस की हलकी चादर पर, सीताफल और तोरइयों के पीले फूलों पर।

हरसिंगार गिरकर घास पर बिछे होंगे। उनके लाल डंठलों का रंग निकालकर हम लोग अपने कपड़े तक रँग लेते थे। कितनी खुशबू होती थी! उन दिनों जानवरों के पीछे जंगल में घूमना भी कितना अच्छा लगता—फूखे हुए काँस, झाड़ियों में लगे हुए छोटे मकोय, तालाबों में कोकाबेली और... पानी अभी न रुकेगा। न रुके। लो, स्कूल आ गया। अच्छा, तो मैं स्कूल की ओर चल रहा था।

वह रात मैंने स्कूल के बरामदे में पड़े हुए बिताई। एक बेंच पर अधगीला अँगोछा पहने मैं लेटा रहा। गीला सामान सूखने के लिए इधर-उधर फैला दिया था। स्कूल के चौकीदार ने कहा, आज यहीं पड़े रहो। सवेरे अपना सामान मेरी कोठरी में डाल देना। एक डोकरी है। वह मेरी रिश्ते में सास लगती है। उसकी शायद एक कोठरी खाली है। वहीं तुम्हारे रहने की बात कर लेंगे।

मुझे कुछ आशा बँधी, पर नींद न आई। बरामदे के सामने पानी की धाराएँ छत से वेग के साथ गिर रही थीं। उन्हीं का अनवरत, निष्कम्प स्वर सुनता रहा। पास बेंच के ऊपर चौकीदार भी पड़ा था। खाँसते-खाँसते बोला, "विद्यार्थी होकर बड़े संकट उठाने पड़ते हैं। पर बिना संकट उठाए विद्या नहीं आती। संकट से घबराना नहीं चाहिए।"

मैं चुपचाप रहा। पर चौकीदार अपनी यही बात बार-बार बदलकर कई रूपों में कहता रहा। एक बार फिर बोला, "विद्या की तपस्या भी मामूली तपस्या नहीं है।"

मैंने कहा, "मगर श्याममोहन तो मोटर पर स्कूल पढ़ने आता है। पढ़ने में अच्छा भी है। उसकी तपस्या कहाँ?"

चौकीदार ने घबराकर कहा, "राम, राम! भैया, किसी के सुख पर कुदृष्टि न डालनी चाहिए। क्या पता, उसने पहले जन्म में तपस्या की हो! वह अपनी

तपस्या का फल भोग रहा है। तुम आज तपस्या कर रहे हो तो कल उसका फल तुम भी पाओगे।"

मैं लेटा रहा। ठंडक में मेरे रोंगटे खड़े हो गए। नीचे लकड़ी की बेंच थी। मुझे लगा, मेरी पीठ भी लकड़ी की हो गई। पैरों को समेटकर मैं चुपचाप लेटा रहा।

दूसरे दिन सवेरे ही मुझे साथ ले जाकर चौकीदार ने मेरे लिए रहने की कोठरी का इन्तजाम कर दिया। आठ आना महीना किराए पर यह कोठरी तय हो गई।

म्यूनिसिपैलिटी के एक गन्दे नाले के किनारे-किनारे जो सँकरे, टूटे-फूटे अँधेरे मकान बसे थे, उन्हीं में यह एक छोटा दुमंजिला मकान था। मकान में नीचेवाली मंजिल में आगेवाली यह कोठरी थी। सामने एक दरवाजा था। छत के पास एक छोटी-सी रौशनदान-जैसी खिड़की थी। इसी कारण कोठरी न कहकर बुढ़िया मालकिन उसे कमरा कहती थी। इस कमरे में कोई भी चारपाई चौड़ाई में नहीं बिछाई जा सकती थी। यह कोठरी लगभग तीन हाथ चौड़ी और पाँच हाथ लम्बी थी। इसमें अन्दर की ओर भी एक दरवाजा था। उसके पीछे आँगन था। वहाँ लकड़ी की एक टाल थी। अन्दर की कोठरियों में लकड़ी की दुकानवाले रहते थे। मकान के ऊपर की मंजिल में दो कमरे अच्छे थे। उनमें मालकिन स्वयं रहती थी। वह साठ-पैंसठ साल की बुढ़िया थी। फूला काकी के नाम से विख्यात थी। कमरे के सामने दो हाथ चौड़ी गली थी, कुछ पानी बरस जाने पर वही नाली का काम देती। मेरी कोठरी के ठीक सामने एक बड़ा-सा कमरा था। उसमें रामप्रसाद अपनी पत्नी और बच्चों के साथ रहता था। रामप्रसाद किसी प्रेस में कम्पोजीटर था। उसी कमरे के दाईं ओर एक परचून की दुकान थी।

सामने के इन मकानों के पिछवाड़े ही गन्दा नाला बहता था। उसके किनारों पर कूड़े और गन्दगी का कोई भी प्रकार, किसी भी मात्रा में पाया जा सकता था। वहीं कीचड़ के छोटे-छोटे गड्ढों में सैकड़ों की संख्या में सुअर

लोटा करते थे। दिन को ये सुअर आसपास की बस्ती में चक्कर काटते। हमारी गली में भी वे मनमाना घूमते और दरवाजा खुला मिल जाने पर अन्दर भी घुस आते। इसीलिए प्राय: दरवाजे को अन्दर से बन्द रखना पड़ता। सँकरी गली, बिना खिड़कियों का कमरा, ऊपर से बन्द दरवाजा—उजाले को दूर रखने की मनुष्य और प्रकृति-साध्य सभी तरकीबों के उपयोग के बाद मैं इसी कमरे में बैठकर रात के समय तेल के चिराग की रोशनी में अपनी पढ़ाई करता।

सरेशाम ही गली में धुआँ भर जाता। सुअरों, कुत्तों और घोसियों की छुटी हुई गायों के तेजी से निकलने में न जाने कितनी मुठभेड़ें होतीं। मैं कमरे का दरवाजा बन्द किए हुए ये विभिन्न प्रकार के स्वर सुना करता। लड़के लड़ रहे हैं। कोई रो रहा है। कुछ हँस रहे हैं। मेरे दरवाजे के सामने ही कोई बच्चा टट्टी कर रहा हैं। भड़-भड़ करके बगल से कुछ गिरता है। गली में किसी ने कूड़ा फेंका होगा। एक गाय डकारती है। एक सुअर चीखता है। कुछ कुत्ते भूँकते हैं। कम्पोजीटर रामप्रसाद चिल्ला-चिल्लाकर हनुमान चालीसा पढ़ रहा है। प्रयाग जाने के लिए किराया माँगनेवाले दो बाबा लोग परचून की दुकान पर खड़े होकर आवाज लगा रहे हैं। पीछे फूला काकी में और लकड़ी की टालवाले में शायद किराए के लिए भयंकर झगड़ा हो रहा है। कोई रह-रहकर कराह रहा है। शायद रामप्रसाद की बीवी है। मैं अलजब्रा पढ़ रहा हूँ। यह एक नया सिद्धान्त है...अ धन ब का सम्मिलित वर्ग बराबर है, अ का वर्ग धन ब का वर्ग धन दो अ ब। इस पूरे वातावरण में कोई असंगति है तो यह अलजब्रा है। मेरी पढ़ाई है।

मैं यह सिद्धान्त पढ़ रहा हूँ। यह गणितसिद्ध है। यह सत्य है। पर, यह कितना खोखला है, इसे जानने के लिए मैं दस वर्ष बिता चुका हूँ। अ और ब का सम्मिलित वर्ग झूठी बात है। अ और ब का सम्मिलित वर्ग नहीं होता। अ का अपना वर्ग है, ब का अपना वर्ग है। गणितज्ञ ने अपनी बुद्धि से इन्हें जोड़ दिया तो क्या, वे जुड़े नहीं। दो वस्तुएँ जुड़कर तीसरी वस्तु बन जाती हैं। यही उनका जुड़ना है। परन्तु अ, अ रहा है—ब, ब। इससे क्या कि जुड़कर एक जगह दोनों दोहरे होकर बैठ गए और फिर भी साथ में अपना वर्ग अलग-अलग बसाए रहे...दो अ ब धन अ का वर्ग धन ब का वर्ग...।

कमाल है!

इसी कोठरी में मैं अपना एक वक्त का भोजन बनाता, अर्थात दाल-रोटी या तरकारी-रोटी, या रोटी। बरतन अपने हाथ से धोकर एक किनारे रख देता। फिर सीलदार फर्श पर अपनी दरी बिछाकर पढ़ता। पढ़ते-पढ़ते सो जाना भी विद्यार्थियों का एक चलन है। पर मैं तब सोता, जब सोना चाहता।

मुझे पाँच रुपए सरकारी छात्रवृत्ति मिल रही थी। दो रुपए क्षत्रिय महासभा की ओर से प्रति मास मिलते। इन सात रुपयों के भीतर मुझे महीना-भर बिताना होता। मेरे तीस रुपए बहुत पहले समाप्त हो चुके थे। किताबों में, कॉपियों में, एक कमीज बनवाने में, नाम लिखवाने में। सात रुपए में आठ आना मकान का किराया और बारह आना स्कूल के खेल-कूद आदि की फीस, जो पढ़ाई की फीस माफ होने पर भी देनी पड़ती थी, पहले निकल जाते।

हेडमास्टर ठाकुर अम्बिकेशसिंह, जिन्हें हिन्दी-साहित्य से प्रेम था, ब्रजभाषा में सुन्दर कविताएँ लिखते थे, अर्थात मतिराम और दास से लेकर रत्नाकर के छन्दों के समन्वय बड़ी रुचिपूर्वक सुनाते। छह फीट के भीमकाय स्वस्थ शरीर और उमेठी हुई मूँछों की पृष्ठभूमि में 'अंग-अंग अमित अनंग की तरंग-भरी, प्रथम समागम को बदलो चुकाए लेत' वाला छन्द मैंने बाद में उन्हीं के मुख से उन्हीं के बँगले पर होनेवाली कवि-गोष्ठी में सुना। पर, स्कूल में उनका साहित्यिक रूप केवल इससे प्रकट होता था कि वे सातवें दर्जे से लेकर दसवें तक सप्ताह में दो बार हिन्दी अवश्य पढ़ाते। प्रत्येक वाक्य के प्रमाण में उनके मुँह से सूक्तियाँ निकलतीं और हम इन सूक्तियों को हिन्दी पढ़ते समय तत्काल अपनी कॉपियों में लिख लेते। उनका यह शिक्षक रूप प्रधानाध्यापक के उस रूप से सर्वथा भिन्न होता जब वे सवेरे प्रार्थना के समय बेंत लेकर स्कूल के बरामदे में आते और विद्यार्थियों पर ऐसी दृष्टि डालते मानो गीदड़ों की सभा में कोई सिंह आकर उपेक्षापूर्वक उन्हें देख रहा है! फिर सदाचार, ब्रह्मचर्य, स्वास्थ्य-रक्षा, घुड़सवारी, आदि प्रिय विषयों पर उनका दैनिक व्याख्यान। फिर विद्यालय में अशिष्ट व्यवहार करनेवाले

विद्यार्थियों के लिए दंड-विधान। चारों ओर आतंक और सन्नाटा फैलाकर उनका अपने कमरे में घुस जाना।

आज हेडमास्टर साहब ने पढ़ाते-पढ़ाते कहा भी था :

‘जितने कष्ट-कंटकों में है
जिसका जीवन-कुसुम खिला,
गौरव-गन्ध उसे उतना ही
यत्र-तत्र-सर्वत्र मिला।’

क्या ही सुन्दर उक्ति है! उसके बाद ‘कष्ट से लेकर सर्वत्र’ तक के शब्दार्थ बताकर बोले, “कोई बता सकता है, यह किसकी कविता है?”

सब कठिन प्रश्नों के उत्तर बाद में मुझी से पूछे जाते। मैंने इसके रचयिता श्री मैथिलीशरण गुप्त का नाम लिया। मास्टर साहब पढ़ाते रहे, “इसी से सिद्ध है कि गुप्त जी के जीवन में कितने कष्ट-कंटक लगे होंगे, बिना कष्ट पाए हुए इतनी सुन्दर उक्ति उनके मुँह से नहीं निकल सकती थी। किसी की रचनाओं में ऐसी उक्तियाँ मिलने से उसके जीवन-चरित्र का बोध प्राप्त किया जाता है। इसे अन्त:साक्ष्य कहते हैं।”

वे बोलते रहे, “तो सूखकर सौरभ फैले, इसके लिए जरूरी है कि मनुष्य कष्ट-कंटकों को झेले। भूषण कवि को उनकी भावज ने घर से निकाल दिया था। घनानन्द को सरकारी नौकरी छोड़कर ब्रज में बसना पड़ा था और प्राणों की बलि देनी पड़ी थी। मीरा को संन्यास लेना पड़ा था। वर्तमान साहित्यिकों ने भी कुछ कम कष्ट नहीं उठाए। प्रेमचन्द जी का नाम सुना है—वही, जिनकी कहानी ‘परीक्षा’ तुमने पिछले सप्ताह पढ़ी है? बचपन में वह बहुत गरीब थे। बड़े परिश्रम से पढ़ा। उनके घर पर चिराग में जलाने के लिए तेल तक न रह पाता था। इससे वे रात में सड़क पर जाकर सड़क के लैम्पों की रोशनी में पढ़ते। किसी प्रकार बी.ए. किया। उपन्यास लिखे और कहानियाँ लिखीं। जो कष्ट उन्होंने खुद झेले, उन्हीं कष्टों को अपनी कहानियों और उपन्यासों में उन्होंने व्यक्त किया। इससे ही उन्हें सुख का सौरभ भी मिला और निराला जी का हाल तो मैं तुम्हें बता ही चुका हूँ...।”

वे अपना व्याख्यान देते रहे। मेरे मन में आया कि यह कड़वे तेल का चिराग सचमुच ही मेरी आँखें कमजोर किए दे रहा है। मैं भी सड़क पर जाकर पढ़ूँ तो कैसा रहेगा...?

रात के लगभग दस बजे मैं सड़क पर जा पहुँचा। जहाँ मैं रहता था, वहाँ से बिजली की बत्तियोंवाली सड़क लगभग आधा मील पड़ती थी। इस आधे मील को गलियों से होकर पार करना पड़ता था। रात में ये गलियाँ प्राय: अँधेरी पड़ी रहतीं। चुंगी की जो लालटेनें वहाँ पर जलती थीं, उनसे धुआँ अधिक निकलता, प्रकाश कम। उनके नीचे बैठकर पढ़ाई करने की बात सोचना भी कठिन था।

मैंने सड़क के ऊपर चलना शुरू किया। कई लैम्प-पोस्ट निकल गए, पर कोई भी ऐसा न था जहाँ बैठने की सुविधा हो। कुछ आगे बढ़कर उस सड़क से एक दूसरी सड़क निकली थी। मैं दूसरी सड़क पर चल पड़ा। थोड़ी दूर आगे एक चौराहा पड़ा। बीचोबीच कुछ जगह को घेरकर एक छोटे-से पार्क का रूप दे दिया गया था। बीच में बिजली का खम्भा था। बल्ब जल रहा था। खम्भे के नीचे एक छोटा-सा गोल चबूतरा था। मैं उस चबूतरे पर जाकर बैठ गया और इतिहास की एक पुस्तक पढ़नी आरम्भ कर दी।

पर यह वातावरण मेरे लिए इतना शान्त और आकर्षक था कि कुछ पढ़ना कठिन हो गया। मार्च का महीना लग चुका था। हवा धीरे-धीरे चल रही थी। मेरे शरीर पर केवल एक कमीज और धोती थी। मुझे जाड़ा लग रहा था। फिर भी वह हवा अच्छी लग रही थी। बिजली की रोशनी में हिलते-डुलते हरे-भरे पेड़, पास के बँगलों की चहारदीवारियों के ऊपर झाँकते हुए केलों के चिकने चौड़े पत्ते, बराबर की ऊँचाई से कटी हुई पार्क की हरी-भरी हेज—सबकुछ मुझे समेटती-सी जान पड़ी। चारों ओर बिखरे-से कुछ अमानवीय स्वर, पास के किसी बँगले में रेडियो से निकल रहा वायलिन का संगीत, किसी सड़क पर जाते हुए ताँगे के घोड़े की टाप, दूर स्टेशन पर बजनेवाले किसी इंजन की सीटी, फिर मेरे सामने के बँगले पर दुमंजिले की खिड़की—कोई हँस रहा है। कोई लड़की हँस रही है। इतना क्यों हँस रही है?

शेरशाह का राज्यारोहण...हुमायूँ का रेगिस्तान में भटकना...अकबर का जन्म...ईरान...पानीपत की पहली लड़ाई...।

किताब बन्द कर ली। अब पढ़ने का बहाना भी नहीं हो सकता। यह सामने किसका बँगला है? मैं उठकर सौ गज के लगभग सड़क पर घूम आया। फिर पुरानी जगह बैठ गया। एक ओर यह किसी सिविल और सेशन जज का बँगला है। अन्दर कितना अच्छा बाग है, रंग-बिरंगे फूल हैं—अंग्रेजी फूल, इन फूलों के नाम भी होंगे। गुलाब, चमेली, मोतिया, जूही, शब्बो, मोंगरा—यह सब तो देशी फूलों के नाम हैं। अंग्रेजी फूलों के क्या नाम हैं? हाँ, याद आया—जीनिया! पर, यह तो किसी लड़की का नाम है! और भी तो नाम होंगे—ये सिर्फ क्यारियों में पाए जाते हैं, या गमलों में पाए जाते हैं, देशी फूल तो सब जगह फूलते हैं—बाग में भी, गमलों में भी, तालाबों के कीचड़ में, घरों पर, जैसे मैं कीचड़ में फूला हूँ, घूरे पर उगा हूँ।

सेशन जज! अमजद अली कहता कि जज फाँसी देता है। पर, सबको फाँसी कैसे देता होगा? बदमाशों को ही फाँसी दे सकता है। यह तो वही हुआ कि डॉक्टर लड़कों के पेट फाड़ देता है। सिविल एंड सेशन जज। न जाने सेशन जज कैसे हो जाते हैं! मैं जज बनूँगा। मोटर पर चलूँगा। फाँसी भी देनी पड़ेगी? जाओ, तुमने काम फाँसी ही के लायक किया था, पर तुमको छोड़ दिया। जाओ, ठीक तरह से रहो।...और न जाने क्यों, किस सम्पर्क में मुझे अमीन साहब याद आ गए।

किताब फिर खोल ली...पानीपत की पहली लड़ाई।

दूसरी तरफवाले बँगले पर किसी का नाम है। सिर्फ आई.सी.एस. पढ़ने में आता है। स्कूल की पत्रिका में कहानी निकली थी। कोई इंटरमीडिएट क्लास स्टूडेंट अपने को आई.सी.एस. लिखता था। उस पर मुकदमा चल गया। इंडियन सिविल सर्विस। यह असली आई.सी.एस. होगा। न जाने कितना वेतन मिलता होगा! घर पर पुलिसवाले पहरा देते होंगे। इस बँगले के फाटक को पास से देखा जाए। सिर्फ फाटक छूकर लौट आवें। पर, यह ठीक नहीं है। आई.सी.एस. मैं भी बनूँगा। पर, सुना है कि इम्तिहान बड़ा कड़ा होता है। न जाने क्या-क्या पूछते हैं! मान लो, पूछा कि एक मील में लैम्प के कितने खम्भे...?

रात के बारह बजे यहाँ पढ़ सकना सम्भव न था। उठने ही जा रहा था कि किसी ने कड़ककर कहा, "कौन बैठा है?"

मैंने चौंककर देखा, दो पुलिस के सिपाही एक ओर से आ रहे थे। मेरे मुँह से आवाज न निकली।

दूसरे ने जोर से कहा, "भागने की कोशिश की तो ठायँ कर दूँगा। खबरदार!"

मेरे पाँव को लकवा-जैसा मार गया। वहीं बैठा रहा।

दोनों सिपाही नजदीक आए। एक ने पूछा, "तुम कौन हो?"

मैंने अपना परिचय दिया तो उसने कहा, "इस सड़क पर हाकिम लोग रहते हैं। सात दिन हुए, जज साहब के यहाँ चोरी हुई है। इधर मत आया करो, नहीं तो कभी धर लिए जाओगे। मैं विद्यार्थी जानकर छोड़े दे रहा हूँ। चुपचाप भाग जाओ।"

मैं चुपचाप भाग आया। गलियों में चक्कर लगाता हुआ अपनी कोठरी तक पहुँचा। दरवाजा खोला ही था कि ऊपर के कमरे से फूला काकी की आवाज कान में पड़ी, "कौन है जो दरवाजा तोड़े डाल रहा है?"

फूला काकी को अब तक मैं अच्छी तरह जान चुका था। उनका युद्ध-प्रेम मुहल्ले-भर में विख्यात था। उनके जीवन-चरित्र के बारे में भी सबकी जुबान पर भाँति-भाँति की कहानी थी। प्राय: यही कहानी सर्वमान्य थी कि उनकी जवानी के दिनों में उनके पति ने दूसरी शादी कर ली थी। उसका कारण यह था कि उनके कोई बच्चा न था। सौत आ जाने पर घर में इतनी कलह होती और फूला काकी पर इतनी मार पड़ती कि उन्हें पति का घर छोड़ देना पड़ा। बाद में पता चला कि उन्होंने जब पति का घर छोड़ा, तब उनकी गर्भ की अवस्था चल रही थी। उसके बाद इनका जीवन कहाँ बीता, कहाँ बच्चा हुआ और उसका देहान्त कितनी उम्र में हुआ, यह शायद कोई नहीं जानता। केवल यही मालूम है कि वे बारह साल पहले यहाँ बसने के लिए आईं। एक दीवालिया बनिये से उन्होंने यह मकान खरीद लिया। अब इसके किराए से आराम से रहती हैं। खाने और सोने के समय को छोड़कर दूसरों से अपनी क्रूर और कर्कश आवाज में लड़ती रहती हैं। जब नहीं लड़ती हैं तो लड़ाई की योजना बनाती हैं।

अब तक उपन्यासों में से ऐसी बुढ़िया औरतों का चरित्र पढ़ चुका था, जो मकान-मालकिनें होती हैं, दुकानें रखती हैं, जिनके लड़के लड़ाई के मैदानों में

जाते हैं। बाद में वही सबकुछ नाटकों में और सिनेमा में देखा। सबके चरित्र में यही विशेषता रहती है कि मनुष्य-मात्र के लिए, नहीं तो निरीह, निर्धन बालकों के लिए उनके मन में करुणा की धारा निरन्तर बहा करती है। कुछ जबान की कर्कश होती हैं। बात-बात पर आसमान सिर पर उठा लेती हैं, परन्तु रमेश 106 डिग्री बुखार में पड़ा हुआ था—अकेला, उदास, मत्था तवे-जैसा तप रहा था कि किसी ने अपना शीतल हाथ मत्थे पर आकर रख दिया। कर्कश स्वर में कहा, 'अरे, यह तो मर रहा है! इसीलिए तू दिन-रात छाती फाड़कर मेहनत करता था?'

पर, नहीं, फूला काकी कर्कश थीं। हो सकता है, उनके जर्जर, झुर्रीदार हृदय में कभी करुणा की धारा बही हो, पर उसमें निमज्जित होनेवाले प्राणी अब तक इस संसार को छोड़ चुके होंगे। वह धारा किसी मरुस्थल में सूख चुकी थी। हम लोग उस मरुभूमि की बालू फाँकनेवालों में से थे। वे कह रही थीं, "रात को सिनेमा देखा जाता है रे! कभी पुलिसवाला धर लेगा तो रामबाँस कूटते-कूटते हाथ का सनीचर उतर जाएगा। इस मुहल्ले में रहना है तो दस बजे तक कमरे के अन्दर दिखाई दो और रात-भर आवारागर्दी करनी हो तो जाकर कहीं और मरो। इस मकान में शरीफ जात ही रह सकते हैं। उस सत्यानासी बदलुआ चौकीदार के कहने में आकर बिना घर-गृहस्थीवालों को कमरा दे दिया, उसी का यह दंड है...।"

वह बड़बड़ाती रहीं। मैंने चुपचाप कोठरी खोली और अँधेरे में दरी पर जाकर पड़ रहा। फर्श की सर्दी मेरी पसलियों से टकराती रही। मैंने समझ लिया कि मैं यहीं का हूँ। मेरी पढ़ाई ऐसे ही स्थान पर हो सकती है जहाँ चिराग की पीली रोशनी हो, फूला काकी की गालियाँ, रामप्रसाद की प्रार्थना, उसकी पत्नी की कराहें—सब मुझे पढ़ने को विवश कर रही हों, प्रेमचन्द की भाँति मैं सड़कों पर न पढ़ सकूँगा। उपन्यास लिखने के लिए कष्टों की आवश्यकता होगी तो अपने कष्ट काम-भर के लिए बहुत हैं। कम पड़ेंगे तो, किसी भी इस गली में रहनेवाले प्राणी से, कुत्ते-बिल्ली से लेकर रामप्रसाद कम्पोजीटर तक से उन्हें उधार माँग लूँगा।

तीन वर्ष इसी कोठरी में रहकर बिताए। इन दिनों नगर के जीवन का मुझे काफी बोध हो गया था। मित्तल और जोशी-जैसी जातियों के नाम मुझे अब चौंकाते न थे। स्कूल में अपने परीक्षा-फल के कारण मैं विद्यार्थियों और अध्यापकों में प्रसिद्ध हो चला था। ठाकुर अम्बिकेश सिंह मेरे ऊपर कृपा करते थे, इसलिए कि स्कूल के प्रत्येक जलसे में मैं उनके कहने पर देव और पद्माकर से लेकर भारतेन्दु या रत्नाकर तक के छन्द सुना देता था।

श्याममोहन अग्रवाल मेरे ही दर्जे में पढ़ा करता था। हिन्दी और इतिहास में वह बहुत अच्छे नम्बर लाता था। परन्तु, बाकी चार विषयों में बड़ी कठिनता से पास होता था। सातवें की वार्षिक परीक्षा में वह चार विषयों में फेल था। परन्तु, प्रमोशन पाने के कारण वह आठवें में मेरे ही साथ आया। यही बात उसके नवें और दसवें में प्रवेश पाने के समय हुई। मुझसे गणित पढ़ने के लिए वह मुझे प्राय: स्कूल ही में कुछ देर रोक लेता। कभी-कभी अपने घर भी ले जाता।

जब हमारी काफी घनिष्ठता हो चुकी तो मैंने उससे हजारों गुण सीखे। पहले उसने घर के सजाने पर मुझे कई व्याख्यान दिये : ये बाबू जी और उनकी कम्पनीवालों के फोटो हैं। इन्हें बरामदे में लगाया गया है। कुछ ऑफिस में हैं। ड्रॉइंग-रूम में सिर्फ ऊँचे आर्टिस्ट लोगों की फोटो लगाते हैं, यह सब नहीं। यह सोफा है। इसे अब तिरछा रखने का चलन है। इसके मुकाबले में दूसरी ओर दीवान रखा जाता है, और यह रेडियोग्राम है। रेडियो भी है और इसी में ग्रामोफोन भी है। इसे लगाना नहीं जानते? अरे, यह भी नहीं जानते? आई एम सॉरी फॉर यू। सीख लो, देखो, यह स्विच...।

और एक दिन, "रामदास दोस्त, क्या कहूँ, बाबू जी मुझे बिजनेस में ढकेलना चाहते हैं। कहते हैं, इंट्रेंस पास करके अपना काम देखो। मुझे इस मोटर के कारोबार से नफरत है। मैं तो गंगा के उस पार एक बँगला बनवाकर उसी में पड़ा रहूँगा। चारों ओर शान्ति और सुन्दरता छाई रहेगी। मैं वहीं रहकर कविताएँ लिखूँगा। तुमने पिछली बार मेरी कविताएँ नहीं सुनीं? पिछली बार जब इंस्पेक्टर आया था, तो स्वागतवाली कविता किसने पढ़ी थी? तुम्हें अच्छी लगी थी न? इतनी अच्छी थी तो अपनी ओर से क्यों नहीं कहा? मगर, रामदास, ये कविताएँ बोगस हैं। असली कविता आज सुनाऊँगा। चाय पी लो, तब सुनाएँ।"

उसके बाद, "प्याला उठाते वक्त तुम्हारा हाथ क्यों काँपता है? अच्छा, लो, अपने हाथ से चाय में चीनी मिलाओ। तुमने इसे भी मेज पर फैला दिया। अरे-अरे, मेरे प्याले में कितनी चीनी डालोगे? पूछा तक नहीं। हमेशा पूछकर डालनी चाहिए। मुझे सिर्फ एक चम्मच। बाबू जी डाइबेटिक हैं। यह हमारे खानदान का मर्ज है। हर खानदान में एक मर्ज होता है और एक विशेष प्रकार का दीखनेवाला अंग। मेरे खानदान में सब कोई डाइबेटिक हैं और सब के होंठ पतले हैं। 'डायबेटिक' नहीं जानते?

"हाय, डियर रामदास, तुम इतने जिगरी दोस्त न होते तो तुम्हारा भोंदूपन कभी भी माफ न करता। मेरी किस्मत भी क्या है! प्रेम भी हुआ तो तुम जैसे गँवार से या...या...सुषमा से।"

धीमे स्वरों में, "सुषमा को नहीं देखा? देखोगे? उसके खानदान का विशेष अंग आँखें हैं। उसकी आँखें देखोगे तो पागल हो जाओगे। जैसे मैं हो गया हूँ। तुमसे मुलाकात कराऊँगा। तुम साधु आदमी हो। कोई खतरा नहीं है।

"उसकी आँखें मुझे दिन-रात चैन नहीं लेने देतीं। सुनो, अब ये कविताएँ सुनो..."

श्याममोहन सदैव मुझे छोटी-छोटी बातें बताने के लिए उत्सुक रहता। न जाने क्यों उसके मन में यह महत्त्वाकांक्षा घर कर गई थी कि वह मुझे सभ्य और सुसंस्कृत बना दे, पर न जाने क्यों उसकी बातों से पहले तो मेरे मन में उत्सुकता पैदा होती और फिर कुछ दिनों बाद उन्हीं बातों पर मुझे उपेक्षा-सी होने लगती। एक दिन उसने मुझसे कहा, "चलो, तुम्हें आज मोटर में घुमाया जाए। माल रोड चलोगे?"

मैं मोटर में चढ़ने लगा। उसने दरवाजा खोला। हम अन्दर बैठ गए तो बोला, "तुम यार, कभी न सुधरोगे। सिर्फ इम्तिहान में अच्छे नम्बर लाने से न बनेगा।"

मैंने कहा, "आज क्या हुआ?"

बोला, "तुमने थैंक्यू नहीं कहा। तुम्हारे लिए मैंने मोटर का दरवाजा जो खोला था।"

मैं चुप रहा। वह कुछ देर मेरी ओर देखता रहा, फिर बोला, "सुनो रामदास, तुम मेरे असली दोस्त हो, प्रेम के नाते ये सब कहता हूँ। तुम धोती

घुटनों के पास तक क्यों पहनते हो? नीचे की ओर लटकाकर पैरों तक क्यों नहीं पहनते? यह तो बड़ा भद्दा लगता है।"

मैंने कहा, "मुझे अपने घर थोड़ा-सा काम है। साथ चले चलो, वहीं धोती और दूसरे कपड़े बदल लूँगा। फिर माल रोड चलेंगे।"

मोटर सड़क के किनारे खड़ी करा दी। श्याममोहन मेरे साथ पीछे-पीछे चला। लगभग एक फर्लांग चक्करदार गलियों में चलने के बाद पीछे मुड़कर देखा, कूड़े के ढेरों के पास लम्बे-लम्बे अस्वाभाविक डग रखता हुआ, नाक पर रूमाल लगाए वह चला आ रहा था। एक गाय ने उसे देखकर अपने सींग हिलाए। वह उछलकर गली में एक किनारे हो रहा। पैरों के नीचे राख और कूड़े का ढेर था जो किसी की छत पर से फेंका गया होगा, उसका जूता उसी कूड़े में लथपथ हो गया। मैंने उसका हाथ पकड़कर उसे आगे की ओर खींचा और हम दोनों गली में साथ-साथ चल पड़े। पर, इसी बीच में दो-तीन मरियल कुत्ते जिस्म में कीचड़ लपेटे तेजी से दौड़ते हुए आए और जगह न होने के कारण हमारे बीच से निकल गए। किनारे पर बहती हुई नालियाँ, उस पर पड़े हुए कूड़े के ढेर, उन पर खुलनेवाले शौचालयों के दरवाजे, इन सब पर पागलों की-सी एक विस्मित दृष्टि डालकर श्याममोहन ने अपनी आँखें फिर नीची कर लीं।

वह धीरे-धीरे चलने लगा और मुँह पर रूमाल लगाए हुए सानुनासिक स्वरों में बोला, "वापस लौट चलो, रामदास, मैं इस रास्ते से न जाऊँगा।"

तब मैंने चलते-चलते कहना शुरू किया, "सुनो, श्याममोहन, मेरे घर का यही रास्ता है। वहीं चलकर मैं तुमसे धोती पहनना सीखूँगा।" पर, मैं अपनी आवाज पर अधिक देर तक नियंत्रण न रख पाया और तेजी से कहने लगा, "तुम धोती बदलने को कहते हो, उसे नीचा बनाकर पहनने को कहते हो, पर मेरे पास वैसी धोती नहीं है। मैं अठगजी धोतियाँ पहनता हूँ। नीची धोती पहनने के लिए नौगजी धोतियाँ चाहिए। उनके दाम अधिक होते हैं। उन्हें मैं जान-बूझकर नहीं खरीदता। उनके साथ के लिए मुझे फिर जूते खरीदने पड़ेंगे। वैसी ही कमीज पहननी होगी। उन सबके साथ मैं इस गली में न रह पाऊँगा। अपने हाथ से खाना बनाकर बर्तन न माँज सकूँगा। जो खाना खाकर मैं इस

समय स्वस्थ बना हुआ हूँ, उसके सहारे मैं जी तक न सकूँगा। अभी मुझे धोती की ऊँचाई-नीचाई न दिखाओ। अभी मैं जहाँ हूँ, वहीं रहने दो। तुम मेरे जिगरी दोस्त हो और मेरी भलाई चाहते हो, उसके लिए कहो तो 'थैंक्यू' कह दूँ, पर मुझे अभी कुछ न सिखाओ। मैं जितना सीख रहा हूँ यही बहुत है। और आगे मुझे कुछ नहीं सीखना है।"

श्याममोहन मेरा हाथ पकड़कर पीछे खींचने लगा। रूमाल से नाक और मुँह ढका होने के कारण उसके शब्द स्पष्ट रूप से मेरे कान में नहीं पड़ सके। मैंने कहा, "वह नुक्कड़ देखते हो—वह परचून की दुकान, जहाँ वह गाय खड़ी है, जहाँ वे सुअर लोट रहे हैं, वहीं मेरा कमरा है। बस, सौ गज और चलना है।"

श्याममोहन ने नाक से रूमाल हटा दिया और घबराई आवाज में कहा, "रामदास, वापस चलो। मैं समझ गया। तुम मेरा मजाक उड़ाने को मुझे यहाँ लाए हो। मैं लौट रहा हूँ। एक कदम भी आगे न जाऊँगा।"

लगभग दौड़ता-सा वह वापस चला। मैं पीछे-पीछे। रास्ते में कोई बात नहीं हुई। सड़क पर आकर वह चुपचाप मोटर में बैठ गया। मैंने नीचे खड़े-खड़े कहा, "श्याममोहन, जाओ, कल तुम्हारे घर आऊँगा और कविताएँ सुनूँगा।" फिर अपने स्वभाव के विपरीत न जाने कहाँ की कटुता मेरे मन में भर गई और मैंने तेजी से कहा, "और, कल तक सोचकर बताना कि मैं अब भी तुम्हारा जिगरी दोस्त हूँ कि नहीं?"

वह कुछ न बोला। केवल हाथ जोड़कर उसने नमस्ते की और ड्राइवर को मोटर चलाने का आदेश दिया।

दूसरे दिन सवेरे, जैसे ही मैं स्कूल जाने को तैयार हो रहा था, फूला काकी झमकती हुई नीचे आईं और उन्होंने एक रुपया यानी दो महीने का किराया माँगा। मेरे पास कुल ग्यारह आने थे। उनको मैंने आठ आने देकर शान्त करना चाहा। अपनी आवाज से आसमान को कँपाते हुए वे बोलीं, "चोट्टा कहीं का! न किराया देना, न कुछ करना और चल दिया स्कूल को लाट कमंडर बनकर।

अगर यही कमरा किसी घर-गिरिस्तीदार को देती तो रोएँ-रोएँ से असीसता। यहाँ यह बदकार न मरता है, न माचा छोड़ता है।"

आसपास भीड़ जमा हो गई थी। मैंने सबके चेहरों की ओर एक उदास निगाह डाली। कुछ लोगों के पीछे रामप्रसाद कम्पोजीटर का चेहरा दिखाई दिया। उसने मुझे आँख से संकेत किया। मैं पीछे-पीछे उसके कमरे में गया। हनुमान जी की तस्वीर के पास से उसने एक डिबिया निकाली और उसमें से एक अठन्नी निकाली। धीरे से बोला, "इसे देकर पिंड छुड़ाओ। इस बदजात से दुश्मन का पीछा न पड़े। कैसे खड़े-खड़े इज्जत उतार ली!"

मैंने अठन्नी ले ली और कहा, "मैं इसे सात-आठ दिन में वापस कर दूँगा।"

मेरे चलते-चलते उसने कहा, "अरे भइया, जमाने की खूबी है, नहीं तो अठन्नी की क्या विसात! सात-आठ दिन में न हो तो पन्द्रह दिन के भीतर उसे लौटा देना।"

उसी दिन मैंने फूला काकी का कमरा छोड़ देने का निश्चय किया। ठाकुर अम्बिकेशसिंह को अपनी विपत्ति की कथा का आवश्यक भाग सुनाया। उन्होंने उसी दिन मेरे लिए दो व्यवस्थाएँ कर दीं। एक तो मुझे स्कूल के पास चपरासियों के रहनेवाली कोठरियों में से एक कोठरी रहने के लिए दे दी गई। दूसरे, मुझे स्कूल की प्रबन्ध समिति के मैनेजर के घर में दो छोटे-छोटे बच्चों को शिक्षा देने का काम दिला दिया गया। इस ट्यूशन के लिए मुझे पाँच रुपए मासिक मिलना निश्चित हुआ।

शाम को हेडमास्टर साहब के साथ मैं मैनेजर के यहाँ गया। इसी कारण उस दिन श्याममोहन के घर न जा सका। दूसरे दिन कक्षा में वह मुझसे मिला, पर उससे कोई विशेष बातचीत न हो सकी। गणित पढ़ने के लिए उसने मुझे रोका भी नहीं। न जाने क्यों, अपनी ओर से उससे बातचीत करने की मेरी विशेष इच्छा न हुई।

इसी प्रकार महीने बीतते चले गए।

स्कूल की ही एक कोठरी में रहते हुए ट्यूशन और छात्रवृत्ति के सहारे मैं अपेक्षाकृत सुख से रह रहा था। फिर अप्रैल का महीना आ गया। परीक्षा होने से कुछ दिन पहले श्याममोहन ने मुझे एक दिन रोककर गणित पढ़ना चाहा।

मैंने कक्षा ही में रुककर उसे लगभग दो घंटे पढ़ाया। चलते समय उसने कहा, "रामदास, आज हमारे साथ चलो, तुम्हें कुछ कविताएँ सुनाऊँगा।"

मुझे ट्यूशन पर जाना था। मैंने कहा, "आज नहीं, फिर आएँगे।" उसके बाद मैंने फिर कहा, "आजकल कविताओं की अपेक्षा गणित में मन लगाओ। परीक्षाएँ हो जाएँ तो उसके बाद दिन-रात हम-तुम साहित्य की चर्चा करेंगे।"

वह एक फीकी हँसी हँसकर चला गया।

मैं हाईस्कूल की परीक्षा के अन्तिम दिन अपनी सीट के पास से निकलनेवाला था कि श्याममोहन मिला और उसने मुझे एक लिफाफा पकड़ा दिया और उसके बाद एक विचित्र दृष्टि से मुझे देखता हुआ चला गया। लिफाफे के अन्दर जो कुछ था, उसके विषय में अपनी उत्सुकता दबाकर मैंने परीक्षा का पर्चा किया और बाहर आकर लिफाफा खोला। श्याममोहन का पत्र था। कुछ इस प्रकार लिखा गया था :

'मेरे जीवन-मरण के साथी,
हृदय का सम्पूर्ण स्नेह।

...तो तुमने निष्ठुरता का पाठ पढ़ लिया है। एक सच्चे स्नेही के हृदय पर आघात करके शान्ति के साथ न रह सकोगे। निर्दयी, मैंने तुम्हें अपना माना था। संसार की तमिस्रापूर्ण रजनी में जीवन-नौका के लिए तुम्हें ध्रुवतारा मानकर चला था, परन्तु तुमने मुझे प्रवंचना दी।

मैं जीवन की अनेक समस्याओं से संघर्ष करता चल रहा हूँ। मेरा हृदय छिन्न-भिन्न हो चला है। मुझे साहस बँधानेवाला, मेरे डगमगाते पाँवों को पथ पर ले आनेवाला कोई था तो वह तुम थे, पर तुमने मुझसे बात करनी बन्द कर दी है। तुम्हारी मधुर वाणी मेरे कानों के लिए नहीं है। मुझे दिखा-दिखाकर तुम अनेक व्यक्तियों से प्रेम-सम्बन्ध जोड़ रहे हो। हाँ, यह भी ठीक है। अब तुम्हारे स्नेह के अधिकारी जोशी और बाजपेयी हैं। अभागे श्याममोहन को पग-पग जीवन में निराशा और प्रवंचना मिली है। इस भाग्यहीन की जीवन-कथा में विषाद का एक और अध्याय जुड़ रहा है। पर, कोई बात नहीं, तुम यूँ ही निष्ठुरता दिखाते रहो, मैं अपनी वेदना को मूक होकर सह लूँगा...।

तुम मेरे उस दिन के व्यवहार से अप्रसन्न हो गए। तुम पर अपना अधिकार मानकर मैं तुम्हें झिड़कता था, तुमको नवीन युग का एक सफल व्यक्ति बनाना चाहता था। मुझे क्या पता था कि मेरी स्नेह-भावना का तुम इस प्रकार निरादर करोगे, मेरे केवल धनी होने के कारण इसी अपराध पर मुझे अपने प्रेम से वंचित कर दोगे! परन्तु, प्रियवर, धन का जीवन में कोई मूल्य नहीं है। क्या रवीन्द्रनाथ ठाकुर ने नहीं कहा है कि मनुष्य सबसे ऊँचा सत्य है? मैं सांसारिक वैभव की प्रवंचना भूलकर तुम्हारे व्यक्तित्व पर आसक्त रहा, मेरा प्रत्येक रहस्य तुमको विदित रहा; किन्तु हाय रे अभागे श्याममोहन, तेरे व्यक्तित्व को किसी ने भी परखने की चेष्टा न की। सांसारिक वैभव के परदे में छिपे हुए रहकर तुझे जो वरदान मिला, वह भी शाप हो गया। तेरे हृदय का दूसरा रूप...तेरा प्रिय रामदास भी तुझे नहीं पहचान सका। रो, अभागे हृदय, रो।

मैं तुम्हें यह पत्र भी न लिखता, पर जीवन के संघर्षों ने मुझे चकाचौंध कर दिया है। हताश होकर ही लिखना पड़ रहा है।

केवल तेरा—
श्याममोहन'

पत्र पढ़कर मेरे मन में श्याममोहन की भावुकता के लिए एक विचित्र प्रकार का लोभ-सा उत्पन्न हुआ। मेरी स्थिति का परिचय पाकर उसका अहंकार और भी जाग्रत हो उठा था। सम्भवत: वह मुझे यह दिखाना चाहता था कि संघर्षों (अठारह वर्ष की अवस्था में अपने संघर्षों की कल्पनामात्र से कितने गौरव का अनुभव होता है) का जन्म दरिद्रता से ही नहीं होता। संघर्ष किसी मित्र के अप्रसन्न हो जाने से, प्रेय के कुछ दिन न मिल पाने से, या सम्भवत: सवेरे के नाश्ते के लिए ठंडी चाय, कड़ा टोस्ट और मटमैली शक्कर देखने पर भी उत्पन्न हो सकते हैं।

दूसरे ही दिन मुझे सबेरे दस बजे की गाड़ी से झाँसी के उसी पहाड़ी भाग में पहुँचना था जहाँ अब से चार वर्ष पूर्व मैं ठेकेदारों की नौकरी करने गया था। अमजदअली का पत्र आया था। परीक्षा समाप्त होते ही वह फिर अपने

मामा के पास पहुँच रहा था। मेरे वहाँ पहुँचने पर गर्मियों में चलने के लिए मुझे भी कुछ काम मिल जाने की आशा थी।

जाने के पहले मैं श्याममोहन से मिलना चाहता था, परन्तु आठ बजे के लगभग स्कूल के चपरासी ने मुझसे बतलाया, "रामदास भइया, कुछ सुना? श्याममोहन बाबू घर से रफूचक्कर हो गए।"

मेरे पूछने पर बोला, "क्या पता, कहाँ गए! घर से पाँच हजार रुपया लेकर निकल गए हैं। पड़ोस के बंगाली बाबू की लड़की से सलूख था..." फिर आवाज धीमी करके, "उसे भी भगा ले गए हैं। हेडमास्टर साहब के यहाँ सेठ जी का आदमी आकर बता गया है। बंगाली बाबू के मुँह पर कालिख पुत गई। बेचारे पुलिस में खबर करने जा रहे हैं।"

मैं श्याममोहन के संघर्षों की कल्पना करता रहा। तीन-चार ट्यूटरों की पढ़ाई झेलनी पड़ती थी। भावुकता के आवेग सहने पड़ते थे।

प्रेम की ज्वाला में जलकर आँसुओं की धार से कविताएँ लिखनी पड़ती थीं। विरह...'अहह' कराहते इस शब्द को भोगना पड़ा। सुषमा के प्यार के पीछे माता-पिता, घर-द्वार छोड़कर किसी अपरिचित स्थान को भागना पड़ा।

मुझे भी यह संघर्ष चाहिए...सवेरे उठकर मलने को पड़े हुए गन्दे बरतनों का दर्शन, ट्यूशन के लिए मिले हुए मूर्ख विद्यार्थी, फटे हुए तल्लोंवाले जूते, तेल बचाने के लिए मशीन से छोटे किए हुए बाल—कोई मेरे इस वैभव को इन संघर्षों से बदल ले। मैं अपनी अवस्था के अनुकूल कल्पनाएँ करता रहा।

चौकीदार कहता रहा (वही प्रिय विषय), "वह तो खजांची है। जिसने जितना जमा किया, खजांची ने उतना ही दूसरे जन्म में सौंप दिया। श्याममोहन बाबू ने भारी पूँजी जमा की। इसलिए इस जन्म में सबकुछ पाया। अब कोई अपने हाथ से अपने पाँव में कुल्हाड़ी मारे तो कोई क्या करे!"

अमजदअली के साथ पन्द्रह दिन रह लेने के बाद इस बार नहर के ठेकेदारों के यहाँ पैंतीस रुपया मासिक पर मुहर्रिरी करते-करते मैंने एक दिन पुराने हिन्दी के अखबार में पढ़ा :

'प्रिय बेटा श्याममोहन,

अब घर लौट आओ। तुम्हारी माँ बीमार हैं। उनकी दशा बिगड़ रही है। तुम्हारी याद में उन्होंने खाना-पीना छोड़ दिया है। तुम जो चाहते हो, वही होगा। तुम्हारी इच्छा को कोई न तोड़ेगा। यदि रुपया चुक गया हो तो पत्र भेजो और अपना पता लिख दो। तुम पर कोई नाराज नहीं है।

—तुम्हारा पिता'

दो-ढाई महीने बिताकर जुलाई में मैं स्कूल आया। आते ही श्याममोहन से मिला। मुझे उसके समाचार जानने की सचमुच ही उत्सुकता थी।

उसके घर आते ही पता चला कि वह फर्म पर गया है। मैं वहाँ गया। शो-रूम से कुछ दूर हटकर एक छोटे-से कमरे में वह बैठा था। मुझे देखते ही बोला, "आइए, बैठिए।"

मैं उसके पास कुर्सी पर बैठ गया। बड़ी-सी चमकती हुई मेज, लेटर पैड, टेलीफोन व बिजली की घंटी, मोटरों की अनुकृति पर बने हुए, छोटे-छोटे आकर्षक पेपरवेट, कम्पनी द्वारा भेजी गई नई चमकती हुई विदेशी स्टेशनरी। मैंने धीरे से कहा, "तो आपने अब व्यवसाय का काम अपने ऊपर ले लिया?"

हालाँकि मैं कहना चाहता था, 'कहाँ गई तेरी कविता, गंगा के किनारेवाला बँगला, व्यवसाय से घृणा?'

पर, कमरे की निस्तब्धता, बाहर चमकती हुई रंग-बिरंगी मोटरें, आस-पास काम करते हुए व्यक्तियों की समादरयुक्त धीमी आवाज, कमरे में ऊपर जलती हुई—दिन के प्रकाश के प्रति उपेक्षाशील—मरकरी लाइट, नीचे फैला हुआ लाल कालीन, चमकदार पालिशवाली मेज, उस पर लगा हुआ मुलायम चमड़े का कवर और फिर श्याममोहन का सहज-गम्भीर स्वर, 'आइए, बैठिए'। इस सबने मेरे ग्राम्य व्याकरण को न जाने किस अतल में ढकेल दिया!

श्याममोहन ने एक बार मेरी ओर ऊपर से नीचे तक देखा और कहा, "आजकल आप क्या कर रहे हैं?"

मैंने बतलाया कि इंटरमीडिएट में आगे पढ़ने का इरादा है। हेडमास्टर साहब मेरे प्रथम श्रेणी में पास होने पर प्रसन्न हैं। मुझे आगे पढ़ने को प्रोत्साहित कर रहे हैं। क्षत्रिय स्कूल में इसी वर्ष इंटर की कक्षाएँ खुल रही हैं। स्कूल अब कॉलेज हो रहा है।

उसने अपने स्वर को अब कुछ ढीला किया। बोला, "मेरे लिए आगे का अध्ययन सम्भव नहीं रहा। पिछले वर्ष परीक्षा के दिनों मैंने अनेक मानसिक संघर्ष सहे थे। उस सबका फल तुम्हें ज्ञात हुआ होगा। मेरा तथा सुषमा जी का विवाह महीना-भर हुए, हो चुका है। उन्हीं की आज्ञा है कि मैं अब पिता जी की वृद्धावस्था में उनकी सहायता करूँ। आगे की पढ़ाई रोक देनी पड़ी है।" फिर कुछ सोचकर, "आप अवश्य पढ़े जाइए। मेरे योग्य कोई सेवा हो तो बताइएगा।"

मैंने बताना चाहा कि जब उसका भावुकतापूर्ण पत्र मुझे मार्च में मिला था तो किन कारणों से मैं तत्काल उसके पास नहीं जा पाया। परन्तु, न जाने क्यों, उस प्रश्न पर कुछ कहने की शक्ति मुझमें समाप्त हो चुकी थी। केवल इतना कहा, "मेरी सब समस्याएँ आपको विदित ही हैं। फिर भी, मैं तो अभी अपनी पढ़ाई चला ही रहा हूँ।"

कुछ याद-सा करते हुए उसने कहा, "हाँ, देखिए। मेरा छोटा भाई है, रामू। आठवीं में पढ़ता है। सम्भव हो तो कल से उसका ट्यूशन कर लीजिए।"

मुझे श्याममोहन के घर ट्यूशन करने का विचार अच्छा नहीं लगा। मैं चुपचाप बैठा रहा। कुछ सोचने का-सा अभिनय किया। अकस्मात् वह उठकर खड़ा हो गया। एक्टरों की-सी मुद्रा में पतलून की जेब में हाथ डालकर टहलने लगा और बिना मेरी ओर देखते हुए बोला, "इसमें आप संकोच न करें। मुझसे ज्यादा आपकी स्थिति को शायद ही यहाँ कोई जानता होगा। मैं आपकी सहायता करना चाहता हूँ। मैं जानता हूँ कि आप ट्यूशन करते हैं। जैसे सब जगह, वैसे ही मेरे यहाँ। रामू को पढ़ाने में आपको हिचक न होनी चाहिए।"

अब तक मैं कमरे की परिस्थिति का अभ्यस्त हो चुका था, इसलिए मैंने उत्तर में एक असंगत बात कही, "मैं हिचक नहीं रहा था। मैं केवल सोच रहा था तुम्हारे लिए मैं 'आप' कैसे हो गया?"

श्याममोहन ने मुड़कर मेरी ओर देखा और फिर हँसने लगा। इस बार उसके चेहरे पर कुछ दिन पहलेवाला भाव दिखाई दिया। बोला, "तुम इसी से परेशान हो गए? अच्छा, तो 'तुम' ही सही। कल से रामू को पढ़ाने आना। मैं शायद रोज कोठी पर न मिल पाऊँ, पर फोन पर आवश्यकता होने पर बात कर लेना।"

उठते-उठते मैंने कहा, "एक बात और, क्या सुषमा जी वही हैं जिनके साथ तुम्हारी बम्बई-यात्रा हुई थी?"

वह हँसता रहा। उसका अभिनय समाप्त हो चुका था। पहलेवाली स्वाभाविकता के साथ बोला, "क्यों जी, मेरे निजी मामलों में पहले तो तुम्हें कोई दिलचस्पी नहीं थी?"

"देखो रामदास, मैंने यदि इस जीवन में कुछ और नहीं किया तो भी मैं अपनी सफलता कम-से-कम इसी में मानता हूँ। मैंने समाज से मुठभेड़ की। जात-पाँत के मिथ्या आडंबरों को नहीं माना। सम्पत्ति द्वारा खड़ी की गई वर्ग-भेद की दीवारों को तोड़ दिया। सुषमा मेरे पड़ोसी बंगाली बाबू की लड़की है। वे मामूली स्थिति के क्लर्क हैं। जात के ब्राह्मण हैं। इस विवाह में मुझे मामूली संकट नहीं सहने पड़े हैं, पर समाज के विमुख जानेवालों को कभी भी फूलों की सेज नहीं मिलती। मैंने वह सब सहा है। पिताजी अब भी मुझे हृदय से क्षमा नहीं कर सके हैं। फिर भी...

"खैर, रामदास, जाने दो इस सबको। फिर कभी मिलना।"

अभी पुराना श्याममोहन जीवित है। सन्तोष की साँस लेकर मैं बाहर आया।

6

इंटरमीडिएट के दो वर्ष अपेक्षाकृत सुख में बीते।

इन दो वर्षों में विद्यालय के चपरासियोंवाले क्वार्टर में रहता रहा। अपना भोजन बनाना, अपने बर्तन मलना, दो ट्यूशन—एक मैनेजर के बच्चों का, एक श्याममोहन की कोठी पर। दूसरे ट्यूशन से 15 रुपए मासिक की आय, पहले से 5 रुपए की। प्रात:काल चार बजे से उठकर रात के बारह बजे तक का समय इन सब कामों में और अपनी पढ़ाई में बिताता।

आध्यात्मिक उन्नति के लिए चौकीदार द्वारा की जानेवाली भाग्य की मीमांसा सुनता।

विद्यालय खुलने के कुछ ही दिन बाद सुरेन्द्रसिंह से परिचित हुआ। शाम को मैं विद्यालय से बाहर निकल रहा था कि किसी ने पीछे से मेरे कन्धे पर हाथ रखा। घूमकर देखा, एक भीमकाय व्यक्ति, मुझसे डेढ़ फीट ऊँचा, कीमती सूट पहने, उँगलियों में रंग-बिरंगी अँगूठियाँ चमकाए कह रहा था, "सुरेन्द्रप्रताप बहादुरसिंह हूँ। आपसे बात करना चाहता हूँ। साथ आइए।"

मैं उनके साथ एक कम चलनेवाली सड़क पर टहलता हुआ निकल गया। उसे कॉलेज का सबसे अच्छा क्रिकेट का खिलाड़ी माना जाता था। सुना जाता था कि तराई के इलाकों में उसका कई हजार एकड़ का पुश्तैनी फार्म है। कॉलेज में वह पिछले वर्षों से पढ़ रहा था; परन्तु अब तक मेरा उससे व्यक्तिगत परिचय न हुआ था।

कुछ दूर चलने के बाद उसने पूछा, "कॉलेज की पॉलिटिक्स का कुछ हाल मालूम है?"

कुछ बातें मैं अवश्य जानता था, पर मैंने अपनी अनभिज्ञता प्रकट की। वह बोला, "मैनेजर की पार्टी हेडमास्टर से नाराज है। यह मैनेजर साला बड़ा खूसट है। कॉलेज को अपनी जीविका का साधन बनाए हुए है। हेडमास्टर साहब को अब तक परेशान करता रहा है। फिर भी सच्चाई से वे अपना काम करते चले आ रहे हैं। अब उसने हेडमास्टर साहब को अपमानित करने की सोची है।"

ठाकुर अम्बिकेशसिंह का मैं ऋणी था। उनका आदर करता था। मुझे क्षोभ-सा हुआ। पूछा, "कैसे?"

वह कहने लगा, "स्कूल इस वर्ष से कॉलेज हो गया है। दो महीने से हेडमास्टर साहब प्रिंसिपल का काम कर रहे हैं। मैनेजर उन्हें हेडमास्टरी पर उतारना चाहता है। इसी स्कूल के निकाले हुए पुराने मास्टर हैं बाजपेयी साहब। उनको प्रिंसिपल बनाने की सोच रहा है।"

सुनकर मुझे दुख हुआ। कहा, "पर हम लोग क्या कर सकते हैं?"

वह बोला, "कर सकने को तो बहुत कुछ हो सकता है। इलाके से चार बदमाश बुलाकर मैनेजर के सर पर सौ जूते लगवा दिये जाएँ। बस, ठीक हो जाएगा। बेईमान की दवा जूता। पर, हेडमास्टर साहब सिद्धान्तप्रिय व्यक्ति हैं, वे ऐसा नहीं चाहते।"

मैंने पूछा, "वे क्या चाहते हैं?"

"वे कहते हैं कि विद्यालय विद्यार्थियों का है। यदि विद्यार्थी उन्हें प्रिंसिपल रखना चाहें तो कोई दूसरा व्यक्ति प्रिंसिपल नहीं हो सकता।"

सुरेन्द्रप्रताप बहादुरसिंह ने मेरी ओर देखकर अपनी बाईं आँख के कोने को दबाया, और अपने होंठों को सिकोड़कर एक अद्‌भुत चेष्टा बनाई। यह चेष्टा वह प्राय: प्रत्येक वाक्य समाप्त करके दिखाता जाता था और इस प्रकार अपनी बातचीत के गम्भीर भाव को मिटाता चलता था। फिर बोला, "असल बात यह है कि हमने अपना प्रोग्राम सोच लिया है। हमने तय किया है, इस विद्यालय में दूसरे प्रिंसिपल को आने ही न दें। यदि ठाकुर साहब को प्रिंसिपल-पद से हटाया जाए तो हम लोग हड़ताल कर दें। मैनेजर के घर तक

जुलूस निकालें, उस साले की अरथी जलाएँ, होनेवाले प्रिंसिपल के घर पर धरना दें। उससे प्रतिज्ञा कराएँ कि वह प्रिंसिपल का पद नहीं लेगा। हर बात अहिंसात्मक ढंग से होने दें।"

मैं सोच में पड़ गया। विद्यार्थी-जीवन का यह पहलू मेरे लिए नया था। मैंने धीरे से कहा, "देखिए, यदि हम ऐसा करेंगे तो लोग क्या सोचेंगे? शायद लोगों का ऐसा विचार हो जाए कि हेडमास्टर साहब के ही कहने से हम लोग यह सब कर रहे हैं। ऐसी दशा में उनकी बदनामी हो सकती है। हम लोग उन्हीं से क्यों न पूछ लें?"

अपनी आँख को कुछ और दबाता हुआ वह बोला, "मैंने उनसे सबकुछ पूछ लिया है। उनका कहना है कि ये विद्यार्थियों के अपने सोचने की बातें हैं। वे न उन्हें रोकेंगे, न उनसे कुछ करने को ही कहेंगे।"

मुझे आघात-सा लगा। मैं उनसे आशा करता था कि वे विद्यार्थियों को इस प्रकार के कदम उठाने से रोकेंगे। मुझे चुप देखकर सुरेन्द्रप्रताप बहादुरसिंह ने कहा, "आपको कुछ और करने की आवश्यकता नहीं है। आप अपने दर्जे के तेज विद्यार्थी हैं। मॉनीटर हैं। हड़ताल के समय सबको बाहर निकाल लाना आपका ही काम है। इस आन्दोलन के लिए नारे बनाना होगा। वह भी आप बनाएँ। कुछ पर्चे छपाने पड़ेंगे। उनका लेख आप तैयार करें। आन्दोलन के आप प्रचार-मंत्री रहेंगे। और हाँ, मैनेजर के यहाँ का ट्यूशन आपको कल ही छोड़ देना पड़ेगा। इसके बदले में हेडमास्टर साहब दूसरा अच्छा-सा ट्यूशन दिला देंगे।"

उसके बाद के तीन महीनों में कॉलेज में क्या नहीं हुआ।

न चाहते हुए भी मुझे इस आन्दोलन में भाग लेना पड़ा। हड़ताल हुई, नारे लगे, पर्चे छपे, होनेवाले प्रिंसिपल के मकान पर धरना हुआ। मैनेजर की अरथी जलाई गई। उसके मकान पर ढेले फेंके गए। पुलिस का लाठी चार्ज हुआ। तीन-चार विद्यार्थी घायल हुए।

पर्चों के जवाब में पर्चे छपे। कुछ विद्यार्थियों ने हड़ताल समाप्त करनी चाही। उनको गालियाँ दी गईं। उन्हें पिटवाने की कोशिशें हुईं। कॉलेज डेढ़ महीना बन्द रहा। विद्यालय की दीवालों पर, सड़क पर चलनेवाले बाल-

कलाकार-श्लील-अश्लील चित्र बनाते रहे। खेल के मैदान में बकरियाँ चरती रहीं। हमारी सीटों पर अबाबीलें बीट करती रहीं।

ठाकुर अम्बिकेशसिंह समझाते, "मेरे लिए तुम लोग इतना त्याग न करो। मैं आसाम चला जाऊँगा। वहाँ मुझे एक कॉलेज में प्रिंसिपली मिल रही है। वैसे यह प्रजातंत्र है। तुम्हारी इच्छा को कौन टाल सकता है। पर, मेरे लिए यह सब न करो।"

तीन महीने बीते। वर्षा विगत शरद ऋतु आई। मैनेजर और उनकी पार्टी ने पद-त्याग किया, दीवानी में एक दावा भी दायर कर दिया। प्रबन्ध के लिए एक सरकारी समिति बनी। ठाकुर अम्बिकेशसिंह प्रिंसिपल नियुक्त हुए।

विद्यालय खुलने पर, प्रार्थना के बाद, उन्होंने गम्भीर मुद्रा में कहा, "हम अनुशासन चाहते हैं। विद्यार्थी-जीवन का यही तत्त्व है कि आत्मानुशासन सीखा जाए, भावों पर नियंत्रण रखा जाए। पिछले तीन महीनों में विद्यालय में जो कुछ हुआ है, वह हमारी प्रतिष्ठा को घटाने का कारण सिद्ध हुआ है। हमें यह विदित है कि विद्यार्थियों का इसमें सम्पूर्ण दोष नहीं है। फिर भी विद्यार्थियों ने कई अवसरों पर उच्छृंखलता दिखाई। हमारी आज्ञा का उन पर कोई प्रभाव न पड़ा। भविष्य में विद्यार्थियों को दत्तचित होकर अध्ययन करना चाहिए। विद्यालय का प्रबन्ध कैसे होता है, कौन करता है, इस सबसे उनका कोई सम्बन्ध नहीं। विद्यार्थी का सम्बन्ध पुस्तक से है, गुरु-शिष्य की एकाग्रता से है। सहनाववतु, सहनौ भुनक्तु...।"

मेरे लिए इस सबका परिणाम यह हुआ कि कुँवर सुरेन्द्रप्रताप बहादुरसिंह मेरे मित्र हो गए। मुझे वे कभी-कभी अपने साथ सिनेमा दिखाने लगे। पढ़ने के लिए अपनी किताबें देने लगे। मेरे सामने अपने नारी-ज्ञान के कोष का कुछ अंश उद्घाटित करने लगे :

"क्यों रामदास, अब तुम्हें पर लगने लगे हैं?

"शोभा को हिस्ट्री-क्लास में इस तरह क्यों देखते हो? उसकी तरफ न देखो, बड़ी जालिम है।

"मैं अब तक सौ रुपए खर्च कर चुका हूँ। तब कहीं जाकर परसों उसके ड्राइवर का कुछ कर पाया। वह भी इतना कि कॉलेज बन्द होने तक मोटर न

ला पावे। तो, वह कोई पुरजा खराब बतलाकर रास्ते में मोटर लिये खड़ा रहा। वह दर्जे के बाहर खड़ी अपनी मोटर का इन्तजार करती रही। मेरे ड्राइवर ने प्रार्थना की। मैंने कहा। तब मेरी मोटर पर चढ़कर अपने घर गई।

"बोली कुछ नहीं। सिर्फ धीरे से धन्यवाद दिया। पर इससे क्या! कब तक न बोलेगी?

"भई, तुम उसकी तरफ न देखो।"

मैंने शोभा को दूसरे दिन अच्छी तरह देखा। बहुत कम बोलनेवाली, बहुत अधिक आकर्षक। शाम को उसकी मोटर विद्यालय में ही खराब हो गई। सुरेन्द्रप्रताप बहादुरसिंह को उसे उसके घर पहुँचाने के कई अवसर मिले। वह कहता रहा, "कब तक? कब तक चुप रहेगी? एक दिन, कभी-न-कभी, वह मुझे समझेगी।"

मेरे मन में न जाने कैसी व्यथा-सी भर जाती। कभी-कभी सोचता कि शोभा से कह दूँ : उसका ड्राइवर खरीदा जा चुका है। मोटर का देर से आना या बिगड़ना एक षड्यंत्र-मात्र है; और कभी-कभी शोभा को देखकर मैं कुछ सोच ही न पाता। केवल उसे देखता।

और, एक दिन सुरेन्द्रप्रताप बहादुरसिंह का दिया हुआ समाचार : 'किस्मत तो देखिए कि टूटी कहाँ कमन्द...कल वह यहीं क्लास खत्म होने पर, पाँच मिनट मुझसे बातें करती रही, मेरे इलाके की बाबत पूछती रही। मैंने भी तराई में शिकार के वो किस्से सुनाए कि...और आज, उसके पिता का ट्रांसफर हो गया है। नहर के वे इंजीनियर हैं, यहाँ से वह नाम कटा लेगी।'

मुझे न जाने क्यों लगा कि मैं जाकर शोभा को बधाई दूँ। उसकी मुक्ति की उसे सूचना दूँ। मैंने उस दिन शोभा को अन्तिम बार ध्यान से देखा—कुछ नीली आँखें, कुछ भूरे बाल, भरे हुए होंठ, सबकुछ आकर्षक, रहस्यमय प्रतीत होता रहा।

शोभा के जाने के बाद कुँवर साहब मुझे दो-चार बार अपनी कोठी पर ले गए। कुछ ही समय में मुझे उनकी रुचि का पूरा बोध हो गया।

रेडियो में वे फिल्मी गाने सुनते। पत्रिकाओं में केवल स्त्रियों के चित्र देखते। जिन विज्ञापनों की प्रशंसा किसी फिल्म-तारिका ने की होती, उन्हीं से सम्बद्ध

वस्तुओं को माँगते। अंग्रेजी फिल्म केवल आलिंगन के दृश्यों के लिए देखते, गाना केवल स्त्री-कंठ का पसन्द करते। कोठी में भाँति-भाँति के चेष्टाओं वाले स्त्रियों के चित्रों की भरमार थी। एक तमोली की दुकान पर लगे हुए चीनी, अमरीकी, रूसी, हब्शी स्त्रियों के चार चित्र वे दो सौ रुपए में खरीद लाए थे। केवल वे कैलेंडर उनके अध्ययन-कक्ष में टँगे थे जिनमें विभिन्न रूपों की आकर्षक स्त्रियाँ अपने विभिन्न अंग दिखा रही हों।

पहले वे किसी उच्च कोटि के प्रिंसेज स्कूल में पढ़ चुके थे। अंग्रेजी अच्छी बोलते थे। अध्ययन के लिए उनके कमरे में अनेक अंग्रेजी किताबों की भरमार थी। पर वे प्राय: सब जासूसी उपन्यास थे, या दुस्साहसिक रोमांचपूर्ण कहानियाँ...अमरीकी काऊव्वाय-कथाएँ; बचा हुआ समय वे इस साहित्य के अध्ययन में बिताते।

वे विवाहित थे। किसी छोटी-मोटी रियासत की राजकुमारी से उनका विवाह हुआ था। विवाहित होने के उपलक्ष्य में, अपने शयनागार में कई फिल्म-तारिकाओं के अर्धनग्न चित्रों के बीच उन्होंने अपनी स्त्री के भी कई चित्र उन्हीं मुद्राओं में खिंचवाकर लगा रखे थे। उनकी पुस्तकों में कई किताबें नारी-यौवन, सौन्दर्य, स्वास्थ्य, विवाहित जीवन आदि विषयों पर थीं। अमरीकी नारियों की यौन-प्रवृत्तियाँ, यौन-जीवन के अनुभव आदि नामों की अनेक अंग्रेजी पुस्तकें भी थीं।

जब उनकी स्त्री राजकुमारी कभी-कभी नगर में आतीं तो वे किसी ऐंग्लो-इंडियन विशेषज्ञ को बुलाकर उनके शरीर की सज्जा करवाते, उनके मुँह पर एक बार वर्ण-विधान करने की फीस वह तीस रुपए लेती थी। अपने इस तीस रुपए के व्यय का वर्णन कुँवर साहब बड़े गर्व से करते।

कभी-कभी वे दरिद्रता के भाव से भी आक्रान्त हो जाते। तब वे मुझसे कहते, "भाई रामदास, अब तुम लोगों का जमाना आ रहा है। जमींदारी मिट रही है। अब तो हमें भी तराई के मलेरिया और मच्छरों में खेती करनी पड़ेगी। हमारे महाराज ने इस बात को समझ लिया है। मुझे वे फार्मिंग करने को कह रहे हैं, मँझले राजकुमार ट्रैक्टर की एजेन्सी लेंगे। छोटे राजकुमार कम्पटीशन में बैठेंगे। फॉरेन सर्विस में शायद आ जाएँ। इसीलिए मुझे प्रिंसेज कॉलेज से निकालकर यहाँ भेजा गया है। महाराज का कहना है कि उस कॉलेज की

पढ़ाई हमें सिर्फ आइवरी-टावर में बैठने लायक बनाती है। पर हमको जमाने के दुख-सुख झेलने हैं, इसीलिए..."

मैं कहता, "कुँवर साहब, यह तो हमारा सौभाग्य है। शायद इसी प्रकार आप जनसाधारण के कष्टों को जान सकें। जान जाएँ तो शायद उन कष्टों को दूर करने की चेष्टा करें।"

तब वे प्रिंसेज कॉलेज की कहानियाँ बताते। प्रिंसिपल ने उन्हें एक बार दो रुपएवाले क्लास में सिनेमा देखते देख लिया था। उन पर इसलिए जुर्माना लगाया गया कि वे बालकनी में क्यों नहीं बैठे। एक बार तमोली की दुकान पर उन्हें मोटर रोककर पान खाते देख लिया गया। प्रिंसिपल ने कड़ा जुर्माना किया और उनके पिता को एक कड़ी चिट्ठी लिखी। कहानी बताकर वे कहते, "पर रामदास, यह न समझो कि मैं जमाने से पीछे हूँ। मैं यह सब समझता हूँ। अब हमें जनता के दुख-दर्द में शरीक होना है। जनता से भागना नहीं है। इसी बात को सीखने के लिए मैं इस कॉलेज में भेजा गया हूँ।"

और ठाकुर अम्बिकेशसिंह हम लोगों को अपने दाएँ-बाएँ कभी-कभी खड़ा करके एकान्त में कहते, "तुम दोनों मेरे बेटे हो। तुम्हारी बहादुरी और दिलेरी से मैनेजर का प्रभाव समाप्त हुआ। सज्जनों ने कॉलेज के कार्यकलाप का प्रबन्ध अपने हाथ में लिया। शिक्षा का हित हुआ। तुम दोनों मेरे बेटे हो। जाओ, दिन-दूनी रात-चौगुनी उन्नति करो।"

कुँवर सुरेन्द्रप्रताप सिंह ने तृतीय श्रेणी में इंटर परीक्षा पास की। फिर कुसमय में पिता की बीमारी का हाल पाकर वे अपने इलाके में चले गए। बाद में पिता का देहान्त हो जाने पर उन्होंने सहर्ष कृषक-कर्म को स्वीकार किया। अपने कठोर जीवन के अनुभव वे बाद में पत्रों द्वारा लिखकर भेजते रहे। वे पत्र अब भी आते रहते हैं।

मैंने इंटर की परीक्षा प्रथम श्रेणी में पास की। फिर ठाकुर अम्बिकेशसिंह के पुत्र होने के नाते लखनऊ में ठाकुर राजेश्वरसिंह की कोठी पर एक कोने में एक छोटा कमरा पाकर उसमें रहना प्रारम्भ किया, यूनिवर्सिटी में नाम लिखाया और भविष्य के निर्माण के लिए अम्बिकेशसिंह से आशीर्वाद लेकर आगे पढ़ने का क्रम चलाया।

7

ठाकुर राजेश्वरसिंह बड़े आदमी हैं।

कृषि विभाग के वे पेंशन-प्राप्त ऊँचे अधिकारी हैं। विदेशी विश्वविद्यालयों में उन्होंने कृषि-सम्बन्धी अनुसंधान किए हैं। उसके परिणामस्वरूप इस देश में उन्हें उच्च पद मिला था। ब्रिटिश राज्य में सरकार जिस प्रकार से भी देश में कृषि की उन्नति की व्यवस्था करना चाहती थी, उसी प्रकार की योजना बनाने, फिर उस योजना को कार्यान्वित कर कृषि के क्षेत्र में उन्नतिहीन उन्नति दिखाने की उन्हें अगाध प्रतिभा मिली थी। उन्हें बाद में 'सर' का खिताब भी मिला। उनकी शादी एक रजवाड़े में हुई। दहेज में उन्हें लम्बे-चौड़े फार्म मिले, जिनका प्रबन्ध उन्होंने कारिन्दों के हाथ छोड़ दिया। अपने कृषि-सम्बन्धी अनुसंधानों का चमत्कार दिखाने के लिए इस विस्तृत द्वीप-खंड में और भी उर्वर भूमि मिल सकती थी। साथ ही, लखनऊ में रहने के लिए यह विशाल कोठी भी उन्हें मिली है। एक स्थानीय क्षत्रिय स्कूल है। उसकी प्रबन्ध समिति के वे अवैतनिक अध्यक्ष हैं।

उनको दिन-रात दस-पाँच आदमी घेरे रहते हैं। कुछ अध्यापक हैं, कुछ कलाकार हैं, कुछ सरकारी अधिकारी हैं, कुछ किसान हैं। कुछ उनके अनुभवों को सुनकर अपनी जीवन-प्रणाली को तदनुकूल बनाने की प्रतिज्ञा करते हैं। उनके कहे हुए मजाकों पर हँसते हैं। उनके समझाए हुए राजनीतिक सिद्धान्तों

को सर्वोच्च सिद्धान्त बताते हैं। उनसे किसी-न-किसी प्रकार की सहायता पाने की आशा करते हैं।

मैं भी इन्हीं दस-पाँच आदमियों में से एक था। मुझे कोठी में रहने के लिए एक कमरा मिला और बीस रुपया मासिक दान मिला। ठाकुर राजेश्वरसिंह का स्नेह मिला, जिसे दूसरों के सामने प्रकाशित करने में उन्हें जरा भी संकोच नहीं होता था :

"ये हैं ठाकर रामदाससिंह। इनसे मिलिए। सेल्फ-मेड विद्यार्थी हैं। ठाकुर अम्बिकेशसिंह इनको अपना पुत्र मानते हैं, और मैं ठाकुर अम्बिकेशसिंह को अपना छोटा भाई मानता हूँ।

"बहुत ही तेज विद्यार्थी हैं। कक्षा में फर्स्ट आते हैं। इस साल बी.ए. में फर्स्ट क्लास लाए और पाँचवीं पोजीशन तक इनका नाम रहा तो इन्हें लन्दन स्कूल ऑफ इकनॉमिक्स में भर्ती कराऊँगा। सरकार से वजीफा दिलाकर रहूँगा।"

ठाकुर साहब की एक कन्या थी। अवस्था सत्रह-अठारह वर्ष। बेबी के नाम से विख्यात थी।

बेबी को अपने नाम के अनुकूल काम करने का अधिकार था—कोठी के कोने में पड़े हुए मेरे कमरे में आकर मेरी चिट्ठियाँ पढ़ डालने से लेकर मेरी कमीजों से जूते तक साफ करने का। पर, मैं जानता था कि बेबी के रूप में घूमनेवाली इस युवती को इस बात का ज्ञान है कि उसके आकर्षण का कौन कितना अनुभव करता है। इस ज्ञान का परिचय वह दूसरों से बहुत अकड़कर टेढ़े-मेढ़े प्रश्न करने में, कुर्सी पर बैठकर तेजी से अपने पाँव हिलाने में, दौड़कर चलने में, दूसरों की नकल करने में और मजाक उड़ाने में देती थी।

बी.ए. में पढ़ते हुए मुझे अब अपने भविष्य का भी ध्यान आता था। अब तक की पढ़ाई निरुद्देश्य भाव में हुई थी, पर अब कभी-कभी मैं सोचता था कि दो-चार वर्ष के बाद ही मुझे कुछ करना पड़ेगा।

कुछ दिनों तक मेरी आँखों के आगे कुछ दृश्य नाचते रहे—जाड़े की रात, सड़क का चौराहा। बँगले, बिजली की रोशनी। बँगलों के बाहर लटकी हुई तख्तियाँ। आई.सी.एस.। सेशन जज।

मैं सोचता हूँ : यूनिवर्सिटी की पढ़ाई समाप्त कर मैं भी इन्हीं में जाने की सोचूँगा। पर, उस दिन मुझे ज्ञात हुआ कि उन बँगलों के दरवाजे मेरे लिए बन्द हैं।

मेरे एक मित्र रामानुज ने मुझे सब प्रकार की सेवा-श्रेणियों की नियमावली दिखाई। इन नौकरियों में प्रवेश करने के लिए प्राय: अवस्था की रोक थी। चौबीस या पचीस वर्ष तक की अवस्था तक के ही परीक्षार्थी इन परीक्षाओं में बैठ सकते थे। रामानुज ने अपने कमरे में मुझे यह सब नियमावलियाँ दिखाईं और कहता रहा, "कम्पटीशन से इन नौकरियों में आने के लिए काफी प्लानिंग से काम लेना पड़ता है। मेरे पापा ने मेरी अवस्था उसी समय दो वर्ष कम लिखाई थी, जब मैं मोंटिसरी स्कूल गया। इस समय मैं सत्रह साल का हूँ। मैं इक्कीस साल की उम्र में एम.ए. करूँगा। उसके बाद मुझे तीन मौके परीक्षा देने के मिल जाएँगे।"

"तुम्हारी उम्र क्या है?"

मैंने अनमने भाव से उत्तर दिया, "मुझे कम्पटीशंस में बैठना ही नहीं है, मेरी उम्र जानकर क्या करोगे?"

रामानुज ने कहा, "बड़े दुर्भाग्य की बात है। तुम ओवरएज हो गए हो। अगर तुमको एक मौका भी मिले तो इन परीक्षाओं में जरूर बैठना।"

उससे प्रान्तीय तथा अखिलदेशीय सेवाओं की परीक्षा नियमावलियाँ लेकर मैं अपने कमरे में वापस आया। मैं तेईस वर्ष का हो चुका था। मेरे लिए ये नियम बेकार थे। बी.ए. पास करते-करते मैं पचीसवें वर्ष का हो रहा हूँगा। निरुद्देश्य भाव से मैं ये नियम पढ़ता रहा। मैं जानता था कि इन नियमों को पहले से पढ़ लेने पर भी मेरा कोई लाभ न था। पर मुझे अपने ऊपर क्षोभ होता रहा कि मैंने बहुत पहले ही यह सब क्यों नहीं जान लिया।

अपने स्वप्न-भंग का मुझे उतना दुख न था। दुख यही था कि इन नौकरियों से सम्बन्ध रखनेवाले शैशव-स्वप्नों को मैंने प्रश्रय क्यों दिया। इन सबके साथ

बार-बार मेरे मन में एक और अबोध भाव उठ-उठकर मुझसे कहता रहा कि यह निराशा की स्थिति अप्रत्याशित नहीं है। मैं उनमें हूँ जो निराशा की स्थिति को आत्मीय समझकर लेते हैं। मुझे क्षुब्ध होने का अधिकार नहीं है।

कमरे के बाहर बेबी की हँसी सुनाई दी। ऊँची आवाज में वह चीख रही थी, "कम एलांग, कम एलांग, डार्लिंग! यस रामदास, कम आउट, बाहर आओ।"

मैं बाहर आया।

बेबी के साथ एक और लड़की मेरे कमरे की ओर आ रही थी।

इसकी भी अवस्था लगभग अठारह वर्ष की होगी। रंग विशेष गोरा न था, पर चेहरे की बनावट, कुछ लम्बी आकृति, अस्त-व्यस्त से बाल, दुबला शरीर, चंचलतापूर्ण चाल—इन सबने उसको बहुत आकर्षक बना दिया था। उसकी दोनों भौहें कुछ ऊपर उठी-सी थीं। उन्होंने और नुकीली नाक से चेहरे को कुछ गर्वमयी चेष्टा दे दी होती, पर होंठों के बीच छिपी हुई मुस्कान का सन्देह उस चेष्टा को प्रकट न होने देता था।

मुझे दिखाकर बेबी ने कहा, "यही हैं वह महाशय—रामदास दि ग्रेट!" फिर अपने पिता की आवाज की नकल करती हुई बोली, "यह हैं ठाकुर रामदाससिंह, इनसे मिलिए, सेल्फमेड विद्यार्थी हैं।" फिर अपनी स्वाभाविक चहक के साथ, "और यह है मिस...कोई मिस नहीं...इसे डार्लिंग कहिए। यह मेरी डार्लिंग है।"

बेबी की डार्लिंग ने मुझे सीधे देखते हुए कहा, "आप तो हमारे ही क्लास में हैं। शायद इकनॉमिक्स लिये हैं।"

तब मुझे ध्यान आया, यह लड़की हमारी ही कक्षा में पढ़ती है। शायद इसने मार्क्सवाद का कुछ अध्ययन कर लिया है। इसी कारण यूनिवर्सिटी की सब लड़कियों के विषय में सबकुछ जाननेवाला राजधर इसे कम्युनिस्ट कहकर मुझे कई बार बता भी चुका है।

मैंने स्वीकार किया कि मैं उसी की कक्षा में हूँ। उसके बाद हम लोग अपनी पढ़ाई से सम्बन्ध रखनेवाली कुछ बातें कर ही रहे थे कि बेबी का

कमरे के अन्दर से चहकता हुआ स्वर सुनाई दिया, "श्रीरामदाससिंह, नहीं, श्री आर.डी. सिंह, आई.पी.एस. सीनियर सुपरिंटेंडेंट ऑफ पुलिस, लखनऊ।"

हम दोनों कमरे के अन्दर घुसे। बेबी यूनियन पब्लिक सर्विस कमिशन की परीक्षा-नियमावली हाथ में लिये हुए जोर-जोर से आई.पी.एस. की रट लगा रही थी। मुझे देखते ही उसने कहा, "तो यह हाल हैं जनाब के! कम्पटीशन की तैयारियाँ हो रही हैं!"

इसके पहले कि मैं कह सकूँ, बेबी की डार्लिंग ने सामने मेज पर पड़े हुए पर्चे पर निगाह डालते हुए कहा, "तो आप आई.पी.एस. हो रहे हैं?"

बिना कोई अपराध किए हुए मुझे लग रहा था, जैसे मैंने किसी राजमहल में गुप्त मार्ग से अनधिकार प्रवेश करना चाहा हो और पकड़ लिया गया होऊँ। एक अनिश्चित हीनता की भावना के साथ मैंने कहा, "जी नहीं, मैंने तो कहा नहीं।"

उसने बेबी की ओर देखते हुए कहा, "समझ में नहीं आता कि लोग..."

पर बेबी ने उसे पूरी बात नहीं कहने दी, बोली, "ये कहें या न कहें, पर मैं तुम्हें बता रही हूँ, ये आई.पी.एस. हो रहे हैं। इन्हें पहले से अच्छी तरह देख लो।"

मेरी ओर भौंहों को एक व्यंग्यपूर्ण चेष्टा में उठाकर वह बेबी से बोली, "अच्छा, चलो, आज के लिए तुम्हारा इतना पागलपन बहुत है।"

फिर मेरी ओर, "अच्छी बात है, आप अपनी परीक्षा के लिए पढ़िए, हम लोग चलें।"

दूसरे दिन मैंने वे सब पर्चे रामानुज के कमरे में जाकर दे दिये।

रामानुज चटर्जी मेरे यूनिवर्सिटी के गिने-चुने मित्रों में था। उसके पिता किसी कॉलेज में प्रिंसिपल थे। वह स्वयं बड़ा ही कोमल, बड़ा ही सुरुचिपूर्ण और बुद्धिमान विद्यार्थी था। अपने भविष्य को लेकर उसके विचार बड़े स्पष्ट थे। उसने निश्चय किया था कि विश्वविद्यालय में पढ़ाई समाप्त करते ही वह सरकारी नौकरियों के लिए परीक्षाएँ देगा और तब तक देता रहेगा जब तक वह किसी अच्छी नौकरी को पा न ले। हर बात को बहुत सोचकर रुकते हुए

वह इस प्रकार एक फर्जी गम्भीरता के साथ बात करता था मानो वह किसी का इंटरव्यू ले रहा हो! प्रत्येक बात का उत्तर भी उसी प्रकार देता था। उत्तरों में विनोद तथा व्यंग्य का परिचय देनेवाले वाक्य प्राय: बर्नार्ड शॉ, आस्कर वाइल्ड और इब्सन के नाटकों में ढूँढ़े जा सकते थे।

रामानुज ने मुझसे कहा, "क्यों? काम हो गया?"

मैंने उसे बताया कि मेरे लिए वे नियम निरर्थक हैं, मैं तेईस वर्ष का हो चुका हूँ।

रामानुज के कमरे में ही राजधर बैठा था। मेरी बात सुनकर वह ठठाकर हँसने लगा। शान्त होने पर बोला, "यह अच्छा है। अब तुमको अपने भविष्य का निर्णय करने में कम पसोपेश रहेगा। अब तुम सीधे हमारी पार्टी में आ जाओ। नौकरी का चक्कर छोड़ो। बी.ए. पास करके हमारे साथ चलना होगा। हम दोनों मिलकर रचनात्मक कार्य करेंगे।"

राजधर किसी देशी रियासत से सम्बद्ध था। राजवंश का दूर से रिश्तेदार होता था। किन्हीं कारणों से उसके पिता राजकुल से अप्रसन्न हो गए। वहाँ पर चलते हुए जनआन्दोलन को उन्होंने अपने हाथों में ले लिया और वहाँ की प्रजा-परिषद के वे अध्यक्ष हो गए। प्रजा-परिषद के नेताओं को राजा के एक सम्बन्धी के अपने बीच में आ जाने से बड़ा बल मिला और उनके नेतृत्व का स्वागत किया गया। रियासतों में प्राय: सभी अधिकार और भोग उत्तराधिकार के नियम से प्राप्त होते हैं (किसी से अवैध सम्बन्ध करने का अधिकार तक)। इस ज्ञान के आधार पर राजधर के पिता ने उसे यूनिवर्सिटी की शिक्षा देने के लिए लखनऊ भेजा था। वे अब वृद्ध हो चले थे। राजधर की अवस्था लगभग पच्चीस वर्ष की थी। वह बी.ए. पास करके अपनी रियासत चला जाएगा। उसके विलयन की बातें हो रही थीं। उत्तराधिकार द्वारा वह अपने पिता के हाथ से नेतृत्व लेकर उसे स्वयं सँभालेगा। फिर कुछ दिनों बाद चुनाव होंगे।

राजधर की पार्टी क्या है, राजनीतिक सिद्धान्त क्या हैं, रचनात्मक कार्य क्या हैं—इन सब प्रश्नों का उत्तर देना असम्भव है, क्योंकि उसने स्पष्ट कहा, "हम वाद के चक्कर में नहीं पड़ते। जिस प्रकार भी जनहित सम्भव हो, उसे करना चाहिए। राज-परम्पराएँ अब इस बीसवीं सदी में आउट ऑफ डेट हो

गई हैं। उन परम्पराओं को समाप्त करके एक स्वस्थ और सुदृढ़ शासन की व्यवस्था होनी चाहिए। इस उद्‌देश्य की पूर्ति के लिए हमें परिश्रमी, ईमानदार व्यक्तियों की आवश्यकता है, जैसे तुम।"

राजधर के पास इस वादहीन, सम्भवत: तत्त्वहीन राजनीतिक ज्ञान के अतिरिक्त एक और प्रकार का ज्ञान भी अगाध मात्रा में था।

यूनिवर्सिटी में पढ़नेवाली प्राय: प्रत्येक लड़की के विषय में उसे सबकुछ विदित था। प्रत्येक के कुल-शील के विषय में घंटों बात कर सकता था। प्रत्येक को अपना मित्र समझता था। सिनेमा में उसके पास बैठनेवाली अपरिचित लड़कियाँ तक उसकी मित्रता की परिधि में आ जाती थीं।

इसीलिए मैंने उससे कहा, "आज तुम्हारी कम्युनिस्ट लड़की से परिचय हुआ। वह मेरे पड़ोस में ही रहती है।"

राजधर को समझने में देर न लगी। बोला, "अरे वह तो इंजीनियर साहब की लड़की है। घर में सिर्फ बाप-बेटी, दो आदमी रहते हैं। इतना भारी बँगला है, फिर भी किसी गरीब को एक कोना तक रहने को न मिले, और ऊपर से वह बनती है कम्युनिस्ट!"

उसी ने बताया कि उसका नाम अनिता है। उसके पिता किसी पेट्रोल कम्पनी में इंजीनियर हैं। प्राय: दौरे पर बाहर रहते हैं। अनिता यूनिवर्सिटी में पढ़ रही है। बँगले में प्राय: अकेली रहकर पढ़ती रहती है। हर विषय पर अपने विचार रखती है। हर विचार को प्रकट करने में विश्वास रखती है। राजधर उसका मित्र है। अनिता ने मेरे विषय में न जाने क्या समझा है। राजधर मेरे विषय में सही स्थिति का ज्ञान कराएगा।

सरकारी नौकरियों के विषय में रामानुज कहता रहा, "प्रत्येक व्यक्ति को सुखी होने का अधिकार है। समाज जितना अधिक-से-अधिक तुम्हें दे सकता है, उसे ले लेने में किसी प्रकार की लज्जा का अनुभव हमें क्यों हो? अगर समाज की व्यवस्था तुम्हें केवल नौकरी ही देकर सुखी बना सकती है, तो नौकरी क्यों न की जाए?"

"और ये सब सुधार की बातें...कि पढ़े-लिखे लोग देहातों में जाएँ, खेती करें, शिक्षा-प्रचार करें, यह सब आकर्षक प्रोग्राम हैं। सुनने में अच्छा लगता

है। मीलों तक फैली हुई हरियाली में, प्रकृति की गोद में पलते हुए, नए जीवन का, नई चेतना का सन्देशवाहक बना जाए—यह सब मीठी कल्पनाएँ हैं। जब मैं सात-आठ सौ रुपया महीना कमाने लगूँगा तो इस विषय पर नित्य व्याख्यान दिया करूँगा।"

राजधर ने कहा, "नहीं, तुम सिर्फ रुपया कमाना, व्याख्यान मैं दूँगा।"

बी.ए. की परीक्षा हो चुकी थी। रामानुज हॉस्टल छोड़कर अपने घर चला गया था। राजधर रुककर अपने प्रिय विषयों का ज्ञान बढ़ा रहा था। मैं निरुद्देश्य भाव से ठाकुर राजेश्वरसिंह की कोठी के कोने में पड़ा हुआ अपना समय बिता रहा था। शाम को कभी-कभी राजधर आ जाता तो हम लोग साथ-साथ घूम-फिर आया करते। शेष अवकाश में मैं किताबें पढ़ता, अमजदअली और सुरेन्द्रप्रतापसिंह को लम्बे-लम्बे दार्शनिक पत्र लिखता और सोचता।

ग्राम्य जीवन, सुरेन्द्रप्रतापसिंह के फार्म, चीते का शिकार, राइफलें, जीप, चमचमाती मोटरें, शोभा की मोटर, शोभा, शोभा की आँखें, बेबी, अनिता, सरकारी नौकरियाँ, कुहासा, कुहासे से ढके हुए वन, उनमें कोई भटक रहा है। पेड़ों के मोटे तने मिलकर एक दीवार-सी बना रहे हैं। उनके बीच की जगहों में अन्धकार और कुहरा छाया हुआ है। इसी भूल-भुलैया में कोई अन्धों की तरह भटक रहा है।

मैं अपने कमरे के बाहर टहल रहा था। रात के नौ बजे थे। मई के महीने की रात। कोठी में शोर-गुल मच रहा था। कुछ लोग जोर-जोर से हँस रहे थे। शायद किसी ने कोई बढ़िया मजाक की बात कही थी। मेरा कमरा कोठी के पिछवाड़े, अपने-आपमें सम्पूर्ण, एक छोटे-से क्वार्टर का एक भाग था। उसके कुछ दूर, दाहिनी ओर नौकरों के रहने के क्वार्टर थे। बाईं ओर घने पेड़ों के झुरमुट थे। उन झुरमुटों के पार टेनिस-लॉन था, एक स्विमिंग पूल था। उसके आगे फूलों की क्यारियाँ, कतार में लगे हुए यूक्लिप्टस के पेड़, वही कोठी की सीमा थी। उसके दूसरी ओर अनिता का छोटा-सा सुरुचिपूर्ण बँगला था।

मैं टहल रहा था। दो-एक दिन में परीक्षा-फल निकलेगा। मुझे रह-रहकर भविष्य अपनी ओर खींच रहा था। मैंने कल्पना में अपने को एम.ए. की डिग्री लिये हुए देखा, शायद मुझे यूनिवर्सिटी में लेक्चरर बना दिया जाएगा। यह सबसे अच्छा है। विद्यादान, पढ़नेवाले विद्यार्थी वयस्क अवस्था के हैं। ऊँची कक्षा है, बालकों के अपरिपक्व जड़ मस्तिष्क के साथ परिश्रम नहीं करना होगा। अध्ययन करके उच्चकोटि का साहित्य उनके सामने रख देना है। वे विद्वता का महत्त्व समझ सकते हैं। उनको पढ़ाना वैसा ही है, जैसे किसी की लिखी पुस्तक पर अपने नाम को प्रणेता मानकर लिख देना।

पढ़े-लिखों का, विद्वानों का, साथ होगा। मैं अर्थशास्त्र पर ग्रन्थ लिखूँगा, विश्वविख्यात पत्रिकाओं में मेरे लेख छपेंगे।

अच्छा हुआ, कम्पटीशन की उम्र निकल गई, नहीं तो किसी ऊँची-नीची सरकारी नौकरी में फँसना पड़ता। दिन-पर-दिन स्वच्छन्दता से दूर होते जाना पड़ता। दरिद्रता और अपमान के आघात सहकर मन में जो कुछ उत्पन्न हुआ है, उसी का हनन करना पड़ता। जिस जीवन ने मुझे ठुकराया, उसी को अपनाना पड़ता।

यह अच्छा हुआ कि अब मैं स्वतंत्र होकर सोचूँगा। स्वतंत्र होकर लिखूँगा। पहले चार ग्रन्थ अर्थशास्त्र के सिद्धान्तों पर, फिर पाँचवाँ भारतीय ग्रामों की आर्थिक स्थिति पर। यह ग्रन्थ विश्व-विदित बनाएगा। छठा ग्रन्थ होगा अपनी आत्मकथा; जो परिस्थितियों के गोरखधन्धों को तोड़कर आत्मबल पर आगे बढ़ा, विपत्तियों ने जिसे डराया नहीं, जटिलताएँ जिसे उलझा नहीं सकीं, उसकी आत्मकथा।

आत्मगौरव में फैला हुआ मैं टहलता-टहलता पेड़ों के झुरमुट के पास पहुँच गया था। एक ओर ईंट की चहारदीवारी थी। उसके ऊपर बेगनबेलिया की घनी बेल फैली हुई थी। केलों की घनी दीवार थी। पास ही आम के चार-पाँच पेड़ थे। उसके पीछे केलों के पास दो छायाकृतियाँ-सी दिखाई दीं। चौंककर ठिठक गया। धीमी उल्लासपूर्ण स्त्री-कंठ की हँसी हवा में बहती हुई, मेरे कान तक आई। फुसफुसाता हुआ एक पुरुष का स्वर सुनाई दिया।

यह बेबी थी। वह हँसती जाती थी और कहती जाती थी, "यू स्काउंड्रेल, यू रोग्।"

पुरुष उसे अपनी बाँहों में समेटे हुए धीरे-धीरे कह रहा था, "यह सातवाँ तरीका है। तुम्हारे होंठ पार्टनर के होंठों पर क्रॉस बनाते हुए मिलें।...इस तरह, स्टाइल नम्बर सेवेन।"

"यू रोग् !, यू स्काउंड्रेल।"

"यह है नम्बर एट।"

यह फिलिप था।

वह ठाकुर राजेश्वरसिंह का शोफर था। बचपन में किसी पादरी ने उसे पाला था। बाद में वह फौज में ड्राइवरी करता रहा था। लगभग तीन साल से ठाकुर साहब उसे रखे हुए थे। साँवले रंग का, छरहरा, लम्बा-सा, लगभग पैंतीस साल का युवक था। लम्बा चेहरा, पतली कटी हुई मूँछें, धूलभरे लम्बे बाल, ऊँची खाकी पतलून, चुस्त अमेरिकन जैकेट—इन सबसे यही लगता था कि हॉलिवुड के किसी फिल्मी दृश्य से उतरकर वह सीधे कोठी पर नौकरी करने चला आया है। मोटर के कल-पुर्जों का उसे अच्छा ज्ञान था। गाड़ी को साठ-सत्तर मील की रफ्तार पर, बिना दुर्घटना किए, चलाने की उसमें अच्छी क्षमता थी। उसके यही गुण थे। कुछ गुणों ने ठाकुर साहब को आकर्षित कर रखा था। मुझे जान पड़ा, बाकी गुणों ने बेबी को जकड़ लिया है।

न मेरी आँखें और कुछ देख सकीं, न कान कुछ सुन सके। मेरे ऊपर किसी भावहीन जड़ता ने आक्रमण-सा किया। थोड़ी देर मैं चुपचाप खड़ा रहा, फिर धीरे-धीरे वहाँ से हटकर मैं अपने कमरे में वापस चला आया।

उसके तीसरे दिन मेरा परीक्षा-फल निकला। पूर्ववत् मुझे प्रथम श्रेणी मिली थी। समाचार देने के लिए मैं ठाकुर राजेश्वरसिंह से मिलने जा रहा था कि राजधर मुझे अपने कमरे के बाहर मिला; देखते ही बोला, "हलो, कांग्रेचुलेशंस! पर यह तुम्हारी कोठी में क्या गोलमाल है! क्या घपला मचा हुआ है!"

मुझे कुछ भी पता न था। उसी ने बताया, "तुम्हारी बेबी सुबह से ही गायब है।" फिर स्वर को धीमा करके कहा, "फिलिप भी गायब है।"

मुझे विश्वास न हुआ कि बेबी का अविवेक इस सीमा तक जा सकता है। मैं शीघ्रता से ठाकुर राजेश्वरसिंह के यहाँ पहुँचा।

वे सोफे पर तिरछे होकर लेटे हुए थे। अखबार पढ़ रहे थे। दो-तीन व्यक्ति उनके पास बैठे हुए थे। मुझे और राजधर को देखकर उन्होंने अखबार पढ़ना बन्द कर दिया। मैंने उनका चरण-स्पर्श किया। इस क्रिया से वे सदैव प्रसन्न होते थे। पूर्ववत् मुस्कारते हुए उन्होंने आशीर्वाद दिया और बोले, "तो, बी.ए. आपने फर्स्ट क्लास में पास कर लिया!"

उत्तर में मैंने हाथ जोड़े।

बोले, "अब सरकार की ओर से आपको विलायत भेजने का इन्तजाम कराना पड़ेगा। कुछ छात्रवृत्तियाँ हैं। उनके लिए दरख्वास्त दीजिए। मैं चेष्टा करूँगा।"

फिर वे राजधर से बात करने लगे। कहते रहे, "आप तो अब जाकर अपने पिता जी के काम में हाथ लगाइएगा। मेरी सलाह का तो आपके लिए कुछ मूल्य है नहीं। नहीं तो कुछ और दिन पढ़ना चाहिए।"

राजधर ने पूछा, "बेबी कहाँ है, अंकल? उससे हमारे पास होने की शर्त लगी थी।"

उनका चेहरा एक क्षण के लिए म्लान-सा हुआ, फिर वे हँसते हुए बोले, "यही तो उसकी बातें समझ में नहीं आतीं। कल हम लोगों ने निश्चय किया था कि मसूरी चलेंगे और सवेरे वह दिल्ली चली गई है। अपनी माँ से बोली, 'हम पापा को सरप्राइज देंगे।' मुझसे बिना बताए हुए चल दी। केवल एक नौकर को साथ ले गई है।"

पर, शाम तक सब ओर यही चर्चा थी कि बेबी को फिलिप भगा ले गया है। सुना गया कि पुलिस में रिपोर्ट न कराके ठाकुर साहब निजी तौर से पूरी जाँच करवा रहे हैं। उसके दूसरे दिन ठाकुर साहब केवल अपने नौकर को लेकर मसूरी चले गए। अर्थात, दूसरे से यह कहकर कि वे मसूरी जा रहे हैं, वे घर से बाहर चले गए। लगभग दस दिन बाद उनका पत्र अपनी पत्नी के नाम आया। उन्होंने अपनी पत्नी तथा शेष बच्चों को मसूरी बुलाया था, जहाँ वे बेबी के साथ रह रहे थे। श्रीमती राजेश्वरसिंह भी सपरिवार मसूरी के लिए रवाना हुईं।

परन्तु नगर के परिचितों में अनेक प्रकार की कथाएँ प्रचार पाती रहीं। राजधर मुझे उनकी सूचना देता रहता। कुछ दिन बाद वह अपने घर चला गया। जाने से पहले उसने फिर मुझे एक बार अपने यहाँ आने का निमंत्रण दिया, स्थानीय राजनीति की कुछ गुत्थियाँ समझाईं, अनिता के विषय में बताया कि वह मेरी प्रतिभा से प्रभावित है, बेबी के विषय में कहा कि उसका कांड आसपास के दो-चार शहरों में प्रचारित हो गया है, ठाकुर साहब चाहे जितना छिपाएँ, पर दुनिया जानती है कि फिलिप बेबी को भगाकर दिल्ली ले गया। बेबी हमेशा फर्स्ट क्लास में चलती थी। स्टेशन पर दिल्ली के लिए एक पूरा कूपे रिजर्व कराया गया था। उसी से दिल्ली का पता चला। ठाकुर साहब ने उसे वहाँ ढूँढ़ निकाला। वह एक होटल में पाई गई। फिलिप भाग गया। ठाकुर साहब ने उसका पता नहीं लगाया। बेबी को लेकर मसूरी आए। आजकल वहीं हैं।

फिर बातें चल निकलीं—स्वयं शिक्षित नारियों में यह कौन-सा तत्त्व है जो उन्हें इतना अन्ध-बधिर बना देता है? बेबी ने एक अर्धशिक्षित ड्राइवर के कारण सदैव के लिए कितना भारी खतरा मोल ले लिया। पार्टनर, यही है फीमेल साइकोलॉजी। जब पाँसा फेंक दिया, तो फेंक दिया। द चिप्स आर डाउन।

राजधर चला गया। फिलिप-बेबी-कांड कुछ दिनों नगर की प्रतिष्ठित जनता के विचार-विमर्श का विषय बना रहा।

गर्मी की छुट्टियाँ थीं। इस बार फिर अमजदअली का पत्र आया। इंट्रेंस पास करके उसने नहर-विभाग में अमीनी कर ली थी। इस समय भी वह उसी स्थान पर काम कर रहा था। उसने मुझे गर्मी की छुट्टियाँ साथ बिताने के लिए बुलाया था। उसने एक योजना बनाई थी कि वह भी कुछ दिन के लिए छुट्टी ले लेगा। हम लोग साथ-ही-साथ विंध्य-प्रान्त में फैले हुए अनेक ऐतिहासिक स्थानों का भ्रमण करेंगे, प्रकृति के अपार ऐश्वर्य को अपनी आँखों से देखेंगे।

पर इस बार मैं उसके आमंत्रण पर जा न सका। मैं भीतर-ही-भीतर जानता था कि लन्दन स्कूल ऑव इकोनॉमिक्स की योजना कल्पना-मात्र है। मुझे जुलाई में अर्थशास्त्र की पढ़ाई जारी रखने के लिए एम.ए. में अपना नाम लिखाना होगा—यह बात मैं अपने मन में निश्चय कर चुका था। इस सम्बन्ध

में मुझे कुछ रुपयों की व्यवस्था करनी थी। प्रोफेसर सिन्हा (जो प्रोफेसर न थे; रीडर थे, पर उस नियम के अन्तर्गत प्रोफेसर कहलाते थे जिसके आधार पर हाईस्कूल के ऊपर की कक्षाओं में पढ़ानेवाला प्रत्येक शिक्षक प्रोफेसर कहा जाता है) ने मेरे ऊपर कृपा करके मुझे अर्थशास्त्र पर एक प्रारम्भिक पुस्तक लिखने का काम दिया था। मुझे वह पुस्तक जुलाई के पहले ही समाप्त कर देनी थी। प्रोफेसर साहब ने आश्वासन दिया था कि वे अपने प्रकाशन द्वारा इस पुस्तक के छपने की व्यवस्था कर देंगे और पेशगी के रूप में मुझे इतना रुपया मिल जाएगा कि मैं दो-चार महीना शान्ति से पढ़ सकूँगा।

इसी लोभ में मैंने अमजदअली के यहाँ जाने का विचार छोड़ दिया और दिन-रात उसी पुस्तक पर परिश्रम प्रारम्भ कर दिया।

जून के महीने में मैं सब प्रकार से अकेला पड़ गया था। ठाकुर साहब की कोठी खाली पड़ी हुई थी। दिन-भर प्राय: कमरे में रहकर मैं अपनी पुस्तक पर काम करता और रात को खाना खाकर कोठी के कम्पाउंड में टहलता। आमों के झुरमुट, आकाश की ओर उठते हुए यूक्लिप्टस के पेड़ों के छायाचित्र, हवा में सरसराती हुई कोमल डालें, इस अँधेरे में कुछ दूर जाकर अनिता के दुमंजिले कमरे की रोशनी। इस वातावरण में मुझे वह शान्ति मिलती जो आज तक मुझे कभी न मिली थी।

एक दिन इसी प्रकार टहलते-टहलते मैं कोठी के बाहर निकल आया। सड़क पर कुछ आगे बढ़ते ही अनिता के बँगले का फाटक पड़ता था। मैंने उसे फाटक के पास ही अकेली खड़ी देखा। मुझे देखते ही उसने कहा, "आप यहीं हैं? मसूरी नहीं गए?"

मैंने बताया कि मेरे मसूरी जाने का प्रश्न नहीं उठता। बातचीत के सिलसिले में मैंने बताया कि अर्थशास्त्र के मूल सिद्धान्तों पर मैं एक प्रारम्भिक पुस्तक लिख रहा हूँ।

वह व्यंग्यात्मक भाव से हँसी। बोली, "विद्यार्थियों के लिए?"

मैंने स्वीकार किया, "जी, विद्यार्थियों के लिए।"

वह मुस्कुराती रही। फिर बोली, "इससे आपको क्या लाभ होगा? विद्यार्थियों के लिए लिखने का काम तब कीजिए जब विश्वास हो जाए कि यह पुस्तक विद्यार्थियों की पाठ्य-पुस्तक हो जाएगी; नहीं तो कुछ और लिखिए। मैं बताऊँ, आपको क्या लिखना चाहिए?"

मैंने कहा, "आप कहेंगी कि पिछली परीक्षाओं के प्रश्नों के उत्तर लिखूँ।"

"यह भी ठीक है; नहीं तो पाठ्य-पुस्तकों की कुंजियाँ छपाइए। लेखक—एक ग्रेजुएट। फिर देखिए, इनके सहारे कितना यश मिलता है, और धन की क्या कमी!" फिर रुककर, "सुनिए, प्रोफेसर सान्याल की सबसे नई रिसर्च पुस्तक प्रकाशित हो गई है, देखी आपने?"

मैंने बताया कि मैंने नहीं देखी।

बोली, "पढ़ने योग्य पुस्तक है। इतिहास प्रवेशिका, कक्षा 5 के विद्यार्थियों के लिए, लेखक श्री आर.के. सान्याल, एम.ए., पी-एच.डी., ऑक्सफोर्ड। आप भी कुछ वैसी ही लिखिए। अर्थशास्त्र की रूपरेखा, प्रारम्भिक अर्थशास्त्र, अर्थशास्त्र-प्रवेशिका, कुछ ऐसी हों। कभी-कभी वे रिसर्च-ग्रन्थ एक अकेला विद्वान नहीं लिख पाता। तब दो-चार मिलकर लिखते हैं। लेखक : सान्याल और बोस। वैसे आप भी किसी के साथ मिलकर लिख डालिए।" वह फिर हँसने लगी।

मैंने कहा, "देखिए, आप केवल यही बात कह रही हैं कि कुछ विद्वान परिश्रमपूर्वक उच्चकोटि के ग्रन्थ न लिखकर केवल छोटी कक्षाओं के लिए किताबें लिखा करते हैं और केवल पैसे के लिए करते हैं, पर मैं तो उस वर्ग का हूँ नहीं। मेरे ऊपर आपकी बातें लागू नहीं होंगी।"

वह बोली, "आज नहीं तो कल आप उस वर्ग के अन्दर आ ही जाएँगे। तब इन बातों से आपको लाभ हो सकता है।"

मुझे यह सब बातें अनर्गल-सी जान पड़ीं, फिर भी, सिर्फ कुछ कहते रहने के विचार से मैंने कहा, "और आप यह क्यों समझती हैं कि विद्यार्थियों के लिए लिखी जानेवाली पुस्तकें बहुत नीची कोटि की ही होती हैं?"

उसने कहा, "आप अपनी पुस्तक मुझे देख लेने दें, तब इसका जवाब आपको दिया जा सकता है।"

मैं लगभग डेढ़ सौ पन्ने लिख चुका था। उसका कुछ अंश प्रोफेसर सिन्हा को सुनाया था। केवल कुछ संशोधन बताने के अतिरिक्त उन्होंने न इसकी प्रशंसा की, न निन्दा। मैं चाहता था कि कोई मुझसे स्पष्ट शब्दों में कहे कि मैं जो लिख रहा हूँ, उससे अर्थशास्त्र के क्षेत्र में विद्वानों को नए विचार मिलेंगे, उससे नए सिद्धान्तों का जन्म होगा, मेरी शैली अद्वितीय है, सरल भाषा में बड़े दुरूह भावों को जिस प्रकार मैं व्यक्त करता हूँ वैसी क्षमता साधारणतया किसी में नहीं पाई जाती।...

मुझे एक प्रशंसक मिलने की सम्भावना दिखाई दी। मैंने कहा, "मैं अपने लेख आपके पास भेज दूँगा, तब आप बताइएगा।"

उसने एक बार मुझे ऊपर से नीचे तक देखा। कहा, "थैंक्यू। इसी बहाने आपके लेख पढ़ने को मिल जाएँगे।"

मैंने उसी दिन अपनी अधूरी कृति उसके पास भेज दी।

दूसरे दिन दोपहर को वह मेरे कमरे में आई। आते ही बोली, "मैंने अपनी राय बदल दी है। आप वास्तव में बड़े ही अनडॉग्मैटिक तरीके से लिख रहे हैं। अब तक जो पुस्तकें इस प्रकार की आई हैं, उनको बिना पढ़े ही उनमें क्या है, आप जान सकते हैं। अर्थशास्त्र वह शास्त्र है जो मनुष्य को अर्थ के विषय में ज्ञान कराता है, यहीं से पुस्तक आरम्भ होती है। पर आपकी पुस्तक के विषय में यह नहीं कहा जा सकता।"

मैंने कहा, "इसी प्रकार की बातचीत करने के लिए डेल कार्नेगी ने भी कहा है। प्रशंसा के लिए धन्यवाद।"

वह हँसने लगी। बोली, "हाउ, टू विन फ्रेंड्स...। देखिए, मुझे मित्र नहीं ढूँढ़ने हैं। न मुझे दूसरों को प्रभावित करने की बीमारी ही है। जो दो-चार मित्र हैं, उन्हीं का बोझ ढोने की हिम्मत नहीं है।"...फिर, "सचमुच मैं आशा नहीं करती थी कि आप इस विषय पर इस प्रकार से लिख रहे होंगे। इसे पूरा कर डालिए। प्रकाशित कराने के बाद इसकी प्रतियाँ उच्चकोटि के समालोचकों के पास तो..."

मैंने कहा, "एक आपके पास भी भेजूँगा।"

एक सप्ताह के बाद मैंने पुस्तक की पांडुलिपि प्रोफेसर सिन्हा के पास पहुँचा दी और उन्होंने शीघ्र ही उसके प्रकाशन के प्रबन्ध का वचन दिया।

कुछ दिनों के बाद कुँवर सुरेन्द्रप्रताप बहादुरसिंह का पत्र आया। अपने फार्म के बारे में बहुत कुछ लिखने के बाद उन्होंने लिखा था :

'तुम सोच नहीं सकते कि इन्हीं दो वर्षों में मैं कितना बदल गया हूँ। कहने के लिए तो यह एक पूँजीपति का फार्म माना जाता है, पर यहाँ काम करनेवाले भूमिहीन मजदूर नहीं रह गए हैं। उनके मन में देश-सेवा की आग जल रही है। वे जानते हैं कि यदि फार्म में अधिक अन्न हुआ तो वह देश की सम्पत्ति होगा और आगे चलकर वह देश की दरिद्रता को दूर करने में सहायक होगा। यह फार्म एक को-ऑपरेटिव फार्म-जैसा है। रूस के कलखोज-फार्मों से इसका अन्तर यही है कि भारतीयता की पृष्ठभूमि पर इसके नियम बने हैं। फार्म पर काम करनेवाले प्रात: साढ़े चार बजे उठते हैं, सामूहिक प्रार्थना होती है, वहीं मैं उन्हें नवीन विचारों से अवगत कराने के लिए बातचीत भी करता हूँ। प्रवचन तो ऊँची चीज है; इसे बातचीत ही कहा जाए।

'मेरी आस्था है कि विदेशी तथा मिल के कपड़े का बहिष्कार हो। मजदूरों को गाढ़ा पहनने का आदेश है। मेरे कपड़े भी उसी के उपयुक्त हैं।

'तुम मुझे देख लो तो पहचानोगे तक नहीं। इतना बदल गया हूँ। सिर्फ तुम्हारे लिए जो स्नेह और श्रद्धा की भावना थी, वही नहीं बदली है। उसी के नाते, और तुम्हारे हित के लिए एक बात कह रहा हूँ। ठाकुर अम्बिकेशसिंह ने तुम्हारे भविष्य के लिए एक योजना बनाई है, और वह योजना बड़े-बड़े भाग्यवानों के लिए ही बन सकती थी। तुम उनके आदेश के अनुसार उस योजना को कार्यान्वित करना। तुम्हारी जिन्दगी में यह एक अपूर्व अवसर आ रहा है।

'ठाकुर अम्बिकेशसिंह से बातचीत का जो निष्कर्ष निकले, उसे सूचित करना।'

उस अपूर्व अवसर की रूपरेखा को जानने की उत्सुकता में मैंने तीन दिन बिता दिये। जीवन में पहली बार मैंने जाति-प्रथा की जी भरकर प्रशंसा की। यही एक बन्धन था जो मुझे ठाकुर अम्बिकेशसिंह के पुत्र-पद पर आरूढ़ किए हुए था। दिन-रात उनके आने की प्रतीक्षा करता रहा और भाँति-भाँति के दिवा-स्वप्नों में मन को भटकाता रहा।

वे आए। वही प्रसन्न मुखमुद्रा। बड़ी-बड़ी उमेठी हुई मूँछें, रोबीली धज। वही ब्रीचेज, जोधपुरी कोट, सुनहरे फ्रेम का चश्मा। आकर ठाकुर राजेश्वरसिंह की कोठी में अधिकारपूर्वक रुके। शाम के चार बजे तक जनस्वास्थ्य, शिक्षा आदि विषयों पर बातचीत करते रहे। फिर मेरे साथ चाय पीकर अकस्मात् प्रसन्न भाव से बोले, "चलो, तुम्हारी भी चिन्ता छूटी। बड़ी कठिनता से ठाकुर राजेश्वरसिंह तैयार हो पाए, पर अन्त में वचन दे ही दिया। और ठाकुर साहब के वचन का क्या मूल्य है, यह मैं जानता हूँ।" कहकर सर्वज्ञता के भाव से उन्होंने सिर हिलाया।

मैंने कहा, "सब आपकी कृपा और आशीर्वाद का फल है। पर, मेरे लिए आप लोगों ने क्या निश्चय किया?"

"निश्चय?" आश्चर्य की मुद्रा में आँखें फैलाकर वे मेरा मुँह देखते रहे, फिर धीरे-धीरे बोले, "सुरेन्द्र ने कुछ नहीं लिखा?"

सुरेन्द्र ने जो लिखा था, उसका वृत्तांत मैंने बताया। तब वे कहने लगे, "अरे भाई, झगड़ा देश और विदेश का था। ठाकुर राजेश्वरसिंह तुम्हें रिसर्च कराके डॉक्ट्रेट तक करा देने को तैयार थे, पर मेरा कहना था कि तुम्हें लंडन स्कूल ऑव इकोनॉमिक्स में भरती करा दिया जाए। यह तो वे खुद ही कहा करते थे। पर इस समय कोई वजीफा मिलने की आशा थी नहीं। इसीलिए यहीं सबसे ऊँची डिग्री तक तुम्हें पढ़ाने का खर्च देने को तैयार हो गए। परन्तु, हमने उनसे अब वायदा करा लिया कि विलायत का आधा खर्च वे देंगे और आधा सर जीतेन्द्रसिंह ट्रस्ट की ओर से दिलाया जाए। ठाकुर साहब खुद उसके ट्रस्टी हैं। यह काम उनके लिए कठिन नहीं।"

भावुकता के आवेग में उन्होंने मेरी पीठ थपथपाई। मुझे लगा, मेरी आँखों में आँसू आ जाएँगे। मैंने मन को दूसरी ओर फेरने के लिए जितने हास्यपूर्ण

किस्से पढ़े-सुने थे, सोचने शुरू किए। पर मेरा मस्तिष्क सुन्न-सा हो गया था। बार-बार यही लगा कि मैं रोऊँ, जी भरकर रोऊँ। फिर भी चेष्टापूर्वक मैं शान्त बैठा रहा।

शायद उन्होंने मेरे भाव पढ़ लिये। धीरे से बोले, "बस, शादी हो जाए। उसके बाद ही तुम्हारे पासपोर्ट, एडमीशन इत्यादि की लिखा-पढ़ी शुरू कर दी जाए।"

राख के ढेर में हाथ डालते समय जैसे कोई चिनगारी उँगली से छू गई हो! मुझे बिना कुछ सोचे हुए भी जान पड़ा कि कहीं कुछ असम्भव-सा है। मैंने कहा, "किसकी शादी? कैसी शादी?"

वे मुस्कुराए। उन्होंने चश्मा उतारकर साफ किया। इत्मीनान से उसे फिर नाक पर रखा और कहने लगे, "तुम्हारी शादी। क्यों, इसमें चौंकने की क्या बात है? ठाकुर राजेश्वरसिंह का दामाद होना साधारण गौरव की बात नहीं। तुम कहाँ थे, कहाँ पहुँच गए। धन और ऐश्वर्य के पीछे न जाकर केवल मनुष्यतत्व के नाते उन्होंने तुम्हें ही पसन्द किया है। ऐसी गुणग्राहकता कहाँ मिलेगी!"

मैं जड़ बना रहा। वे कहते रहे, "और, बेबी! वह तो मेरी बच्ची-जैसी है। मैं अपने मुँह से उसकी क्या प्रशंसा करूँ। और तुम भी तो उसे जानते हो। उस जैसी जीवन-सहचरी, साथ में उच्चतम कोटि की शिक्षा मिलने की आशा, महत्तम व्यक्तियों का सम्बन्ध। इसी को कहते हैं—कस्यात्यन्तं सुखमुपनतं... ।"

मैंने अपने-आपको कहते हुए सुना, "मास्टर साहब, मैं शादी नहीं करूँगा। यह सब निश्चय कर डालने के पहले मुझे आपने सूचित किया होता तो ठाकुर राजेश्वरसिंह से आपको इस विषय में बात करने का कष्ट न करना होता। मैं शादी नहीं करना चाहता। और जो कहिए, करूँगा।"

शायद मैंने बात जल्दी में कही हो, शायद मेरा गला भर्राया हुआ हो, दृष्टि में खोखलापन हो, मेरे मुँह पर आवेग हो—जो भी रहा हो, उसने उन्हें कुछ देर के लिए चुप कर दिया। फिर आहत स्वरों में वे बोले, "तुम अभी लड़के हो, रामदास। तुम्हें हिताहित का ज्ञान नहीं है। इस विषय में तुम्हारी बुद्धि कुंठित हो गई हो तो हम लोगों की बुद्धि के सहारे चलो। अभी जाकर घूम आओ। रात को सोच लेना। कल सवेरे आकर बात करना। मुझे भी कुछ मित्रों से मिलने जाना है। मैं कुछ देर बाद जा रहा हूँ।"

मुझे रात को बहुत न सोचना पड़ा। जब-जब इस समस्या पर गम्भीरता से विचार करना चाहता, तब-तब विलायत की पढ़ाई के साथ ही लन्दन का ध्यान आता। टेम्स का पुल और पार्लियामेंट-हाउस के देखे हुए चित्र मन में घुसते। फिर कभी पिकैडली और कभी शरलॉक होम्स स्कॉटलैंड यार्ड, फिर न जाने किस सम्पर्क के डिकेन्स और हार्डी के उपन्यास याद आते। वास्तविक समस्या पर मन जाना ही न चाहता।

सवेरे ठाकुर अम्बिकेशसिंह ने मुझे अवसर से लाभ उठाने के सम्बन्ध में एक लम्बा व्याख्यान दिया। मैंने केवल इतना कहा, "मास्टर साहब, आपने मुझे अपना पुत्र माना है। उसी नाते इस विषय में मुझे मजबूर न कीजिए।"

पर इसी तर्क पर उन्होंने तर्कों की एक नई शृंखला खोल दी। पुत्रों ने पिता की मान-रक्षा के लिए क्या-क्या नहीं किया। इस तथ्य की एक विद्वतापूर्ण ऐतिहासिक समीक्षा के बाद उन्होंने अपनी परेशानी जाहिर की कि मेरे अस्वीकार करने पर वे ठाकुर राजेश्वरसिंह को कैसे मुँह दिखावेंगे।

अन्त में मेरी मूर्खता, कृतघ्नता और कुरुचि को धिक्कारते हुए वे चले गए।

कुछ दिन बाद दो पत्र आए। एक पत्र में सुरेन्द्रप्रताप बहादुरसिंह ने मुझे जी भरकर गालियाँ दी थीं। बेबी के विषय में फैले हुए लोकापवाद का जिक्र करके उन्होंने लिखा था कि उन्हें आशा न थी कि मुझ-जैसा लायक आदमी ऐसी कुरुचिपूर्ण मिथ्या धारणाओं से प्रभावित होकर अपने जीवन के स्वर्णावसर को लात मार सकता है।

दूसरा पत्र अंग्रेजी में था। टाइप किया हुआ। मसूरी से ठाकुर राजेश्वरसिंह ने लिखा था :

'मुझे आपके निर्णय पर आश्चर्य और खेद है। आपके व्यवहार से बड़े अपमान का अनुभव कर रहा हूँ। अपने जीवन में आप मुझे उन गिने-चुने आदमियों में मिले जिन्हें पहचानने में मैंने भ्रम से काम लिया। फिर भी कोई चिन्ता नहीं, हम जीते हैं और सीखते हैं।

'आपके भविष्य-निर्माण के लिए महत्त्वपूर्ण प्रयास करने के बाद यदि मैं आपके भविष्य के प्रति निश्चिन्त हो जाऊँ और यह समझ लूँ कि मैं आपके लिए अनुपयोगी हो गया हूँ तो इसमें सम्भवत: कुछ अनुचित न होगा।'

बुझे हुए मन से दोनों पत्रों के उत्तर लिखकर मैं चुपचाप अपनी चारपाई पर लेट गया था। खिड़की खुली थी। उससे शाम का धुँधला आकाश दिखाई पड़ रहा था। बुझे-बुझे, मटमैले, लाल बादलों के चीथड़े अन्धकार में विलीन होते चले जा रहे थे। किसी ने दरवाजे पर धीरे से थाप दी। मैं चुपचाप निरुद्देश्य लेटा रहा। कुछ न बोला। फिर धीरे से दरवाजा खुला। मैं पूर्ववत् खिड़की की ओर मुँह किए लेटा रहा। किसी को देखने की, किसी से बात करने की इच्छा न हुई।

अनिता का स्वर सुनाई दिया, "क्षमा कीजिएगा, मैं हूँ।"

मैंने करवट बदली। उठना चाहा, पर उठा नहीं। लेटे-ही-लेटे मैंने कहा, "बैठिए।"

वह मेरी चारपाई के पास कुर्सी पर बैठ गई। फिर उठकर उसने स्विच दबाया। कमरे में बिजली की रोशनी फैल गई। कुर्सी पर आकर वह फिर चुपचाप बैठ गई। मेरी ओर देखा। फिर मातमपुर्सी-जैसी करती हुई बोली, "आई एम सॉरी, रामदास।"

मैं आश्चर्य से उठकर बैठ गया। बोला, "आपको कैसे मालूम हो गया? और, इसमें इस प्रकार शोक प्रकट करने की क्या बात है?"

वह मेरे मुँह की ओर देखती रही। फिर बोली, "इस धोखेबाजी से तुम बिलकुल विचलित नहीं हुए? तुम्हें बुरा नहीं लगा क्या? तुम सिन्हा साहब के लिए ही यह सब लिख रहे थे?"

मैंने हतबुद्धि की भाँति पूछा, "मैं सिन्हा साहब के लिए क्या लिख रहा था?"

उसने चारपाई पर एक किताब फेंक दी। मैंने उसका नाम पढ़ा, 'आरम्भिक अर्थशास्त्र, लेखक डॉ. सिन्हा, एम ए., पी-एच.डी.।'

अब सब स्पष्ट हो गया। मैं फिर पहले की भाँति चुपचाप लेटा रहा। कुछ देर हम दोनों मौन रहे। अनिता दीवाल पर लगे हुए एक कैलेंडर की ओर देखती रही। मैं उसको देखता रहा।

अकस्मात् इस क्षोभ, निराशा और घुटन के नीचे दबकर मेरे मन को कोई भारी कमी महसूस हुई। न जाने कितने वर्षों से मैंने किसी से खुलकर बातें न की थीं। सब प्रकार के मानसिक और शारीरिक संकट अकेले ही सहे थे। इसीलिए मैंने अनिता से कहा, "अनिता, मैं सचमुच ही बहुत दुखी हूँ। मुझे

इस बात का भी उतना कष्ट नहीं कि प्रोफेसर सिन्हा ने मेरी लिखी पुस्तक को अपने नाम से प्रकाशित करा लिया। यह बेईमानी है, पर बेईमानी के इस जगत्व्यापी प्रहसन में सिन्हा साहब का पार्ट बड़ा साधारण है। मुझे इस घटना का उतना क्षोभ नहीं है, जितना एक और घटना का। मेज पर दो पत्र पड़े हैं, उन्हें पढ़ लो, तब तुम जान सकोगी कि मुझे बिना किसी अपराध के किस प्रकार से कृतघ्न और अशिष्ट माना जा रहा है।"

अनिता ने सुरेन्द्रप्रताप बहादुरसिंह का और ठाकुर राजेश्वरसिंह का पत्र पढ़ा। फिर थोड़ी देर चुप रहकर बोली, "यह बेबी का अपना रहस्य है, पर यहाँ बता देने से शायद तुम्हें अपने फैसले की यथार्थता का बोध हो जाएगा। वह स्वयं इस सम्बन्ध को नहीं चाहती है। उसने मुझे पत्र लिखे थे। लिखा था कि ठाकुर साहब उनके परिवार के विरुद्ध फैली हुई समाज की खलबली को मिटाने के लिए ही तुम्हारे साथ उसकी शादी शीघ्रता से कर देना चाहते हैं। उसके मन में तुम्हारे लिए कोई आकर्षण नहीं है। अगर तुमने शादी कर भी ली होती तो तुम्हारा सुखी होना कठिन होता।" उसके बाद धीरे से बोली, "शायद बेबी के साथ किसी का भी सुखी होना कठिन होगा। वह अपने-आप तक से सुखी नहीं है।"

मैंने कहा, "पूरी बात सिर्फ मुझे, बेबी को या अपने-आपको सुखी बनाने-भर की नहीं है। तुम्हें पूरे प्रस्ताव की शर्तें मालूम नहीं हैं। बेबी से विवाह करने के उपलक्ष्य में मुझे इस देश में या विदेश में मनमानी पढ़ाई करने का मौका मिल जाएगा, नहीं तो ठाकुर राजेश्वरसिंह की उपयोगिता को अस्वीकार कर देना होगा। मैंने अब तक बहुत अपमान झेले हैं। अपमान से इतना मोह अब नहीं रह गया है कि अपने मन में लपेटकर विदेश जाकर कुछ डिग्रियाँ ले आऊँ। शायद अब मैं वे डिग्रियाँ अपने सहारे इसी देश में ले सकता हूँ। ज्यादा-से-ज्यादा सिन्हा साहब जैसे लोगों के साथ अपनी बुद्धि बेचनी पड़ेगी। पर, अब वह कठिन नहीं है। आज से आठ वर्ष पहले यदि यह प्रस्ताव आया होता तो शायद मैंने इसे मान लिया होता। तब अपमान नामक वस्तु मेरे लिए संज्ञा-भर थी और भविष्य मेरे लिए सीमाहीन विभीषिका-जैसा था, पर अब ऐसा नहीं हो सकता।"

अनिता मेरी बातों को ध्यान से सुनती रही। उसने अपना सिर झुका लिया था। उसकी स्वाभाविक उद्धत भौंहें, नुकीली नाक, पेसिल-चिह्न-जैसे होंठ—सब एक रेखा में शान्त विचारशील मुद्रा के साथ मेरे विक्षोभ को वहन कर रहे थे।

मैं कहता रहा, "और, इसी के साथ वह प्रश्न है, जिसे बेबी के विरुद्ध लोकापवाद कहकर सुरेन्द्र ने अपने पत्र में मेरी कुरुचि को धिक्कारा है। परन्तु, कुरुचि का प्रदर्शन इसमें मैं नहीं कर रहा हूँ, स्वयं वे कर रहे हैं जो बेबी के शुभचिन्तक और अभिभावक हैं। यदि ठाकुर राजेश्वरसिंह ने बिना इस अपवाद से प्रभावित हुए, इन दिनों बेबी की शादी करनी चाही होती तो भी दूसरी बात थी, पर जिस जल्दी में मेरे सहारे वे बेबी को बाँध देना चाहते हैं, उससे बेबी का गौरव बढ़ता नहीं। जो कुछ गौरव उसके पास बचा है, वह समाप्त ही हो जाता है।"

मैंने अनिता की ओर देखा। वह उसी प्रकार मेरी बातों को सुन रही थी। मेरे मन में अचानक विचार आया कि मेरा इस विषय में कुछ कहना-सुनना अनावश्यक है, अनर्गल है। मेरी एक छोटी-सी समस्या है, अनिता का उससे कोई सम्बन्ध नहीं। इसलिए मैंने क्षमा-याचना के भाव से कहा, "पर मैं बेकार ही तुम्हें इस विषय में सबकुछ सुनाकर परेशान कर रहा हूँ। इसमें कोई भी नई बात नहीं है। ऐसे मौके पर लोग जैसा करते आए हैं, वैसा ही अब भी कर रहे हैं।"

अनिता ने मेरी ओर आँखें उठाकर देखा, जैसे मेरे भावों को पढ़ने की चेष्टा कर रही हो, फिर बोली, "मैं सोच रही थी कि जो हुआ सो हुआ, अब भविष्य का विचार किया जाए। तुम्हारा निर्णय सही ही हुआ है। उस पर सोचना बेकार है। अब यह तो निश्चित ही है कि तुम्हारा यहाँ रहना उचित नहीं है। अब ठाकुर साहब से तुम्हारे लिए सहायता लेने का प्रश्न नहीं उठता।"

मैंने कहा, "इस सबके बाद शायद अब मैं किसी की भी सहायता न ले सकूँ।"

वह शीघ्रता से बोली, "ऐसा कैसे हो सकता है? आत्मनिर्भर होना सिर्फ किताबों की बात है। समाज में रहते हुए हम जो कुछ भी पाना चाहते हैं, दूसरे तत्त्वों की सहायता से ही पाते हैं। अब भी तुम्हारे दो-चार साथी होंगे जो तुम्हारे बारे में चिन्तित होंगे। उनको भुला दिया जाए, ऐसा कैसे होगा?"

मैंने कोई उत्तर न दिया तो उसने धीरे से मुझे समझाते हुए फिर कहा, "और, देखो रामदास, तुम अकेले नहीं हो। यह शताब्दी ही नवयुवकों पर आघात करती है। न जाने कितने आहत, अपंग विद्यार्थी इसी यूनिवर्सिटी में मिल जाएँगे। वे सब एक-दूसरे की भाषा समझते हैं, एक-दूसरे के अतीत से और भविष्य से परिचित हैं। केवल एक-दूसरे का नाम नहीं जानते हैं। पर, एक बार जान लेने पर भूलते नहीं। उन सबकी चेष्टाओं को तुम कैसे ठुकरा सकते हो?"

मैं चुपचाप लेटा रहा। खिड़की के बाहर बूँदाबाँदी हो रही थी। बाहर, सहन में सामान को अन्दर ले जाने के लिए दरबान और माली की चीख-पुकार सुनाई दी। वर्षा का पहला दिन। बादलों की हलकी गरज, बिजली की चमक में पश्चिमी क्षितिज पर फैलते हुए काले बादल दिखाई दिये। हवा का एक झोंका अन्दर आया। हलकी-सी सिहरन, बूँदों के साथ तपी हुई पृथ्वी के सम्पर्क की पहली स्वस्थ गन्ध चारों ओर फैल गई।

अनिता ने धीरे से कहा, "और मैं भी तुम्हारे लिए इतनी अपरिचित नहीं हूँ। कुछ समझकर ही तुमने मुझसे अपनी बातें बताई हैं। मेरी शक्तियाँ बहुत कम हैं। कुछ और न कर सकूँ, फिर भी तुम्हारी कठिनाइयों के बारे में तुम्हारे साथ सोच तो सकती ही हूँ। उसमें भी तुम्हें आपत्ति होगी?"

8

तीन वर्ष और बीत चुके हैं।

मैं अर्थशास्त्र में एम.ए. की डिग्री ले चुका हूँ। वकालत की परीक्षा भी दे चुका हूँ। एक वर्ष से उत्तर प्रदेश के किसानों में कर्ज की समस्या पर शोध का काम कर रहा हूँ। पिछले दो वर्ष से यूनिवर्सिटी के ही एक छात्रावास में रह रहा हूँ।

आरम्भिक अर्थशास्त्र के छपने के बाद मुझे जिस क्षोभ से लड़ना पड़ा था, उसे पराजित करने में सिन्हा साहब द्वारा दिये गए डेढ़ सौ रुपयों ने बड़ी मदद की थी। उसके बाद इस प्रकार की कई पुस्तकें और कई निबन्ध अब तक प्रकाशित हो चुके हैं। केवल लेखक के स्थान पर किसी दूसरे का नाम है। एक दैनिक पत्र के सम्पादकीय भी सम्पादक के नाम पर प्राय: लिखता रहा हूँ। एक प्रकाशक के लिए टार्जन के कुछ कारनामों की एक अंग्रेजी किताब का गुमनामी अनुवाद भी कर चुका हूँ।

बड़े प्रयास के बाद एक कॉलेज में छोटी कक्षाओं को पढ़ाने का काम भी पिछले साल से मिल गया है। यह काम पार्टटाइम है, पर जितना पढ़ाना पड़ता है, उससे मेरी और पूर्णकालिक अध्यापकों की हैसियत में कोई अन्तर नहीं रह जाता है। वेतन अस्सी रुपया मासिक! पर, उन अस्सी रुपयों में बीस रुपया मासिक कॉलेज को दान के रूप में देने पड़ते हैं। अर्थात, अस्सी रुपया

मासिक वेतन की हैसियत रखता हूँ, साठ रुपया मासिक वेतन पाता हूँ। मई के महीने में मुझे नौकरी से निकाल दिया जाएगा, इससे कॉलेज की दो महीने की तनख्वाह की बचत हो जाएगी। जुलाई में मुझे फिर रख लिया जाएगा। यदि मैं फिर नौकरी न करना चाहूँ तो, अनिता के शब्दों में, इस यूनिवर्सिटी में मेरे-जैसे बहुत-से आहत और अपंग हैं। इस बात को कॉलेज के अधिकारीगण जानते हैं।

मैं रिसर्च कर रहा हूँ। प्रोफेसर सिन्हा मेरा निर्देशन कर रहे हैं। दो वर्ष बाद मुझे 75 रु. मासिक रिसर्च के लिए वजीफा मिल सकता है। किसी विश्वविद्यालय के इस विभाग में किसी अध्यापक का पद खाली होगा, वह भी मुझे मिल सकता है। वह औरों को भी मिल सकता है।

ठाकुर राजेश्वरसिंह की कोठी छोड़ने के बाद मुझे एक सप्ताह अनिता के मेहमान की हैसियत से रहना पड़ा। फिर वह वर्ष राजधर के एक मित्र के साथ रहते हुए बिताना पड़ा। राजधर स्वयं अपनी पुरानी रियासत में चला गया है। वह विलीन रियासत अब एक राज्य का अंग है। राजधर अपने पिता की जनप्रियता से लाभान्वित होकर विधान सभा में पहुँचनेवाला है। मंत्रिमंडल में पहुँचने की आशा करता है।

दूसरे वर्ष मैं हॉस्टल में आ गया। रामानुज चटर्जी के कमरे में कुछ समय तक उसका मेहमान बनकर रहता रहा। उसके बाद रामानुज भारतीय पुलिस की परीक्षा में उत्तीर्ण हुआ। अपने शरीर पर खाकी वर्दी पहनी। कुछ देर बर्नार्ड शॉ के चाकलेट सोल्जर का अभिनय किया। फिर हँसते हुए मुझे सैल्यूट करके, आबू पहाड़ पर ट्रेनिंग लेने चला गया। जैसे कोई ऐंफिबियस गाड़ी सड़क पर चलते-चलते आगे नदी मिल जाने पर सरलता के साथ बदलकर पानी पर तैरने लगती है, उसी प्रकार विश्वविद्यालय से वह बाहर पहुँच गया।

रामानुज चटर्जी के जाने के बाद मैंने उस कमरे को अपने नाम लिखा लिया और तब से उसी में रहता हूँ।

अपने मित्रों में सब अपने-अपने वंश की प्रतिभा और क्षमता के सहारे बढ़ रहे हैं। केवल अमजदअली को मामा का सहारा लेना पड़ा है। पर वह भी अपने विभाग में जिलेदार हो गया है। श्याममोहन की कम्पनी की मोटरें दिन-पर-दिन बिकती जाती हैं। उसके पिता का देहान्त हो गया है। उनके बचाए हुए रुपयों

से उसने ट्रैक्टरों की एक नई एजेंसी भी ले रखी है। वह परिश्रम के साथ अपने व्यापार को फैला रहा है। राजधर पिता के प्रभाव से सफलता की उच्चतम सीमा तक जाने की सोच रहा है। रामानुज के पिता की सद्बुद्धि उसे छब्बीस वर्ष की अवस्था में बाईस साल का बनाकर आबू की ऊँचाइयों पर पहुँचा चुकी है। मैं एक प्रताड़ित पिता के अनुभवों को अपनी शिक्षा, अपने तर्क और अपने अनुभवों के सहारे किसानों के कर्ज की समस्या पर शोध करने में उतार रहा हूँ।

ये अनुभव मुझे भूल जाने चाहिए, नहीं तो इस शोधकार्य में मुझे जिस विद्वता का समावेश करना है, वह न आ सकेगी। शोध का काम अनुभूति के सहारे नहीं होता। उसके लिए कुछ किताबें पढ़नी होती हैं। उन्हीं किताबों से कुछ तथ्य खोजने पड़ते हैं। यदि वह तथ्य तुम्हें पहले ही से मिल गए हों तो तुम उन्हें तब तक न स्वीकार करो जब तक किताबों में उनका जिक्र न आ गया हो। प्रोफेसर सिन्हा कहते हैं—बहुत मौलिक होने में असफलता का खतरा है। परिश्रम करो। शोध अधिक करो, सोचो कम।

अभी तक नहीं जान पाया कि मैंने एम.ए. क्यों पास किया, रिसर्च क्यों कर रहा हूँ, विश्वविद्यालय में अध्यापक क्यों होना चाहता हूँ।

मेरे चारों ओर छात्रावास के डैने फैले हुए हैं। रात के समय, कमरे से बाहर निकलकर बरामदे में आकर खड़ा होता हूँ। कुछ कमरों के शीशों से रोशनी बाहर छनकर आती है। अन्दर अट्टहास की ध्वनियाँ गूँजती हैं। कुछ कमरे बन्द हैं। उनमें अँधेरा है। उनके निवासी सिनेमा देखने गए हैं या रेस्तराँ में बैठे कॉफी पी रहे हैं। किसी पार्क में एक बेंच पर बैठे हुए किसी से भावुकता की सनातन काल से कही जानेवाली कहानियाँ कह रहे हैं। जो कमरों के अन्दर हँस रहे हैं, या पढ़ रहे हैं, या चिट्ठियाँ लिख रहे हैं, उनमें और जो बाहर गए हैं—उनमें और मुझमें इसी बात का साम्य है। वे सब उसी भावना के साथ पढ़ने चले आए हैं, जिस भावना से हम कमीज में कॉलर लगवाते हैं, सिगरेट पीते हैं; अपरिचित को भी पत्रों में 'डियर सर', 'प्रिय महोदय' लिखते हैं।

एक ध्यान शून्य भाव से वे सब यहाँ रह रहे हैं। नारसिसस और मेलवोलियो समूहों से मैं घिरा हुआ हूँ। जीवन ने उन्हें यही सबकुछ सिखाया है। इन्हीं विषयों पर वे बात करते हैं।

नए प्रकार के सूट, क्रिकेट, टेस्ट मैच, कॉफी, सिनेमा।

प्रेम। प्रेम जहाँ सफलता मिली। प्रेम जहाँ असफलता मिली। सहवर्गियों से अस्वाभाविक प्रेम। सहपाठिनी छात्राओं से स्वाभाविक प्रेम। वे घटनाएँ, जहाँ प्रेम केवल इस ओर से हुआ। वे घटनाएँ जहाँ प्रेम केवल उस ओर से हुआ। जहाँ दोनों ओर से हो सकता था, पर नहीं हुआ। जहाँ दोनों ओर से हुआ, पर परिणाम कुछ न हुआ। त्रिभुजात्मक संघर्ष। प्लैटानिक, बुद्धिवादी प्रेम, जिसके कारण प्रेमी सदैव गौरवान्वित रहा, पर सदैव दुखी, पराजित और प्रवंचित-सा बना रहा। भौतिक प्रेम। डॉन जुआन का प्रेम। उसके अनुयायियों की कामिनी-दिग्विजय की गाथाएँ। बायरन और शेली का प्रेम। निराशा के गीत, निशा-निमंत्रण।

विश्व-साहित्य। नाना। अन्ना करेनिना। यामा दि पिट। मदाम बावरी। टेल्स ऑफ दि कैमराँ, ड्रॉल स्टोरीज।

हॉबीज। आनन्दमयी प्रवृत्तियाँ। तैरना। नाव चलाना। तस्वीर खींचना। हस्त-रेखाएँ पढ़ना। तुम्हारी प्रवृत्ति अन्तर्मुखी है। तुम्हारा वीनस का मृग उठा हुआ है। तुम स्वभावत: विलासप्रिय हो। पच्चीस वर्ष की अवस्था में तुम्हारे जीवन में एक नारी का प्रवेश होगा। वह तुम्हारे जीवन-क्रम को बदल देगी। चालीस वर्ष की अवस्था में तुम उन्नति की चरम सीमा छू लोगे। तब एक स्तर की महिला का सम्पर्क तुम्हारी उन्नति को रोक देगा। शेयरो की जीवन-कथा। मनोविज्ञान। फ्रॉयड। पार्टनर, तुम्हें ओल्ड मेड कॉम्प्लेक्स है।

मैं यह सब सुनता हूँ। छपे हुए गाउन पहने, आँखों पर चश्मा चढ़ाए हुए, हाथ में साबुन और टूथब्रुश लिये, 'हवा में उड़ता जाए रे' की धुन पर सीटियाँ बजाते हुए, वे स्नानागार की ओर जाते हैं। मैं यह सब देखता हूँ।

ये सब जानते हैं कि शताब्दी के आघात इन्हें अन्धा बना डालेंगे। ये प्रत्यूष के स्वप्न हैं। मध्याह्न की मरीचिकाएँ, बालू के कणों में इनकी स्मृति तक को नीरस बना देंगी। ये दोनों हाथों, जो कुछ वर्तमान से मिल रहा है, उसे लेने को दौड़ रहे हैं। पर जो इन्हें नहीं जानते, वे यही समझते हैं कि ये यह भी नहीं समझते हैं।

यहाँ रहकर मैं अपने में ताजगी पाता हूँ। मेरी कुंठा मिट रही है। अपनी समस्याओं को मैं एक बृहत्तर पृष्ठ पर पढ़ने की चेष्टा करता हूँ।

इस काम में तीन वर्षों से अनिता से मुझे सहायता मिल रही है। वह भी मेरे साथ ही रिसर्च कर रही है। हम दोनों प्राय: साथ ही पुस्तकालय जाते हैं। अपने-अपने विषयों पर साथ-साथ सोचते हैं, बात करते हैं। अपनी प्रतिक्रियाओं को एक-दूसरे की मीमांसा से पोषित करते हैं।

जीवन अपनी निरन्तर उद्‌देश्यहीन गति से बढ़ता जाता है। कभी-कभी उसकी निरुद्‌देश्यता पर क्षोभ होता है। कभी-कभी सोचता हूँ कि यही ठीक है। उद्‌देश्यहीनता ही जीवन को रुचिकर बनाती है। उसमें नए उद्‌देश्यों के आरोप की जगह होने से ही उसके लिए आग्रह बढ़ता है।

9

सत्या,

तुम मेरे संस्मरण पढ़ चुकी हो। अपने अहम् के पोषण के लिए पहले मैंने कुछ अंश लिखे थे। बाद में तुम्हारी उत्सुकता की पूर्ति के लिए, उन्हें अब तक काल-क्रमानुसार पूरा कर डाला। इनमें मेरे बारे में जो कुछ ज्ञातव्य था, लगभग वह सभी कुछ आ चुका है।

तुमने अनेक उपन्यास भी पढ़े हैं। किसी की सहानुभूति को खींचने के लिए नायकों का 'निग्लेक्टेड चाइल्डहुड अप्रोच' पुरानी बात हो चुकी है। इसीलिए अपने प्रताड़ित अतीत का इतिहास तुम्हारे हाथों में देने के पहले संकोच हुआ था। पर, मैंने तुम्हें इतना जान लिया है कि अपने जीवन की इन कुछ तत्त्वहीन घटनाओं को तुमसे छिपा रखना अन्याय होता। अनिता मुझे वकील बनाना चाहती थी। मैंने वकालत नहीं करना चाहा। वह मुझे कुछ और व्यावसायिक नौकरियाँ करने के लिए प्रोत्साहित करती थी, उसके लिए मैंने चेष्टा नहीं की। उसका कहना था, 'जिस सामाजिक परम्परा के विरुद्ध तुमने ये प्रतिक्रियाएँ मन में डाल रखी हैं, उसका कुछ सुधार तुम उसी के अंग होकर कर सकते हो। बाहर से तुम किले की दीवारों पर हाथ फेरते रहोगे। उसे तोड़ न सकोगे।'

यही सबकुछ तुमने भी चाहा। कई बार अपने ही विचारों का खंडन करके तुमने भी यह सब कहा। पर मैं कोई निर्णय न ले सका और यह भी कैसे कहा

जाए कि मेरे निर्णय से ही सबकुछ हो जाता। उस निर्णय को कार्यान्वित करना भी तो मेरे हाथ में नहीं है।

यह सबकुछ पढ़ लेने के बाद अनिता को विदित हो सकता है कि मेरे अनिश्चय के मूल में कौन-सी मन:स्थितियाँ काम कर रही हैं।

मेरे लिए केवल एक तत्त्व ऐसा है जो मुझे कुछ करने को प्रोत्साहित करता है—किसी का मेरे इन तीन वर्षों में दिया हुआ योग...।

सत्या, अनिता ही के विषय में मैंने जो कुछ लिखा है, उसमें सत्य को देखते हुए, कुछ छोड़ दिया गया है। कहीं कुछ बढ़ भी गया है। संस्मरणों में और सबकुछ प्राय: सत्य है। अनिता के विषय में ही कुछ कहीं यथार्थ नहीं है। उसका नाम असत्य है।

एक कुंठित उपन्यासकार के मिथ्या कर्तृत्व से मैंने अनिता नाम का सृजन किया है।

तुम जानती हो सत्या, यह अनिता कौन है?

उपसंहार

1

सन्नाटा गहरा हो गया है। अब कोई मोटर भी सड़क पर हॉर्न बजाती निकल नहीं रही है। कोयल का धुँधला स्वर किसी दूर की झाड़ी से निकलकर कमरे तक पहुँच रहा है, केवल अबाबीलें रह-रहकर चहक रही हैं।

सत्या ने खिड़की पर से नीला परदा हटा दिया है और मध्याह्न का सूरज अपने पूरे ताप से कमरे के अन्दर आक्रमण कर रहा है। वह सोफे पर सीधी लेटी हुई है। उसके काले और घने बाल चारों ओर बिखरे हैं और दिन का तीखा प्रकाश उसके चेहरे पर पड़ रहा है। उसने आँखें बन्द कर ली हैं। परन्तु भौंहें संकुचित हैं।

'मेरे कुछ संस्मरण' की पुस्तक पास की मेज पर खुली पड़ी है।

इसी अवस्था में वह थोड़ी देर लेटी रहती है। फिर, उठकर धीरे-धीरे मेज के पास जाती है। एक अलसाई-सी दृष्टि दीवाल पर लगी हुई तस्वीर पर डालती है जिसमें हरसिंगार के फूल टूटकर स्रोत में गिर रहे हैं, बह रहे हैं, और न जाने कहाँ बहे जा रहे हैं।

वह कुर्सी पर बैठकर, मेज पर अपना सिर टिका देती है। अपने दाहिने हाथ के वृत्त में अपने सिर को छिपा लेती है। बाल कन्धों पर और मेज पर फैल जाते हैं।

माली बाग की ओर से खिड़की के पास से होता हुआ निकलता है। थोड़ी देर तक सत्या की ओर विस्मित आँखों से देखता रहता है। फिर धीरे-धीरे चला जाता है।

पर, वह अपने सिर को अपने हाथ के वृत्त में छिपाए, उसी अवस्था में शान्त पड़ी हुई है।

माली दरवाजे को खोलकर दराज से झाँकते हुए पूछता है, "क्या हुआ, सरकार, सिर का दर्द फिर शुरू हो गया क्या?"

उसी स्थिति से बिना सिर उठाए, स्पष्ट स्वरों में वह कहती है, "मैं ठीक हूँ। तुम जाओ।"

दरवाजा फिर बन्द हो जाता है।

अब वह धीरे-धीरे अपना सिर मेज से हटाकर कुर्सी पर सीधी बैठ जाती है। अस्त-व्यस्त बालों को सुलझाकर पीठ की ओर कर देती है। उसके बाद फिर अलसाई दृष्टि से दीवाल के चित्र को देखती रहती है।

सहसा उसकी दृष्टि मेज पर एक किनारे रखे हुए फोटो-फ्रेम पर पड़ती है। उसमें तीन तस्वीरें हैं। किनारे की एक तस्वीर रामदास की है। उसके बादवाली, जो बीच में है, राजधर की है। उसके बादवाली तीसरी तस्वीर को वह निकालकर मेज के कोने पर पड़े हुए अपने पर्स में रख लेती है। शेष दो चित्रों के साथ पूरे फ्रेम को उठाकर वह दूसरी ओर की पुस्तकों की अलमारी में रख देती है। मेज का वह किनारा अब खाली लगने लगा है।

अब उसकी निगाह खिड़की के परदे पर जाती है। सम्भवत: जिस घुटन को सूर्य के स्पष्ट प्रकाश में मिटाने के लिए वह खींचा गया था, वह अब कमरे से निकल चुकी है। धीरे-धीरे वह परदे को फिर खींच लेती है। कमरे में कुछ शीतलता, कुछ छाया-सी प्रवेश करती है। लिखने की मेज के सामने कुर्सी पर बैठकर दृढ़तापूर्वक स्पष्ट अक्षरों में लगभग पन्द्रह मिनट तक वह कुछ लिखती रहती है। जिस कॉपी में वह लिख रही है, वह रामदास के 'मेरे संस्मरण' है।

सामने रखी हुई टेबल पीस में डेढ़ बज रहा है।

दरवाजे को धीरे से खोलकर एक अधेड़ आयु की स्त्री झाँकती है। वह साधारण और कुछ मैली-सी धोती पहने है और शरीर से मजबूत है। कुछ कर्कश आवाज में उसे मधुर बनाने का स्पष्ट प्रयास करती हुई वह कहती है, "खाना कहाँ खाइएगा? इसी कमरे में या..."

सत्या चौंककर पीछे देखती है। फिर कहती है, "चलो। मैं एक मिनट में खाने के कमरे में आ रही हूँ।" फिर घड़ी की ओर देखती हुई बिना किसी को सम्बोधित किए कहती है, "पापा चार बजे तक वापस आएँगे।"

सामने मेज पर एक लिफाफा पड़ा है। सत्या उससे वह पत्र निकालती है जिसे उसने पहले लिख रखा था। पत्र को पढ़ते-पढ़ते उसका मुँह सहसा गम्भीर हो जाता है, जिसमें उदासी की रेखाएँ स्पष्ट देखी जा सकती हैं।

पत्र को वह लिफाफे में धीरे-धीरे बन्द कर देती है। उस पर पता लिखा है :

श्री रामानुज चटर्जी
असिस्टेंट सुपरिंटेंडेंट ऑव पुलिस
झाँसी।

2

छात्रावास के विशाल भवन में दुमंजिले पर एक कोने का कमरा। सबेरे के सात बजे हैं। पूरब की एक खिड़की खुली है। बाँसों का एक झुरमुट उसकी ऊँचाई तक बढ़ आया है। उनके लम्बे पत्तों के जाल को भेदकर प्रकाश की किरणें खिड़की की राह कमरे में आ रही हैं। पच्छिम की दीवाल पर छाया-प्रकाश के चित्र बन रहे हैं।

कमरा हॉस्टल के एक कोने में है; अत: यहाँ एकान्त है।

अन्दर पश्चिम की ओर एक चारपाई है। उस पर केवल एक दरी फैली हुई है। किताबों के ढेर उस पर पड़े हैं। पूरब की ओर, खिड़की के ठीक नीचे, जूट का एक सस्ता कालीन बिछा है। उसके कुछ अंश पर मोटा गद्दा और सफेद चादर पड़ी है।

रामदास इसी पर पाजामा और बनियाइन पहने, लेटा हुआ एक पुस्तक पढ़ रहा है।

उसके पैताने एक मेज पर लिखने का सामान रखा है, वहीं एक पुराना टाइपराइटर है। मेज से ही मिला हुआ कमरे का दरवाजा है, जो बाहर बरामदे में खुलता है।

उत्तर की ओर दो कुर्सियाँ पड़ी हैं। उन्हीं के पास एक छोटी मेज पर चाय की एक केतली, कुछ प्याले, चम्मच, स्टोव आदि बेतरतीब रखे हुए हैं।

मेज से मिली हुई एक खिड़की, जिसके दूसरी ओर हरे-भरे पेड़ों के बीच बसे हुए बँगले, पतली सड़कें, उसके कुछ दूर आगे गोमती की धारा, उसके आगे पेड़ों के ऊपर उठकर अपना मस्तक दिखानेवाली कुछ मीनारें, मस्जिदों के गुम्बद, एक सिनेमाघर की टीन की छत और अनेक इमारतें दिखाई देती हैं।

वह जो पढ़ रहा है, वह उसी के संस्मरणों के नीचे सत्या का लिखा हुआ पत्र मात्र है।

'प्रिय रामदास,

तुम्हारी अनिता को मैं जानती हूँ। जिस प्रकार तुमने उसे मुझसे परिचित कराया, उसका अर्थ भी तुमने अपने बाद के पत्र में स्पष्ट कर दिया है।

तुमने अनिता को जिस प्रकार के अपने सस्मरणों में याद किया है, उसको पढ़कर कोई उपन्यास-प्रेमी उसे न जाने किन कल्पनाओं की दृष्टि से देखेगा। पर, जहाँ तक मैं समझी हूँ, तुम्हारी मित्रता में सबकुछ स्पष्ट, पारदर्शी-सा है। ऐसा कुछ नहीं है जिसको लेकर भावुक किशोर पाठकों के पढ़ने लायक कथा-कहानियों का सृजन हो सके।

और, उसे या किसी और को अपनी प्रेरणा का आदिस्रोत बताकर अतिशयोक्ति का मोह दिखाने से क्या लाभ?

मैंने उस दिन कहा था : यह सब हीरो-वरशिप है। किसी के व्यक्तित्व से अपने जीवनक्रम को और जटिल बनाने से क्या मिलेगा?

तुम्हारी क्रियाओं के मूल में तुम्हारी अपनी ही अगाध शक्तियाँ हैं, तुम्हारी अपनी प्रेरणा है, और 'तुम यह स्वयं जानते हो...।'

पुस्तक वह यहीं बन्द कर देता है और मेज के ऊपर पड़े हुए दूसरे कागजों को उलटने-पुलटने लगता है।

एक दूसरे कागज पर सत्या ने उसे लिखा है :

'तुम्हें ऐसा कौन-सा आवश्यक काम लग गया था, जो तुम मेरी शादी तक में नहीं आए? तुम्हारी शुभेच्छाओं और बधाइयों-भर से तुम्हारे न आने की कमी पूरी नहीं हो सकती। पापा ने बहुत बुरा माना है।

वे इस वक्त कितना अकेलापन महसूस करते होंगे! तुम जानते हो, वे तुम्हें कितना चाहते हैं। तुम उनसे मिलते रहना।

कल रात मुझे तुम्हारी अनिता याद आती रही। यह नाम बहुत अच्छा लगता है। पर, तुम तो कहते हो, वह एक संज्ञा-मात्र है?'

वह कमरे के बाहर बरामदे में आता है। थोड़ी देर टहलता रहता है। फिर दो कमरों बाद के बाथरूम में वापस आकर, शीशा हाथ में लिये हुए कंघे से बाल ठीक करने लगता है। शीशे में उसके मुँह की छाया पड़ रही है।

यह ऐसा मुँह है जिसे कोई भी चित्रकार कुछ आड़ी-तिरछी रेखाओं और त्रिकोणों के सहारे चित्रित कर सकता है।

मत्था बहुत कम चौड़ा है। आँखें गढ़े में हैं और छोटी हैं। नाक कुछ बड़ी है। रंग साँवला है। गरदन पतली है। उसकी अस्थियाँ ऊपर से दीख पड़ती हैं। कुल मिलाकर ऐसे चेहरे को न सुन्दर कहा जा सकता है, न असुन्दर। यह एक अति साधारण चेहरा है।

वह कुछ देर आईना देखता रहता है। फिर उसे उलटकर मेज पर रख देता है।

उसकी आँखों के आगे उपन्यासों में, नाटकों में, चलचित्रों में आनेवाले अनेक नायकों के आकार उठ-उठकर खड़े होने लगते हैं।

अब वह आँखें मूँदकर बिछे हुए फर्श पर लेट गया है।

वह इन नायकों को देखता है जो अपनी प्रेमिकाओं के साथ चाँदनी रात में नदी के किनारे खड़े हुए चाँद के प्रतिबिम्ब को धारा में हिलता हुआ देख रहे हैं। पर्वत की ऊँचाई से, एक-दूसरे का हाथ पकड़े हुए तेजी के साथ दौड़कर आते, ढाल पर दिखाई दे रहे हैं। समुद्र के किनारे बालू पर नहाने के सूट पहने हुए सूर्य के प्रकाश को अपने अंग-अंग में आत्मसात कर रहे हैं। बाग में बैठे हुए चाय पी रहे हैं। बैडमिंटन खेल रहे हैं। जाड़े की कुहरे-भरी रात में, सड़क के ऊपर चलते हुए, बिजली के बावजूद फैले हुए अँधेरे में अपनी भारी चेस्टर के पल्ले से किसी के कन्धों को अधूरा ढँककर धीरे-धीरे चले जा रहे हैं।

इनमें किसी का मत्था प्रशस्त है। वर्ण गौर है। स्वस्थ, लम्बा, सुदृढ़ शरीर है। दूसरा देखने में दुबला है, चेहरा लम्बाकार है। देखने में कुछ रामदास-जैसी ही आकृति है, परन्तु उसकी आँखों की चमक और कलापूर्ण केश-विन्यास उसे रामदास से बहुत भिन्न, नायकवत बना देते हैं। कुछ नायक उसी की-सी चेष्टा के हैं। परन्तु, उनके अंग यूनानी मूर्तियों-जैसे इतने स्पष्ट हैं कि वे उन्हीं

के आधार पर नायिकाओं के अधिकारी हो जाते हैं। किसी की उँगलियाँ लम्बी, पतली और कोमल हैं। चेहरा लावण्यपूर्ण और स्निग्ध है। उसकी वाणी का मधुर गाम्भीर्य उसका विजयास्त्र है।

रामदास की कल्पना इसी आकार पर जाकर रुक जाती है, क्योंकि यह रामानुज है। वह धीरे-धीरे मुस्कुराता हुआ कॉफी पी रहा है। पास ही सत्या कोई बात कहकर सरल स्वच्छ भाव से हँस रही है। उसके प्याले से भाप उठ रही है।

मेज पर सत्या का पत्र पड़ा हुआ है। उसी के पास सुनहरे अक्षरों में एक निमंत्रण-पत्र पर चमक रहा है :

'श्री चारुचन्द्र चटर्जी के सुपुत्र श्री रामानुज चटर्जी।'

वह उसी पत्र की ओर देखता है। पर आँखों के आगे रामानुज और सत्या का चित्र उसी भाँति टिका हुआ है।

सत्या। वह श्री सत्येंद्रनाथ की सुपुत्री। रामानुज श्री चारुचन्द्र चटर्जी के सुपुत्र। थ्री सी। रामानुज का नाम भी एक महापुरुष का नाम है। पिता के नाम में तीन सी हैं। अंग्रेजी के हस्ताक्षर भी देखने की चीज है।

पर, यह नाम—रामदास—ही उसे किसी रोमांटिक घटना का नायक बनने से रोकता है। नहीं तो रामानुज, हीरेन या अनिल-जैसा उसका भी नाम होता। उसे पंकज कहा जाता। भविष्य की नायिकाएँ उसे लिखतीं, 'प्रिय पंकज। देखो पंकज, मैं तुमसे बहुत नाराज हूँ।'

पर, जहाँ यह नामकरण हुआ, वहाँ लोगों को नाम की इन सुविधाओं का बोध नहीं है। वे आसमान की ओर मुँह उठाकर 'रमदसवा' को आसानी से पुकारते हैं। 'हीरेनवा' कहने में असुविधा होती है।

रामदास का सारा अतीत, सारा वर्तमान, नाम, रूप—सब उसे चारों ओर से घेरने लगते हैं।

फर्श पर बिछे हुए गद्दे पर वह लेटा हुआ है। चुपचाप लेटा रहता है। उसे लगता है कि वह किसी आघात पर दुखी होने की क्षमता खो चुका है। जैसे कि उसके पूर्वजों को निरीहता, उसके अतीत की नगण्यता उसे आघात तक ग्रहण करने का गौरव नहीं लेने देतीं।

3

जुलाई का महीना है।

एक बड़े-से कमरे में लगभग पन्द्रह-बीस आदमी कुर्सियों पर आराम की मुद्रा में बैठे हुए हैं। बाहर बादल छाए हुए हैं। भीतर अँधेरा है, इसलिए बिजली जला दी गई है। प्राय: सभी सूट पहने और टाई लगाए हुए हैं। प्राय: सभी सिगरेटें पी रहे हैं। उनके धुएँ में एक-दूसरे के मुँह धुँधले दिखाई पड़ते हैं।

एक नाटे कद का व्यक्ति, जिसका रंग काला है, नाक चिपटी है, गाल फूले हुए हैं और जिसने एक कीमती सूट और हाथों में नीलम, पुखराज और हीरे की अँगूठियाँ पहन रखी हैं, सबको सुनाकर कह रहा है, "मुद्रास्फीति के बारे में मेरी जो धारणाएँ हैं, उनको मैंने अपने इस पचास पेज के लेख में पहली बार बड़े निश्चयपूर्वक प्रकाशित कराया है। मेरे कुछ सहयोगी मित्र कहते थे..."

वह खाँसने लगता है। खाँसी रुकने पर फिर सामने बैठे हुए एक नवयुवक को लक्षित करके कहता है, "क्यों दिनकर साहब, आप कहिए न, पहले आपके क्या विचार थे इस लेख के बारे में?"

यही प्रोफेसर सिन्हा है।

दिनकर दबी जबान से कहता है, "मैंने कभी डिनाउंस तो किया नहीं। दरअसल इस समस्या पर मेरे अपने विचार थे ही नहीं...। मैंने तो दूसरे विद्वानों की प्रतिक्रिया आपको सुनाई थी।"

सिन्हा कह रहा है, "पर इस महीने के 'इकोनॉमिक्स जर्नल' में इसका रिव्यू आप लोगों ने देखा? एक बार जब मैंने हिम्मत करके ये विचार सबके सामने रख दिये तो सभी अपनी सहमति दिखाने लगे। पर, पहले इस पर किसी ने कुछ लिखने का साहस नहीं किया था।"

प्रोफेसर सिन्हा की बगल में एक अधेड़ अवस्था का प्रियदर्शन व्यक्ति बैठा है। वह भी अर्थशास्त्र विभाग में इसी वर्ष अध्यापक नियुक्त हुआ है। पहले किसी छोटे कॉलेज में छोटी कक्षाओं को पढ़ाता था। अवसर पाकर वह मीठी आवाज में कहता है, "आपने परिश्रम भी बहुत किया था उस लेख को लिखने में।"

प्रोफेसर सिन्हा आँख मूँदकर निषेध में अपना सिर हिलाता है और कहता है, "यह बात नहीं है, मिस्टर बाजपेयी। उस लेख का महत्त्व मौलिक विचारों के कारण है, परिश्रम द्वारा खोजी गई सामग्री के कारण नहीं। परिश्रम मैंने बहुत कम किया है, बल्कि अपने सब लेखों और पुस्तकों में सबसे कम परिश्रम मैंने इसी लेख में किया है।"

दूसरी ओर बन्द गले का कोट पहने एक बुड्ढा आदमी बैठा है। वह खाँसते हुए कहता है, "परिश्रम तो आपके किसी विद्यार्थी ने किया होगा। क्या है उसका नाम?...हाँ, रामदाससिंह। उसी ने शायद सब आँकड़े इकट्ठे किए हैं। आपने तो उसकी सहायता भूमिका में स्वीकार की है।"

प्रोफेसर सिन्हा जल्दी-जल्दी बोलने लगता है, "भूमिका में मैंने तो साफ लिखा है कि मेरे रिसर्च के छात्र रामदाससिंह ने लेख लिखने के लिए काफी सामग्री जुटाई है। वैसे भी वह बड़ा परिश्रमी और योग्य विद्यार्थी है।"

बुड्ढा आदमी बार-बार खाँस रहा है और धुएँ द्वारा आक्रान्त वायुमंडल में बार-बार मुँह ऊपर उठाकर होंठों से विचित्र चेष्टाएँ करता है। उन्हीं चेष्टाओं के बीच वह यह बात धीरे से कहता है, "लोगों का कहना है कि यह लेख रामदाससिंह का ही लिखा हुआ है।"

प्रोफेसर सिन्हा छत की ओर देखकर हँसने लगता है। फिर कहता है, "लोग सही कहते हैं। इस लेख की पांडुलिपि रामदास ने ही तैयार की थी। प्रूफ भी उसी ने देखा था।"

पर वह बुड्ढा आदमी अपना मुँह विकृत चेष्टा में फाड़कर प्रोफेसर सिन्हा की ओर देखता हुआ कहता है, "हँसकर बात न टालिए, जनाब! आपकी इज्जत खतरे में है।"

प्रोफेसर सिन्हा के चेहरे की मांसपेशियाँ अब हँसी के तनाव को छोड़कर शिथिल पड़ जाती हैं। वह खड़ा हो जाता है। पतलून की जेबों में हाथ डालकर गम्भीरता के साथ चलकर, थोड़ी अकड़ दिखाता हुआ, वह बुड्ढे के पास आकर खड़ा होता है और धीमी आवाज में कहता है, "आप मेरा चाहे जितना अपमान कर लें, चाहे जितने आरोप मेरी पुस्तकों के खिलाफ लगा लें, पर आपको दो चीजें कभी हासिल नहीं होंगी—न आप कभी लेक्चरर से रीडर होंगे और न अगले साल रिटायर होने के पहले आपको एक्सटेंशन मिलेगा।" उसके बाद आवाज को ऊँचा करके बुड्ढे के कन्धे को थपथपाते हुए कहता है, "समझ गए, मिस्टर भट्टाचार्य?"

बुड्ढा खाँसी के वेग को चेष्टापूर्वक दबाकर कोई बात कहने के लिए मुँह खोलता है, पर रुक जाता है। प्रोफसर सिन्हा कमरे के बाहर चला गया है। थोड़ी देर तक सब एक साथ बोलते रहते हैं। पहले से सिन्हा के पास बैठा हुआ मिष्टभाषी युवक कोई एक लम्बा व्याख्यान देना आरम्भ कर देता है। बुड्ढा भट्टाचार्य अपनी खाँसी और भर्राई आवाज के संघर्ष में लीन हो जाता है। सब अपनी-अपनी कह रहे हैं। कोई किसी की नहीं सुन रहा है।

थोड़ी देर बाद आवाजें दबने लगती हैं। लोगों ने अपनी बात सुनाने की असम्भव चेष्टा छोड़ दी है। केवल भट्टाचार्य रह-रहकर आवाज को ऊँचे स्वर पर उठाकर कहता रहता है, "इट एज ए शेम। यूनिवर्सिटी में जहाँ प्रतिभावान विद्यार्थियों को आगे बढ़ाना चाहिए, वहाँ इस तरह की बेईमानी, इस तरह एक्सप्लायट करना—दिस इज डिस्ग्रेसफुल।"

कोई भट्टाचार्य के पास आकर धीरे से कान में कहता है, "आप यह सब क्या कह रहे हैं! यह स्कैंडल है। प्रोफेसर सिन्हा आप पर मुकदमा चला सकता है।"

पर भट्टाचार्य आवाज को और ऊँचा उठाकर कहता है, "क्या बकता है, यंग मैन! सच्चाई को मुकदमे से कभी छिपाया जा सकता है? यह भी छिपाया

जा सकता है कि इस साल रामदाससिंह को लेक्चरर किस कारण नहीं बनाया गया? क्या यह छिपी बात है कि उस थर्ड डिवीजनर छोकरे को सिर्फ इसीलिए वह जगह दे दी गई कि वह किसी खास आदमी का दामाद है? इस गरीब लड़के को इसीलिए दो साल से धोखा देते चले आ रहे हैं कि लेक्चरर बना देने के बाद उसके दिमाग का व्यापार न हो पाएगा। क्यों जी, क्या तुम लोग यह नहीं जानते? जानते हो न? तब इस बात को कह देने में क्या स्कैंडल है?"

सब सुनते रहते हैं, भट्टाचार्य अपनी बात कहकर हँसने लगता है। अपनी लम्बी घनी सफेद मूँछों को हाथ की पुश्त से होंठों के ऊपर उठाकर फिर धीमी आवाज में कहता है, "मैंने साफ बात कह दी। जिसे जो करना हो, करे।"

पर उसकी इस उत्तेजना का जवाब कोई नहीं देता। थोड़ी देर सब बैठे हुए चुपचाप सिगरेटें पीते रहते हैं। उसके बाद दो-दो, तीन-तीन आदमियों के बीच नए विषयों पर खोखली बातें होने लगती हैं।

4

कमरे के बीचोबीच छत से लटकता हुआ एक नंगा बल्ब जल रहा है। उसी के प्रकाश में रामदास फर्श पर बैठा हुआ कुछ लिख रहा है।

सामने कुछ लिफाफे फैले पड़े हैं। उन पर पते लिखे हैं :

'श्री श्याममोहन अग्रवाल, नेशनल ऑटोमोबाइल, कानपुर।'

'सुरेन्द्रप्रताप बहादुरसिंह, छितवाँ राज्य।'

'श्रीमती सत्या चटर्जी, केयर ऑफ श्रीरामानुज चटर्जी, आई.पी.एस.।'

पत्र लिखना समाप्त करके वह उसे लिफाफे में बन्द करता है। उस पर पता लिखता है, 'श्री अमजदअली जिलेदार नहर...।'

तभी दरवाजे पर किसी की विनीत आवाज सुनाई देती है, "मैं अन्दर आ सकता हूँ?"

एक दुबला-पतला आदमी, पाजामा और एक पुरानी अचकन पहने दरवाजे पर खड़ा है। सिर पर बालों का भारी बोझ है, पर उसने उन्हें बहुत सँभालकर बीच में माँग निकाल रखी है। बाल इतने लम्बे हैं कि उनके कारण कान दिखाई नहीं देते। बड़े ही अनुनय के स्वरों में एक विचित्र नाटकीयता के साथ क्षमा माँगता वह कमरे में प्रवेश करता है। कुर्सी पर बैठकर रूमाल से अपने मुँह को रगड़कर पोंछता हुआ कहता है, "मैं राघवेंद्र हूँ। श्री श्याममोहन जी ने अपने पत्र में मेरे विषय में लिखा होगा।"

रामदास उत्सुकतापूर्वक उठकर बगल में दूसरी कुर्सी पर बैठ जाता है और कहता है, "अच्छा, तो आप राघवेंद्र जी हैं?" उसके बाद मेज पर फैले हुए कागजों से एक पत्र निकालकर सरसरी दृष्टि डालता है।

राघवेंद्र अनुनय की भाव-भंगिमा और चापलूसी का सहारा लेकर कहने लगता है, "श्याममोहन जी ने आपकी प्रशंसा की है। उन्होंने कहा कि आपके हाथ में इस नवीन पत्रिका का भविष्य देकर सेठ जी निश्चिन्त होकर बैठ सकते हैं। सेठ जी ने श्याममोहन जी से स्पष्ट कह दिया कि वे प्रारम्भ से ही आपके निमित्त दो सौ रुपए मासिक की व्यवस्था कर देंगे। इसे वेतन तो क्या कहा जाए, केवल हम लोगों की श्रद्धा के पत्र-पुष्प मात्र हैं।"

रामदास ने उस पत्र को राघवेंद्र की ओर बढ़ा दिया और कहा, "यह सब श्याममोहन ने मुझे पहले ही से सूचित कर दिया है। आप पत्र पढ़ लें।" कुछ रुककर वह फिर कहने लगा, "मुझे यूनिवर्सिटी में अच्छा नहीं लगता। इस समय मुझे जो भी काम मिलेगा, मैं कर लूँगा; परन्तु पत्रकारिता के विषय में मेरा कोई अनुभव नहीं है। पता नहीं, आपकी इस मासिक पत्रिका का भार मैं सम्हाल भी पाऊँगा या नहीं...?"

खड़े होकर राघवेंद्र बड़े ही अनुनय के स्वरों में कहता है, "नहीं-नहीं, यह तो आपकी विनम्रता-मात्र है। आप क्या नहीं कर सकते? और, यह पत्रिका भी तो केवल नाम की पत्रिका है। सेठ जी की इच्छा है कि गोरक्षण के विषय में एक छोटी-सी मासिक पत्रिका निकला करे। उन्हीं की इच्छा का यह परिणाम है। आप इस काम को स्वीकार ही कर लें। सारे साधन तो सेठ जी स्वयं जुटा देंगे। इसके व्यय का, बिक्री का, सारा भार सेठ जी ही पर होगा।" उसके बाद आत्मीयता के साथ वह कहता है, "सेठ जी यहीं आए हैं। होटल में रुके हैं। आप भी चलकर उन्हें दर्शन दे दें।"

रामदास कहता है, "चलिए।"

जब तक वह कुर्ता और टोपी पहनता है तब तक राघवेंद्र मेज पर कुछ लिखने लगता है। रामदास को चलने के लिए उद्यत देखकर उसके सामने आकर वह धीरे से कहता है, "यह पर्चा अपने पास रख लें। सेठ जी से इसी के अनुसार बातचीत हो तो अच्छा है।"

वह कुछ देर तक पर्चे को देखता रहता है, फिर भारी स्वर में पूछता है, "यह क्या है?"

राघवेंद्र अपने शरीर को एक विचित्र मुद्रा से लपलपाता हुआ, अनुनय के बोझ से दबी-सी आवाज में जल्दी-जल्दी कहता है, "यह कुछ नहीं है। पत्रिका का नाम हम लोगों ने सोचा है 'कामधेनु'। इस पर्चे में मैंने कामधेनु परिवार के मुख्य सदस्यों के नाम लिख दिये हैं।"

उँगली के इशारे से वह प्रत्येक नाम को समझाता चलता है, "यह है सेठ जी का नाम। प्रधान सम्पादक वही रहेंगे। सेठ महेशमल ये नाम हैं उपसम्पादक के—सेठ गणेशमल, सेठ दिनेशमन और सेठ सुरेशमल। उसके बाद प्रबन्ध सम्पादक दो रहेंगे—एक तो सेठ गंगाराम और एक आपका सेवक मैं।"

रामदास पर्चे को मेज पर रख देता है। तमककर पूछता है, "मैं क्या करूँगा?"

वह बड़ी ही आत्मीयता के साथ कहने लगता है, "आप तो 'कामधेनु' परिवार के सर्वस्व होंगे। आप तो सभी कुछ करेंगे। वैसे अपना नाम भी देना आवश्यक समझें तो उपसम्पादकों में दें। सेठ जी का विचार था कि सम्पादक-मंडल में अधिक नाम न हों, परन्तु चार-पाँच नामों का होना तो अधिक नहीं है।"

अन्तिम वाक्य कहते-कहते राघवेंद्र के स्वर से उत्साह जाता रहता है क्योंकि रामदास ने अपनी टोपी उतारकर पलंग पर फेंक दी है और स्वयं कुर्सी पर बैठ गया है। राघवेंद्र कुछ रुककर कहता है, "तो चलिए।"

रामदास सहसा चिल्लाकर कहता है, "गेट आउट। इसी वक्त बाहर निकलो।"

राघवेंद्र घबराहट के मारे उछलकर बरामदे में पहुँच जाता है। कुछ अस्पष्ट रूप से कह रहा है, "मेरी त्रुटि हो तो...मेरी त्रुटि हो तो..."

पर वह बरामदे में आ गया है, उसी प्रकार चीख रहा है, "गेट आउट! एकदम बाहर निकल जाओ, नहीं तो मैं तुम्हें नीचे फेंक दूँगा!"

राघवेंद्र के जाते ही वह कमरे में आकर फैली हुई चिट्ठियों को इकट्ठा करके उनके पते पढ़ने लगता है।

5

तभी दरवाजे पर सत्या दिखाई देती है।

रामदास उसे देखकर जड़-सा हो जाता है। चुपचाप दरवाजे की ओर देखता रहता है। वह अन्दर आती है।

उसने गहरे लाल रंग का भड़कीला ब्लाउज पहना है। वैसे ही भड़कीली गहरे नारंगी रंग की साड़ी है। पैरों में मखमली सैंडिल हैं। बालों को सँवारकर पीछे जूड़ा बना लिया गया है। फिर भी मत्थे पर एक छोटी-सी लट, एक घुँघराला ब्रेकेट बनाकर, बालों की असंख्यता में खो गई है। बालों की इस नई सज्जा पर रामदास की निगाह कुछ देर टिकती है। फिर वह धीरे से पूछता है, "तुम? कब आईं, सत्या?"

वह एक कुर्सी खींचकर बैठ गई है। कहती है, "कल आई हूँ। कल ही वापस चली जाऊँगी। जल्दी में तुम्हें आने की सूचना न दे पाई। और हाँ, यह तुम बिगड़ किस पर रहे थे? किसको नीचे फेंके दे रहे थे?"

रामदास का चेहरा उदास हो जाता है। अनमने भाव से कहता है, "कुछ नहीं। एक आवारा आ गया था। जा नहीं रहा था, उसे डाँटना पड़ा।"

अकस्मात् दोनों थोड़ी देर के लिए चुप हो जाते हैं। फिर सत्या धीरे से पूछती है, "रामदास, कुछ दिन पहले तुम इस बात को इतनी जल्दी समाप्त न करते।"

रामदास ने स्टोव जलाना शुरू कर दिया है। स्पिरिट जल रही है। उसी की नीली-पीली रोशनी की ओर वह चुपचाप देखता रहता है। कुछ बोलता नहीं।

सत्या उसके चेहरे पर दृष्टि गड़ाकर कहती है, "तब तुम सबकुछ बताते कि कौन आया था, उसने तुमसे क्या कहा।"

वह तेजी से स्टोव में हवा भर रहा है। स्टोव की ही ओर देखते हुए कहता है, "इतना सब बताकर समय नष्ट करने से क्या लाभ? तुमने मेरे संस्मरण आदि से अन्त तक पढ़े ही हैं। समझ लो, उनमें एकाध पन्ना जुड़ने लायक कुछ और था। पर उससे अन्तर ही क्या पड़ता है?"

अब वह स्वयं मौन हो जाती है। तब, बिना किसी कारण के, हँसकर रामदास पूछता है, "और तुम्हारे क्या समाचार हैं? रामानुज कहाँ है?"

वह खिड़की के दूसरी ओर झाँक रही है। फैली हुई चाँदनी में दूर के गुम्बद, मीनारें, पेड़ों के झुरमुट, सब एकाकार हुए जा रहे हैं। उन्हीं की ओर देखते हुए कहती है, "रामानुज झाँसी में हैं। मैं यहाँ पापा से मिलने आई थी!" फिर रुककर कहती है, "और अपने समाचार क्या बताऊँ? मेरा जितना कैरियर था, उसे मैंने पा लिया।"

वह हँसते हुए कहता है, "बहुत अच्छा किया।"

सत्या मेज के कोने से दो प्याले उठाकर उन्हें स्टोव के पास रख देती है। अकस्मात् रुककर पूछती है, "तुमने अपने लिए क्या सोचा?"

स्टोव धीमी भन्नाहट के साथ जल रहा है। रामदास की आवाज उसमें घुल-सी गई। वह कहता है, "मेरे सोचने से क्या होगा?"

वह मेज पर चाय के शेष बर्तन भी लगा चुकी है। एक चम्मच से मेज पर रेखाएँ बनाते हुए कहती है, "यूनिवर्सिटी ने तुम्हें इस साल भी धोखा दिया।"

वह खिड़की की ओर पीठ सटाकर सन्तोष की मुद्रा में खड़ा हुआ है। निश्चिन्त भाव से कहता है, "इसे धोखा नहीं कहते, सत्या! धोखा तो वह है जहाँ कुछ पाने की आशा दिलाकर उसे न दिया जाए, या कुछ छीन लिया जाए। मुझे यूनिवर्सिटी ने कभी भी कोई आशा नहीं दिलाई। जिन्हें कुछ पाने

की आशा दे दी जाती है, वे कुछ पा भी जाते हैं। मुझे न कुछ यूनिवर्सिटी को देना है, न कुछ उससे पाना है। मुझे अब तक यहाँ रुके रहने में अच्छा लगता था, इसीलिए बिना किसी गम्भीर योजना के मैं यहीं पड़ा हुआ था। अब यहाँ से जी उचट गया है।"

पानी एक मिथ्या आवेग से उबल रहा है।

सत्या पूछती है, "अब जी क्यों उचट गया है?"

वह सहसा कुछ नहीं बोलता। उसके चुप हो जाते ही सत्या के मुँह पर एक छाया-सी उतर आती है। व्यग्रता के साथ वह रामदास की ओर देखती रहती है।

वह चाय बनाने लगता है। सत्या उसके निकट कुछ पीछे हटकर खड़ी है। पूछती है, "तब क्या करोगे?"

"जाकर किसी प्राइमरी स्कूल में मास्टरी करूँगा।"

थोड़ी देर से कमरे में एक अवांछित गम्भीरता-सी छाई हुई है। उसे सत्या की पहलेवाली हँसी तोड़ देती है। वह कहती है, "यह भी ठीक है। तुम्हें शायद पैंतीस रुपया महीना मिलेगा। तुम कुटी में रहोगे। अपने हाथ से भोजन बनाओगे या कन्द-मूल खाकर पेट भरोगे और उपनिषदों से सन्तोष की महिमा पर नए-नए उद्धरण याद करोगे।"

पर वह गम्भीरतापूर्वक कहता है, "मैं सचमुच यही करना चाहता हूँ। पर कन्द-मूल से पेट नहीं भर पाऊँगा। अब जंगलों में खाने लायक इतने कन्द-मूल नहीं मिलते।"

मेज के पास सत्या कुर्सी को खींचकर बैठ गई है। वह चारपाई के सिरहाने मेज की ओर मुँह करके बैठा है। सत्या प्यालों में चाय डालती है। वह चुपचाप चाय का गिरना देखता रहता है।

कुछ रुककर वह फिर पूछती है, "मुंसिफी की परीक्षा नहीं दोगे?"

उत्तर में एक निषेधात्मक भाव से सिर हिलाते हुए वह मुस्कुराता हुआ कहता है, "चाय पियो।"

दोनों चुपचाप चाय पीते रहते हैं। फिर सत्या कहना शुरू करती है, "झाँसी बहुत अच्छी जगह है। न बहुत बड़ी है, न बहुत छोटी। साफ-सुथरी सिविल लाइंस है। तुम आना। तुम्हें बहुत पसन्द आएगी।"

बिना कुछ सोचे वह कहता है, "आऊँगा।" पर उसके कहने का ढंग कहता है कि वह नहीं आएगा।

कुछ करते रहने के विचार से, सत्या मेज पर रखे हुए एक कागज पर पेंसिल से रेखाएँ खींचने लगती है। रेखाएँ खींचते-खींचते पूछती है, "बेबी के विषय में जानते हो? उसकी शादी हो गई है। किसी रियासत के कोई राजकुमार हैं। बेबी उन्हीं की तीसरी पत्नी है।"

वह कहता है, "जानता हूँ।"

सहसा उत्साहित होकर कहने लगता है, "अपने और मित्रों के भी हालचाल तुमने सुने? लो, बता रहा हूँ। श्री राजधर, बी.ए.एल-एल.बी., उपमंत्री, शिक्षा-विभाग नियुक्त हुए हैं। अपने राज्य से मोहर लगा हुआ, टाइप किया हुआ एक पत्र उन्होंने पास भिजवाया है। आशा दिलाई है कि विपत्ति में याद किए जाने पर मेरे काम आएँगे।

"और, श्याममोहन का नाम याद है? उसे तुम देख लो तो स्वास्थ्य और सौन्दर्य के विषय में तुम एक पुस्तक लिख डालो। उसने अपना एक चित्र मेरे पास हाल ही में भेजा है। कोई नलिन बोस नाम के चित्रकार हैं। उनकी कला-प्रदर्शनी का हाल में उसी ने उद्घाटन किया है। चित्र में वह पतलून और बुश्शर्ट पहने, गले में सिल्क का मफलर बाँधे खड़ा हुआ, प्रदर्शनी के द्वार पर बँधे हुए फीते को काट रहा है। चित्रकला के ऊपर उसके कई निबन्ध अब तक प्रकाशित हो चुके हैं। वह लक्ष्मी और सरस्वती के सनातन बैर को मिटाकर उनकी बड़ी ही प्रीतिमय संधि कर चुका है। आस्टिन और ईस्थेटिक्स—यही उसके जीवन के लक्ष्य हैं।

"और, हमारे कुँवर सुरेन्द्रप्रताप बहादुरसिंह? एक लम्बे-चौड़े फार्म पर उनकी एक कोठी खड़ी हुई है। सबेरे पाँज बजे से ही उसके सामने के चबूतरे पर मजदूरों की एक सेना खड़ी हो जाती है। वे उन्हें प्रार्थना कराते हैं। वही प्रार्थना जो स्कूलों में लड़के चिल्ला-चिल्लाकर करते हैं, 'वह शक्ति हमें दो दयानिधि...।' फिर उन्हें काम पर जाने का आदेश होता है। कुँवर साहब बाद में ब्रीचेज और कमीज पहनकर घोड़े पर फार्म का चक्कर लगाते हैं। जिधर निकल जाते हैं, उधर मजदूरों के हाथों में बिजली-सी फुर्ती आ जाती

है। वे अपने फार्म को किसी आश्रम के मॉडल पर बना रहे हैं। यही उनकी महत्त्वाकांक्षा है।"

सत्या अपनी चाय खत्म कर चुकी है। रामदास की बात समाप्त होते ही वह हँसकर कहने लगती है, "और इस समय कुँवर साहब व्हिस्की की बोतल सामने रखकर आश्रम की समस्याओं पर विचार कर रहे होंगे?"

वह सोचता हुआ कहता है, "इस समय? इस समय तो वे आश्रम की समस्याओं से ऊपर पहुँच चुके होंगे। नौकर-चाकर उन्हें पलंग पर लिटाकर एक-दूसरे की ओर व्यग्रता से देख रहे होंगे।"

दूर कहीं नौ का घंटा बजता है।

वह कहती है, "अब चलना चाहिए।"

रामदास उसकी ओर एक क्षण देखता है, फिर पूछता है, "मस्ट यू गो?"

वह कहती है, "हाँ, रामदास, अब चलना चाहिए।"

दोनों बरामदे में आकर साथ-साथ चलते हैं। आस-पास के कमरों से कुछ विद्यार्थी उन्हें झाँक-झाँककर देख रहे हैं।

वे जीने के पास पहुँचते हैं। रास्ते के बीच में एक विद्यार्थी छपी हुई बुश्शर्ट और ऊँची पतलून पहने, हाथ में एक पत्र लिये हुए उसे पढ़ने का अभिनय कर रहा है। रास्ता रुका होने के कारण सत्या ठिठकती है। रामदास आगे बढ़कर कहता है, "क्षमा कीजिएगा..."

वह उछलकर किनारे खड़ा हो जाता है और एक अत्याधुनिक उच्चारण के साथ कहता है, "आई ऐम सॉरी।"

जैसे ही दोनों जीने से उतरने लगते हैं कि वह विद्यार्थी जोर-जोर से सीटी बजाता हुआ बरामदे में एक कोने से मुड़कर अलक्षित हो जाता है।

रामदास और सत्या एक-दूसरे को देखकर हँस पड़ते हैं।

अकस्मात् चलते-चलते रामदास के कन्धे को छूकर वह धीमी आवाज में पूछती है, "तुम मुझसे नाराज तो नहीं हो, रामदास?"

वह कहता है, "नहीं, सत्या, मैं नाराज क्यों होने लगा?" फिर वह अपनी ही बात दोहराता है, "नहीं, मैं नाराज बिलकुल नहीं हूँ।"

वह उसी स्वर में कहती है, "मैंने तुम्हारी संस्मरणवाली किताब में कुछ बेमतलब की बातें लिख दी थीं।"

वह फिर कहता है, "नहीं सत्या, मैं बिलकुल नाराज नहीं हूँ, तुम यह सब न कहो।"

6

सावन का महीना है। दिन के दो बजे हैं।

एक पथरीली सड़क से एक गलियारा निकलकर जंगल की ओर जाता है। गलियारे के किनारे-किनारे एक कम ऊँची पहाड़ी टूटे-फूटे रूप में दूर-दूर तक फैलती चली गई है। उसके किनारे की चट्टानों के बीच दरारों से उगे हुए असंख्य जंगली पेड़ हरे-भरे हो गए हैं। दूर से उन्हें देखकर एक भयानक जंगल का भ्रम होता है, पर निकट आने पर वे उतने घने नहीं लगते।

दूसरी ओर नीची जमीन है। बरसाती पानी उसमें रुककर उसे एक झील का रूप दे रहा है। उसके किनारे-किनारे ऊँची-ऊँची घास उग आई है।

कीचड़ और पानी से लथपथ एक गाड़ी आकर सड़क के ऊपर गलियारे के पास रुकती है। बिना इंजन बन्द किए, गाड़ी रोककर ड्राइवर अपनी असभ्य आवाज में कहता है, "जल्दी उतरो जी, पेट्रोल जला जा रहा है।"

रामदास गाड़ी से उतरकर बाहर आता है। एक खलासी, मैला-कुचैला अंडरवियर और बनियाइन पहने, लारी की छत पर खड़ा होकर एक छोटा-सा सन्दूक रामदास के हाथ में पकड़ा देता है। इसके पहले कि वह सन्दूक को जमीन पर रख सके, खलासी एक होल्ड-ऑल छत से नीचे लुढ़का देता है। उसके छत से नीचे उतरते-उतरते गाड़ी कीचड़ के छींटों को दाएँ-बाएँ उड़ाती आगे बढ़ जाती है।

रामदास की निगाह गलियारे की ओर जाती है। कोई बहुत दूर से, बैलगाड़ी पर चढ़ा हुआ, बैलों को भगाता चला आ रहा है। वह बैलगाड़ी के आने की प्रतीक्षा करता है। सन्दूक के ऊपर बैठकर अपनी जेब से एक कागज निकालकर पढ़ता है। यह अमजदअली का पत्र है :

'प्रिय, मित्रवर

सप्रेम नमस्ते।

समाचार यह है कि आपकी इच्छानुसार सब इन्तजाम ठीक हो गया है। यह हाईस्कूल अपने लोगों के हाथ में है। यहाँ के अपने पुराने चैतुए आपके आने की खबर पाकर रोज पूछते हैं कि आप कब आ रहे हैं। आपके आ जाने पर ही शेष बातें होंगी। आपको तीन साल की सालाना तरक्की एकसाथ दिलाकर 135 रुपया महीना देने की सोची जा रही है। यह बहुत कम है, पर आपने लिखा ही है कि आप तनख्वाह के लिए नहीं आ रहे हैं...।'

इस पत्र को वह बार-बार देखता रहता है, जब तक कि बैलगाड़ी पास नहीं आ जाती।

एक युवक बैलगाड़ी सड़क पर लाकर खड़ी कर देता है, दोनों हाथों से रामदास के पाँव छूकर हाथ मत्थे से लगाता है और पूछता है, "आप ही हेडमास्टर साहब हैं?"

स्वीकार में सिर हिलाकर वह पूछता है, "रनपुरा की नहर-कोठी कितनी दूर पड़ेगी?"

वह हाथ चमकाकर कहता है, "रनपुरा कोठी से आपको क्या लेना? जिलेदार साहब ने आपके रहने का इन्तजाम स्कूल के पास ही कर दिया है। कोई तकलीफ न होगी।"

रामदास कहता है, "कोठी पर अमजदअली से मिलना था।"

वह सन्दूक को बैलगाड़ी पर लादते हुए कहता है, "वे भी स्कूल में ही मिलेंगे।"

रामदास के गाड़ी पर बैठ जाने पर बैल धीरे-धीरे चल पड़ते हैं। ऊँची घास से मच्छरों के झुंड-के-झुंड उड़कर पास के पानी पर जाकर बैठ जाते हैं। कुछ मेढक बैलगाड़ी के पहियों के पास से उछलकर पानी में छप्-छप् कूद पड़ते हैं।

थोड़ी दूर बाद गलियारे का मोड़ आ जाता है। गाड़ी पहाड़ियों के घुमाव में छिप जाती है। पानी, घास, जंगल और चट्टानों की निस्सीमता सारे मानवीय तत्त्वों को अपने में समेट लेती है।

7

चारों ओर ऊँची-ऊँची पहाड़ियाँ हैं। उनके ऊपर अँधेरे का कवच पहनकर तेंदुवे घूम रहे हैं और क्षण-क्षण पर दहाड़ रहे हैं। उन्हीं पहाड़ियों के बीच से एक भयंकर नदी तीव्र प्रवाह के साथ चट्टानों से टकराती हुई बह रही है। आगे एक बाँध है। उसके फाटक खुले हुए हैं। वर्षा की बाढ़ से उतावली नदी की अपार जलराशि बाँध के रास्ते लगभग सत्तर फीट नीचे जाकर अनवरत, अगाध रूप से गिरती है। चारों ओर कानों को फाड़ देनेवाले असंख्य चीत्कारों की-सी विभीषिका फैल रही है।

आकाश पर बादल छाए हैं और हवा पागल हो गई है।

बाँध से कुछ दूर हटकर एक छोटे-से समतल मैदान में एक डाकबँगला बना है। अन्दर गैस की रोशनी फैल रही है। एक खिड़की के पास खड़ी होकर सत्या बाहर के अन्धकार, प्रपात के वेग और पर्वतों की दुर्गम शून्यता पर अपनी दृष्टि लगाए है।

कमरे के अन्दर, एक छोटी-सी मेज के पास, एक आराम-कुर्सी पर रामानुज लेटा हुआ है। एक छोटा-सा स्पैनियल कुत्ता उसके लटके हुए हाथ और कुरते की बाँह से खेल रहा है और वह उसी को कुछ शिक्षाएँ दे रहा है : बैठो, यू बदमाश, बैठो-बैठो।

सहसा वह मुड़कर सत्या से कहता है, "रामदास का हाल सुना? वह कहीं देहात में मास्टरी करने जा रहा है।"

वह बिना मुड़े हुए कहती है, "मालूम है।"

कुर्सी पर पीछे की ओर झुककर वह साँस लेते हुए कहता है, "इस प्रकार जान-बूझकर कोई अपना भविष्य बिगाड़ता है?"

पर, सत्या अन्धकार की समीक्षा में खोई रहती है। उन्हीं पहाड़ियों की ओर देखती रहती है, जिनके उस पार बहुत दूर एक पथरीली सड़क है, एक घास और झाड़ियों से भरा-पूरा गलियारा है, जिसे उसने कभी नहीं देखा है।

तब वह उठकर उसके पास खड़ा हो जाता है। उसके कन्धों पर पीछे से हाथ रखकर शरारत के साथ पूछता है, "जानती हो, सत्या, लोग क्या कहते थे?"

उसके हाथों पर अपने हाथ रखते हुए वह धीरे से पूछती है, "क्या कहते थे?"

"लोग कहते थे कि रामदास तुमसे बहुत प्यार करता था। यहाँ तक सोचा जाता था कि तुम लोग विवाह कर लोगे।"

अब वह मुड़कर रामानुज के सामने खड़ी हो जाती है। उसके सिर को अपने हाथों के बीच लेकर धीरे से पूछती है, "तुम भी यही सोचते थे?"

वह मुस्कुराकर सिर हिलाता है। कहता है, "नहीं। पर, मैं यह जरूर सोचता था कि वह तुम्हें प्यार करता है।"

रामानुज के चेहरे से अपने हाथों को धीरे-धीरे हटाकर वह फिर पूर्ववत् खिड़की के बाहर देखने लगती है। धीमे स्वरों में, बड़े स्नेह के साथ कहती है, "तुम गलत सोचते थे। रामदास में वह जड़ता नहीं, जिससे वह अपने संसार को भुला दे, जिसके सहारे वह किसी को तुम्हारी तरह प्यार कर सके।"

वह चुपचाप खड़ी रहती है। वायु का एक तीव्र वेग अपने साथ कुछ बड़ी-बड़ी बूँदों को उड़ा लाता है। प्रपात के उड़ते हुए असंख्य जलकणों के साथ दो सूक्ष्म जलकण सावन के घटाटोप अन्धकार और वायु के उद्धत आघातों में लीन हो जाते हैं। उन्हें कोई नहीं देख पाता।

8

युग के आकर्षण, अतीत की प्रताड़ना, वर्तमान की निराशा।

अँधेरे में पथरीले रास्ते पर सब मिलकर रामदास से कह रही हैं :

'गाँव में जाना। दलितों की शक्ति बनना। अशिक्षितों को विद्या देना। उनकी निराशा, उनकी मूर्च्छा को समाप्त करके उन्हें नई चेतना देना। झुलसी हुई पहाड़ियों की छाया में, एक धूसर संध्या के मलिन आतंक में पाए हुए कुछ किशोर संस्कारों को साकार करना। ये सब महान उद्‌देश्य हैं।'

'किन्तु सुख और सुविधा को त्यागकर आनन्द के सब साधनों को ठुकराकर, इन उद्‌देश्यों की पूर्ति के लिए तुम्हीं को क्यों आना पड़ा?'

'समझ लो, रामदास, इस रोग-शोक-जर्जर प्रान्तर में 135 रु. मासिक पर मास्टरी करने के लिए तुम्हीं-जैसों को आना पड़ता है। आरम्भ से ही जो व्यवस्था तुम्हारे मार्ग में बाधाओं को खींच-खींचकर लाती रही, वही अब तुम्हें इन बाधाओं के देश में खींचे लिये जा रही है। तुम देख नहीं रहे हो, यहाँ आकर, ख्याति और उन्नति की सब आकांक्षाओं का गला घोंटकर अपने को जीवन्मृत बनाने के लिए तुम्हीं क्यों चुने गए हो?'

परन्तु मन में उठनेवाले इन क्रूर भावों को दबाकर वह बार-बार अपने-आप से कहता है :

"यहाँ मैं न आऊँगा तो और कौन आएगा? किसी और को यहाँ आने की गरज ही क्या है?"